龍に恋う 二
贄の乙女の幸福な身の上

道草家守

富士見L文庫

目次

序章　休暇乙女の宿題

「お嬢さんっ！」

彼が大慌てで駆け寄ってきたその顔に、必死に差し出してくるその腕に。少し驚いて。

手を伸ばし、ぴょんと飛び込んだ。

きっかけはたぶん、その時だったのだろう。

＊

珠《たま》がふ、と顔を上げると、初夏のけむるように柔らかな青空が広がっていた。

同時にさわやかな風が吹き込んできて、洗濯で濡《ぬ》れた手と緩く編んだ三つ編みを撫《な》でていく。曲げていた腰を伸ばすと気持ちが良い。絶好の洗濯日和だった。

珠が手を止めていても、たらいからは絶えず水がかき混ぜられる音が響いている。

家鳴《やな》りたちがたらいの中でつるりとした体をぶつけ合って、洗濯を手伝ってくれているのだ。珠よりも力が強く、面白いくらい水が絞れてありがたい。

『精が出るねえ、珠ちゃん』

艶《つや》っぽい声に振り返ると、井戸の縁《へり》に腰掛けた美女が苦笑している。素足をふらふらとさせた拍子に、身につけている緋襦袢《ひじゅばん》が揺れていた。その姿は透けていて、向こうの景色が覗《のぞ》いている。彼女……狂骨《きょうこつ》は人に非《あら》ざる者、妖怪《ようかい》なのだ。

ただの人間が見たとすれば、彼女に対して恐怖を覚えて逃げ出した事だろう。しかしこの口入れ屋銀古《ぎんこ》では日常であり、妖怪が見える珠には慣れた光景だ。

珠は狂骨に向けて、こくんとうなずいて見せた。

「はい。今日は一日使えるので、できるだけのお洗濯をやりたいと思っているんです」

だから冬の間着ていた着物を洗っていたのだ。色鮮やかな銘仙も積んである。流行の柄が織り込まれた絹物の銘仙は、娘達のおしゃれ着だ。ここの従業員である、瑠璃子《るりこ》からの贈り物でもある。

天気の良い日に洗おうと、珠はこつこつほどいておいたのだ。洗濯は家鳴り達に手伝ってもらったおかげで、予定よりも早くすみそうだった。

『うーん、まあ珠ちゃんが満足ならいいんだけどねえ』

満足な気分でさっぱりした着物を眺めていたのだが、狂骨がじんわりと苦笑している。

首をかしげた珠だったが、家鳴り達が互いの体を打ち鳴らして、洗濯が終わった事を教えてくれた。洗い終えた反物のしわを手で伸ばし、竹竿《たけざお》にひっかける。その竹竿を三つ叉《また》で物干し台に持ち上げれば、ひとまずはおしまいだ。

「お疲れ様でした。ありがとうございます」

珠が家鳴り達をねぎらうと、家鳴り達は楽しげに騒ぎながら母屋へと帰っていった。

珠はやりきった気分で、ほどいた反物がひらりひらりと風にそよぐのを眺めた。

その中には、ずっと世話になっていた縞《しま》木綿の着物もある。何回か前の勤め先でもらって以来、珠のそばにいてくれた着物だ。口入れ屋銀古に来てからも、様々な事をこの着物と一緒に経験した。

人に非ざる者が『見えて』しまうことで、勤め先を追い出されて途方に暮れていたところを、店主である銀市《ぎんいち》に拾われたのが冬の頃。この口入れ屋銀古は、人だけでなく妖怪達にも職業斡旋《あっせん》をする口入れ屋だった。

あまり表情が動かず、肉付きが薄いせいで人より幼げに見える珠は、薄気味悪く見えたはず。なのに銀市は受け入れてくれて、今までないほど間近で妖怪と過ごすことになった。

戸惑ってばかりだったが、ここに来たおかげで、流されるまま移ろうばかりだった自分の中で、何かが変わったのだ。

だから珠は、ここで働かせてもらう事を選んだ。

この着物は今までの生活の中でも思い出深い品だった。そうきんにしてしまうより、もう少しそばにおいておきたい気がした。もう傷んでしまって外に着ていくことはできないが、夏の掛け布団に仕立て直せば良いだろう。そのためには洗い張りが必要なのだが。

「空気がからっとしてますから、すぐに乾いてしまうかもしれませんね。それなら板張りまでできるでしょうか」

板張りというのは、洗い張りの方法の一つで、洗った反物に糊《のり》を引いて板に張って乾かすことだ。反物が扱いやすいように張りを持たせ、まっすぐに伸ばすための大事な作業である。仕立て直しの際は必ずやる作業だった。

「張り板は見つけてありますし、今日中に準備してしまいましょう」

前掛けで手を拭《ふ》きつつ、珠がたらいを片手で抱えて立ち上がる。すると背後から、からりころりと下駄《げた》で歩く音がした。

「珠、ここにいたのか」

その低くて温かみのある声に呼ばれて珠が振りかえると、この屋敷の家主であり、雇い主である銀市がいた。

癖のある黒髪をうなじで括《くく》り、いつものようにシャツの上に淡い黄みがかった緑である裏柳色の着物を着流しにしている。寒がりらしい彼だったが、流石に羽織は脱いでいた。

銀市は干された反物を見上げて目を細め、なぜか苦笑している。

狂骨と全く同じ表情を少々不思議に思いつつも、珠は前掛けを伸ばしながら会釈する。

「銀市さん。何かご用でしょうか」

そう、呼びかけるのにもようやく慣れてきた。雇い主であり、男の人に対して親しく呼びかけることとなんて今までになく、はじめの頃こそぎこちなかった。

けれど、名前を呼ばれる嬉《うれ》しさを珠は覚えている。だって珠自身が、「珠貴《たまき》」という本当の名前で呼ばれた事が嬉しかったのだから。今まで通り秘めるべきだと助言され、今も「珠」と呼ばれている。それでも身体の奥が温かくなる心地は忘れていない。

ほころびかけた頰を、珠は慌てて引き締める。そろりと視線を上げると、銀市はなんとも言えず複雑そうな顔をしていた。

「いや、そういうわけじゃないんだが」

「そうでしたか？　お仕事お疲れ様です。一段落されましたか？」

歯切れが悪い銀市に対し逆に珠が問いかけると、彼はひとまずはうなずく。

「まあな。冬と春の妖怪の入れ替わりは終わっていたから、今日はおとなしい方だった」

「それはよろしかったです。でしたら、なにか洗われたいものはありませんか？　これから解《ほど》いて繫《つな》ぎますので時間はかかりますが、単衣《ひとえ》への仕立て直しは間に合わせます」

「熱意は買うが。……──珠、俺は今日の君には休暇を言い渡していたはずなんだが」

銀市にそう、言われてしまった珠はきょとんとする。

確かに繁忙期が終わったからと週に一度、丸一日お休みを当てられていた。必要ないと断ったのだが、それが雇用契約だからと言われれば従うほかない。なので今日は食事を用意した後は店番にすら出ていなかった。

「はい。なので、普段はできないお仕事を片付けていました」

「……確かにそれは必要だが。前回も前々回の休みも同じ過ごし方をしていなかったか？」

「前のお休みは、夏仕様にお部屋の支度をしましたし、その前のお休みは夜具の手入れをしていましたが」

どれもなかなかできずに気になっていたため、片付けられてほっとしたものだ。

「あっ、では長火鉢の手入れをいたしましょうか。そろそろ倉にしまっても良い頃ですし。

そう言えば火鉢さんともお話ししてません」

「陶火鉢なら煙草《たばこ》の火に使うから問題ない。ではなく……」

「では灰のお手入れをいたしましょうか。もし、他に何かする事がございましたら」

『ヌシ様、なんとか言うてやってくれ。このように珠は休まぬのじゃ！』

珠の言葉に、華やかな女の声が割り込む。

ぽんっと音をさせて銀市の肩に現れたのは、人形のように小さな女だった。艶かかな射《ぬ》干玉《ばたま》の黒髪は、片側だけ不揃いに短い。牡丹《ぼたん》の打ち掛けをまとった彼女は、珠が故郷にいた頃からずっと守ってくれた櫛《くし》の精、貴姫《きひめ》である。

「貴姫さん、どうして銀市さんと一緒に？」

「櫛を担いで俺の所まで訴えに来たんだ。つまり、君は今日も働き通しなんだな？」

銀市の手には、貴姫の本体である黒い漆塗りに、咲き誇る鮮やかな牡丹が彫り染め描かれた櫛がある。彼女は自分の櫛のそばから、あまり遠く離れられない。今の貴姫には背負うほど大きいそれを抱えながら、二階から銀市のもとまで歩いたのだろう。

想像した珠が目を見張っていると、銀市は難しい顔をしている。

「家事が今の時間で回らないのであれば、別に休みを作ろう。これでは仕事をしているのと変わらんだろう」

「いえ、その必要はございません。休みを頂いてもどう過ごして良いかわからなくて。家鳴りさん達に無理を言って、手伝わせて頂いてるんです」

そう、好きに使える時間ならば、できない仕事を片付ければ良いと考えたのは珠だ。だからこれ以上、休みが増えては困る。

珠が必死に言い募ると、もどかしげな貴姫が銀市の肩から身を乗り出してくる。

『それでは仕事と変わらぬではないか！』

「そうだなあ、君に倒れられては困る」

ますます苦笑する銀市に、珠は困り果ててしまう。

どうすれば良いかとたらいを抱えて黙っていると、銀市が穏やかな口調で問いかけた。

「君は家事が好きなのだろうか」

「好き、ですか？」

「料理や掃除や洗濯が、何も言われなくても率先してやりたいか、という意味なんだが」

「もちろん、作業が残っていれば進んでやります」

家の主人に命じられる前に気働きをさせて、仕事を終わらせるのが良い女中というものだと教わった。だからその通りに働くべきだと思う。

自信を持って答えたのだが、銀市の表情は冴《さ》えなかった。どうやら彼が考えていた返事とは違うらしい。

「そうだなぁ。では、楽しくはないのだな？」

「楽しいか楽しくないかですることでは、ありませんので……？」

どうにも銀市の意図がわからず、珠は眉尻《まゆじり》を下げて困り果てる。銀市がさらに言葉を重ねようとしたとき、「ねえ！」と母屋から呼びかける声が響いた。

珠と銀市が共に見ると、母屋の縁側にすらりとした肢体の瑠璃子がいた。初夏らしいサマードレスの上に、レースのショールを肩にかけている。気の強そうな美人顔を彩っているのは、女性としては短く整えられた髪だ。本性が猫又である彼女は、今日は耳が出ていないらしい。洒落《しゃれ》た装いの彼女に、珠は会釈をした。

「瑠璃子さん、いらっしゃいませ。今日のお昼ご飯はさつまいもの煮物ですよ」

「なんでご飯食べに来たって決めつけるのよ」

「違いましたか……？」

　若干顔を赤らめて叫んだ瑠璃子だったが、銀市と若干怯《ひる》んでいる様子の貴姫、そしてひらひらと物干し竿で揺れる着物に視線をやる。

「んで、日向《ひなた》に集まって何してたのよ。大体想像つくけど」

「珠が休みの日だったんだが、普段できなかった洗濯をしていてな。家事が片付かないのなら、別に休みをもうけようかと話していたんだ」

「ふうん、通った廊下に着物が吊《つる》されていたわね。ついでに衣替えもしようとしていた、ってところかしら？」

「その通りです。お見苦しいものをお見せしました」

　瑠璃子のいう通り、珠は店に出る時にはそれなりに着物を変えていた。そのため、多くの着物の手入れが必要で、珠の部屋だけでは着物の風通しに必要な空間が足りなかったのだ。だから銀市に了解を取って一階の一室を借りていた。

　瑠璃子は珠達を探し回っているうちに、その部屋を見たのだろう。

　申し訳なくなった珠が謝るが、瑠璃子は気にした風もなく肩をすくめた。

「別にいいわよ。ここはあんたの家なんだから、間違えて見ちゃったあたくしが悪いわ」

「ありがとう、ございます」

　ほっとした珠だったが、瑠璃子は腕を組み視線をきろりと流してくる。

「でも、並んでる着物。あたくしがあげた中でも、地味なのばかりだったんだけど」

「それはその、お仕事中に華やかすぎるものは相応《ふさわ》しくありませんので」

「あんたに渡したのは全部、仕事着にできるやつよ。銀市さんが許してるのに、どうしておしゃれを楽しまないのよ。気に入って選んだ着物でしょうが」

瑠璃子に声を荒らげられて、珠はぴゃっと首をすくめた。だが、黙っていても瑠璃子がすねるだけだとわかっているため、うまく言葉にできないながらも声にする。

「あのような綺麗《きれい》なお着物を着るのは、なんだかもったいなくて。それにどういった所で着るのかもよくわからず……」

もらったからには珠も、言われた通りなんとか着てみようとしたのだ。けれど、どうしても分不相応に思えてしまう。普段に着たとして、万が一汚してしまったらと考えると恐ろしい。だから珠は眺めるだけで精一杯だったのだ。

しょんぼりとしていると、少し険を緩めた瑠璃子が低い声ながら言う。

「洒落た格好するのは気分を上げたり、デパートやちょっと良い店に行ったり、遊びに行く時よ。あるでしょ、あんただって」

「外へ買い物に行くことが、遊ぶことになるのですか？」

珠の知らない解釈があるのだろうか。

あまりぴんと来なくて珠は首をかしげていると、瑠璃子が手を当てた頭を振っていた。

「もう、あんたどうなってんの。あたくしにはわからないわ！」

「まっ待ってください、瑠璃子さん。わ、わかりました！　以前の同僚がたまのお休みに出かけていたようなことですよね。私はお願いされて留守番をしていましたが……」

『そうなのじゃ猫のっ。珠はいつも家で、待ちぼうけを食らわされておったのだ』

貴姫にさらに当時の事情を語られて、銀市と瑠璃子がとても見慣れてしまった複雑そうな顔になって、珠はおろおろとする。

当時の珠にとってはまったくこだわりのないことで、むしろ頼まれたことを遂行できて満足感があったくらいだ。当時の同僚に、外出に誘われた事もなくはなかったが。

「私は頻繁に外に出ると、人ではないものに目をつけられてしまうので。ついて行くのは遠慮していたんです」

珠が言うと、二人は納得した色を見せる。

人に非《あら》ざる者が見える珠には、様々な妖怪《ようかい》が好奇の目を向けてくる。外に出ると、そのような妖怪達が目をつけてちょっかいを出してくるのだ。だから目立たぬように出歩かないのもまた、一つの自衛手段だった。

少し顔を見合わせていた二人だったが、瑠璃子がふくれた顔で聞いてくる。

「つまり妖怪どもにちょっかい出されなければ、外に出ることは嫌いじゃないのね？」

「用もないのに、外出する場所は思いつきませんが……」

おずおずと言うと、瑠璃子は眉根を寄せて黙り込んでしまう。

その代わりに銀市が口を開いた。

「君はまず、世間の普通を知るべきだな」

「普通、ですか」

「そうだ。君にはまだ、好き嫌いを判断できるほどの経験がないのだろう。今君は、瑠璃子が外に出ることを勧めるのなら、出ておいた方が良いだろうか、と考えただろう」

まさにその通りだった珠が顔を赤らめると、銀市はとがめはしなかったが苦笑する。

「それでもかまわないんだが。まずは、多くのことを経験してみるのはどうだろうか」

「そうよ！　せっかくの休みに、家にこもって一日が終わるなんて不毛よ、不毛！」

『今なら妾《わらわ》が守ってやれるからの。安心して外に出るが良い』

貴姫にまで言い募られて珠は途方に暮れる。

助けを求めて銀市を見てしまうと、彼は顎《あご》に指を当てていた。

「目標は、趣味を見つけることだろうが。かといって、俺も年頃の娘が楽しむものは知らんな。瑠璃子はどうだ？」

「ガキンチョの趣味なんて、あたくしがわかるわけないでしょ……ってあんたそんな顔しないの！」

瑠璃子に焦った調子で言われて、珠は手を顔にやってみる。

「なにか変わっていたでしょうか」

「あんたの目から光が消えてたわ。そうよね、こういうのは絶対銀市さんは頼りにならないもの。あたくしが参考にするといえば……そうだ、雑誌でも読めばいいんじゃないかしら？　ほら最近少女向けのものもあるし」

「少女向けのものがあるのか」

驚く銀市を、瑠璃子が呆《あき》れた目で見た。

「銀市さん、経済や政治だけじゃなくて、大衆のほうも復習《さら》っておいた方が良いわよ。あたくしだって、全部をカヴァーできるわけじゃないんだからね」

「心に留《とど》めておこう。その口ぶりだと、論考や批評が収録されたものではないんだな？」

興味を引かれた様子の銀市に、瑠璃子が肩をすくめる。

「そんなお堅いのを楽しめる人は限られているわよ。もっと砕けたやつ。流行とか服装とか生活の知恵を掲載した女性誌があるのは知っているでしょ？　最近は少年や少女向けに編集したのもあるのよ。子供が見やすいように絵や読み物を入れたものね。最近の流行についても載っているから、珠にもちょうど良いはずよ」

「ほう、それは良い」

銀市はふむと納得すると珠の方を見る。

「ならば午後は本屋に行ってみるのはどうだ」

「本屋、ですか」

「君は読み書きできるのだろう？　雑誌でもなんでも興味が引かれたものを二、三冊見繕ってくると良い。俺も興味が湧いた」

「瑠璃子さんのお話からすると、その雑誌は女、子供が読むもののようですが……？」

良いのか、と言外に聞いてみたのだが、銀市は不思議そうにするばかりだ。

「瑠璃子、少女雑誌は男が読んではいけない決まりがあるか？」

「ないわよそんなの。やれ軟派だ軽薄だって勝手に遠ざけてるけど」

「ならかまわんだろう」

女子供向けのものは軟弱で、男が読むものではない、というのが世間一般の風潮だ。けれど銀市は、まったく頓着《とんちゃく》をしないらしい。そういうところが、やはり普通の人ではないのだな、と珠はなんだか不思議な気持ちになる。

「では休みに悪いが珠、頼んだ。金はこちらで出そう」

「かっかしこまりました」

「あっ珠、近所とはいえ外出なんだし、かわいい着物でも着ていきなさい」

『うむ、妾ももってゆくのじゃぞ！』

瑠璃子と貴姫にも口々に言われ、珠はこくこくとうなずくしかない。

そういうわけで、珠の午後の予定が決まったのだった。

第一章　勉学乙女のお知り合い

近所の本屋は、銀古《ぎんこ》から歩いて繁華街に出た所にあった。

昼食の後、着替えた珠《たま》はからりころりと下駄《げた》を鳴らしながら歩いて行く。身につけたのは、さわやかな気候に似合う淡い色の長着に、締めた帯は青地に黄色い柑橘《かんきつ》の実があしらわれたものだ。流石に歩いていける店へ、華やかな着物を着ていくのは恥ずかしい、と考えた結果である。

瑠璃子《るりこ》は「近所のおしゃれだから良しとするわ」と言っていたため及第点だったのだろう。珠としても、着物や帯に風を通すためだと思えば、悪くはない心地だ。

懐にはいつもの通り、貴姫《きひめ》の櫛《くし》がある。力を温存するために基本、外では姿を見せない彼女だが、それでも外を見ることはできるらしい。珠の外出時にはぱあっと表情を輝かせる。珠も、助けてくれる彼女がいるのは安心感が違った。

そうして歩いているうちに書店にたどり着く。昔ながらの瓦葺《かわらぶ》き屋根には書店の看板が掲げられており、入り口脇には「文学全集販売中」の幟《のぼり》が立てられている。軒先の本の平台を始め、店中には書棚が林立しており、ぎゅうぎゅうに本が詰められていた。

珠にはなじみのない光景が広がっていたが、それよりも目に飛び込んできたのは、軒先に居座る大男だった。

明らかに普通の人間の倍以上はあるその男に、道行く人々は誰も注意を向けていない。という事は妖怪なのだ。大男は本屋の入り口に向くように大きな背中を丸めており、その妖怪の脇を通らなければ、本屋の中には入れない。

これでは銀市《ぎんいち》のお使いを遂行できないと、珠が困り果てていると、ひょんっと珠の肩に小さな貴姫が現れた。

『そこな妖怪よ。そなたが居ては珠が通れぬ。どちらかに寄るがいい』

単刀直入な貴姫に慌てた珠だったが、のっそりと振り向いた大男は、顔の真ん中に一つだけある目で瞬《まばた》きをした。

『おんやぁ、わしが見える人の子か。本を買いにきたのかぁ？』

「は、はいそうなんです。通らせて頂いてもよろしいでしょうか」

周囲におかしく見えないように、珠が密《ひそ》やかに願う。と、その拍子に大男の前にある平台の一冊が開かれているのに気づいた。

背中を丸めていたのは、この大男にとっては低い台に置かれたそれを読むためだったのだろう。それは新聞では取りこぼされるような、眉唾《まゆつば》物の話を面白おかしくかき立てるゴシップ雑誌のようだ。いかにもおどろおどろしく「人が変わったやうに善行を積む華族子弟。狐憑《きつねつ》きか？」という見出しが見える。

同じものが見えた貴姫もまた、呆れた言葉を漏らしていた。

『そなた立ち読みをしておったのか！　妖《あやかし》のくせに妙なやつじゃの』

珠もまたまじまじと見てしまっていると、大男は照れくさそうに頬をかく。

『こいつは勤めの手間賃なんだぞぉ。いけねえことをすると、ヌシ様にどやされちまうからなぁ』

「銀市さんにお仕事をご紹介された方でしたか」

『おんや、もしかして銀古んところに入ったって言う娘ッ子かぁ！　ヌシ様には良い勤め先を紹介してくれてありがとよぉ、と言っといておくれよ。ほれ、通るといいぞ』

「ありがとうございます」

珠が軽く会釈したとき、店の奥から声がかけられた。

「おや、お嬢さんそんなところで立ち尽くしてどうしたんだい」

店台を挟んだ奥に座っていた、店主らしい壮年の男性がいぶかしそうにしている。

珠は慌てて大男の脇をすり抜けて店内に入った。貴姫はすでに珠が不審者にならないように姿を消している。

大男が店前に居座っているせいか、店内は薄暗がりになっており、どことなく空気が冷たい。珠が不思議に思って振りかえると、大男は軽く手を振った後、また本に目を落とす。

「あんまり見ない子だね。中が暗いのに驚いたかな？」

「あ、はい少し」

店主に訊《たず》ねられた珠が素直にうなずくと、店主は穏やかに語った。

「本が傷まないようにあえて暗くしているんだよ。ただこの店はうっかり西日が当たる方向に入り口があってね。困っていたんだが、とある人から教えてもらったまじないをしてから店先に出してる本のもちが良くなったんだ。だから、店先で開いておいてある本はそのままにしてかまわないからね」

その言葉で、ここも銀市が妖怪《ようかい》を紹介した店なのだと気づいた。なんだか嬉《うれ》しいようなこそばゆいような気分にもぞもぞしつつ、珠は店主にうなずいて見せる。

「わかりました。本棚を見て回っても良いですか」

「騒がなければ好きにしていいよ。お嬢さんが好きそうなのは左の棚あたりかな。家政の本とかもそこにあるよ」

「家政の、本ですか？」

珠が素直に訊ねると、店主はわざわざ店台から立って出てきて教えてくれた。

「女中訓の本は纏《まと》めておいてあるんだよ。本でしっかり学びたい奥さんや、勤勉な女中さんが買っていくんだが。それとも、甘い少女小説がお目当てだったかな？」

「その、少女小説というのを読んだことがなくて……」

「おやまあ、今時珍しいまじめなお嬢さんだなあ。普通の娘さんはみんな、あの甘ったるいのに夢中なんだと思っていたよ」

店主に驚かれて、珠はなんとも言えずに恥ずかしい気分で縮こまる。

そういうのに興味を持つのが普通なのだろうか。と珠は考えつつも、店主がいくつか取り出してくれた本を、ぱらぱらとめくってみた。

女中訓というのは、女中の仕事のやり方や心構えを説いた教科書の事だ。内容は奉公に対する心構えを始め、炊事、掃除、洗濯などの家事から、来客の対応や身だしなみまで多岐にわたる。あまり文字を読むのが得意ではない者でもわかりやすいよう、挿絵がつけられていることも多い。

内容は珠が口頭で学んできたものばかりだったが、心構えの項目を見つけてはっとする。

「こうして本として書かれているのでしたら、これが女中としての普通なんでしょうか」

「まあ、そうかもしれないねぇ」

『珠……？』

貴姫が不安げな顔で珠に声をかけてきたが、珠は心に決めていた。女中として必要な事が書いてあるのであれば、世間一般でいう当たり前に違いない。

「こちらが欲しいのですが、どれがいいでしょう？」

「本当に買うのかい。そうだねえ、読むのが嫌いでなければ、このあたりが詳しいよ。挿絵でわかりやすいのはこっちかな」

店主に勧められた本を吟味して、一つを選び取る。これを読めば、銀市達の言う普通に近づけるはずだ。

本を抱えて少し気持ちが軽くなった珠だったが、銀市に願われた事を思い出した。そうだ、ここにはお使いで来たのである。

「もう一つ伺いたいのですが、少女雑誌はどちらにありますか」

「やっぱりそっちも気になるんだね？　雑誌は売れ筋だから、店先に並んでいるよ」

「ありがとうございます」

なんだかほっとした様子の店主が棚を示してくれた。珠が礼を言って向かうと、すぐに見つけられる。

それは他の本とは一線を画した華やかな色使いで、少女の挿画が表紙を飾っていた。手に取ってみると、今珠が抱えていた家政の本よりも一回り大きいが、厚みはない。

「どの雑誌も置いてもすぐに売れて行くからねえ、それが残っているのは運が良いよ」

「何種類もあるんですか……」

店主の説明に珠はしげしげとその雑誌を眺めた。けれど、今あるのはこの一冊のみなのだから、悩む必要がないのはありがたい。

珠がその一冊を手にとった時、ぱたぱたと走ってくる音が店の外から聞こえた。

「ごめんなさいませ、『少女世界』はまだあるかしら！」

ぱっと飛び込んで来たのは、珠と同じ年齢くらいの少女だった。

花が掠《かす》れた銘仙の着物に、表面に艶《つや》のある海老茶《えびちゃ》色の袴《はかま》を合わせている。洋靴を履いていることで、一目で女学校に通う少女だとわかった。良く手入れされた長い髪と控えめに飾るリボンが、彼女が止まった拍子に揺れる。

息を切らして現れた少女に店主は驚いた顔をしていたが、困った表情になる。

「すまないね、そちらのお嬢さんが持っている一冊でおしまいなんだよ」

「まあ、そんな……わたくし、このお店で五軒目なんですのよ。これ以上巡《まわ》れる本屋さんなんてございませんし」

心底困り果てたように少女は店主が指し示した珠を見る。そうして目を見開いた。

珠もまたぽかんと彼女を見つめ返す。滑らかな丸い頬に大きな瞳《ひとみ》が愛らしく、朗らかな彼女に見覚えがあったのだ。

しかし、呼びかけて良いものか。珠が迷っていると、少女がぱっと表情を輝かせた。

「珠さん、珠さんなの!? ほんとうに？」

喜色を浮かべて距離を詰めてきた彼女に、珠はおずおずとその名を口にした。

「冴子《さえこ》様、ご無沙汰《ぶさた》しております」

呼びかけられた少女、冴子は、嬉しそうに珠の手を握るなりまじまじと見つめた。

「あなたのことずっと捜していたのよ。こんなところで会えるなんて夢みたいっ」

「一年と少しくらいでしょうか。お元気そうで何よりです」

彼女は以前、珠が女中として勤めていた屋敷の令嬢だった。由緒ある華族の家柄だったのだが、同年代だったためか、良く供に選ばれていたものだ。

ただ、大きな屋敷で多くの使用人がいたため、彼女が一年以上も前に去った珠の事を覚えているとは思わなかった。

珠が密かに驚いていると、そこに道の奥から青年が駆けてきた。

背広を身につけて革靴を履いているが、微妙に着られている感じが漂う。顔も整っているが、どこか気弱そうな雰囲気が抜けない。

「お嬢さん！　先に行かないでくださいよっ」

額に薄く汗をかきながら冴子に苦言を呈してくる彼だったが、呼ばれた冴子は気にした様子もない。むしろ楽しげですらあって、珠は面くらう。社交的な少女ではあったが、このように潑剌《はつらつ》と笑う人だっただろうか。

「重太《しげた》さん、しかたないでしょう？　車を置いている間に売り切れてしまうかもしれなかったんですもの。でも見て！　珠さんに出会えたのっ」

「はあ、たまさんって……あっうおっ⁉」

冴子に指し示され、珠を認識した彼、重太は、驚きもあらわにのけぞった。

彼とは屋敷で何度か顔を合わせた程度の、顔見知りである。ただ会うたびに若干及び腰になられるのは不思議だったが、今もそれは変わらないようだ。

「箕山《みのやま》さん、お久しぶりです」

「え、ええとどうも……」

珠が会釈すると、重太も返してくれるが、視線はどこか泳いでいる。

恐らく、彼が冴子の供をしているのだろう。華族の令嬢は一人で外出をしないものだが、それでも付くのは女性だ。異性である重太が付いているのが、珠には不思議だった。

しかし、冴子は重太に対して気構えたところはなく、自然に受け入れている。

そんな冴子は、珠に対してさらに話しかけてきた。

「わたくし、あんな別れ方をしてから、ずっとあなたのことが気がかりだったの。こんなところで会えるなんてきっと運命よ。ね、今までどうなさっていたの。別の勤め先は見つかったのかしら。そちらでいじめられていない？」

「冴子様……」

矢継ぎ早に語りかけてくる冴子の案じる言葉に、珠は戸惑った。

確かに、別れ際に大した言葉も交わせず屋敷を追い出されていた。けれど自分は数居る中の女中なのだから、すぐに忘れられるだろうと考えていた。だからこそ、冴子の態度は青天《せいてん》の霹靂《へきれき》に等しく、珠はなんとなく胸のあたりに落ち着かないものを覚える。

それでも誤解されては困ると、珠は冴子に答えた。

「今は、この近くの口入れ屋に勤めております。そちらの主人が良い方で、普通に働かせていただいているんです。週に一度は必ず休ませてくださいますし、もう二ヶ月も勤められているんですよ。今日も頂いたお休みで本屋に来ていました」

「二ヶ月で喜ぶのはなんとも言えないが、休みが取れるのは良いお勤め先だな」

使用人の雇用事情に詳しい重太がしみじみと言うのに、冴子がなるほどとうなずく。

「そうなのね。うちもちゃんとお休みがあるのかしら」

「だ、大丈夫ですよ、中原《なかはら》様はそこはしっかりされてますから」

慌てて言い添えた重太だったが、冴子はまだ考えるようにつぶやいていた。

「口入れ屋で、苦労されていた珠さんが勤めていられるお店……もしかして、その口入れ屋って、屋号は銀古というのではないかしら」

「冴子様、どうしてそれを？」

珠が驚いていると、納得の表情で冴子が身を乗り出してくる。

「やっぱり！　ねえ、やはりこの近くなのね。重太さん、今日はとても良い日だわ！」

「お嬢さん落ち着いて」

重太が宥《なだ》めたそのとき、咳払《せきばら》いが響く。珠達が振り向くと、苦笑いをした店主が言った。

「君たち、本と雑誌はどうするのかな。それは一冊しかないんだが」

「そうでしたわ。雑誌！」

冴子が手を叩《たた》いて珠の手にある少女雑誌を見る。珠は冴子にそっと雑誌を差し出した。

「もしよろしければ、お譲りいたします」

「まあ、それは嬉しいけれど。あなたも欲しかったのではなくて？」

「はい、私の主人にお願いされたのですが、また別の本屋に探しに行ってみます」

「わたくし、このあたりの本屋さんを巡ってきてしまったの。どこにもなくて、こちらにたどり着いたから、手に入らないとおもうわ」

「そんな」

冴子の言葉に珠は少々青ざめた。ではこれを手に入れなければ、銀市のお使いを完遂できないが、冴子はこの雑誌を求めているのだという。

どうするべきかわからず珠が困り果てていると、冴子が思いついたように言った。

「先に手に取ったのは珠さんなのだし。こちらは珠さんが購入されれば良いわ」

「よろしいのでしょうか」

「ええ、代わりに珠さんのお勤め先を訪問させてくださらないかしら」

思わぬ提案に珠は目を丸くする。重太もまた予想外だったのだろう、驚いて冴子を見た。

「お嬢さん本気ですかい!?」

「あら、あなただって良い巡り合わせだと考えなかったかしら？」

「いや、まあそれは……思わなくはないですけど」

「ね、珠さんダメかしら？」

冴子に願われた珠はのけぞる。そうすれば確かに、銀市のお使いを完遂する事ができるだろう。だが、ここでうなずいたら、店主である銀市を煩わせてしまう可能性がある。これでは充分に望みを叶《かな》えられない。

珠の葛藤《かっとう》がわかったのか、冴子が安心させるように微笑《ほほえ》んだ。

「大丈夫よ、お仕事の場だって承知しているわ。少しお店を拝見できれば良いの。それで用が済むかどうかわかるから。わたくしからも、珠さんが怒られないように言い添えるわ。ね、お願い」

こういう状況に、珠は酷《ひど》く弱い。故郷で神に願いを届けるための贄《にえ》だった過去から、求められた事は叶えなければならない、と反射的に考えてしまうからだ。相反する願いを同時に向けられると、どちらを優先するべきか判断できず硬直してしまう。

それに、冴子は以前のとはいえ、雇い主の娘である。あまり無下にするのはどうかと思う気持ちもあった。

銀古の繁忙期は終わっている。忙しいのは夕方から夜にかけてで、今から帰れば外から見るだけなら邪魔にもならないだろうか。あそこにはいたずら好きの妖怪《ようかい》達も多いが、たちの悪いものはいない。はず、である。

珠が悩んでいるのに気づいたのだろう、隠れていた貴姫がこっそりとささやいてきた。

『あやつであれば、そなたの知り合いを連れてきても怒りはせんじゃろう。店も大して忙しくはないしの』

貴姫の評価は身も蓋《ふた》もなかったが、その通りだった。

珠がちらりと冴子を見ると、彼女は期待の目でこちらの答えを待っている。勤めていた当時から、冴子にきらきらした眼差《まなざ》しを向けられると、どうにも弱かった。

「……あの、ご案内する、だけなら」

珠が小さく答えると、冴子はぱあっと表情を輝かせた。

「ありがとう珠さんっ。こうしてはいられないわ、重太、車を用意してちょうだい」

「い、いやでも」

重太はちらちらと書店の店先と冴子に視線を行き来させたが、彼は観念した様子で冴子に言い聞かせる。

「じゃあ車を呼んで来ますけど、店の前で待っていてくださいね。絶対ですよ」

「もう、そんなに心配しなくても、まだ明るいし大丈夫よ」

朗らかに言う冴子に対し、重太は心配そうにしながらも、道の向こうに止めていたという車を呼びにいく。

その言い方に珠は少々違和感を覚えたが、抱えた雑誌を思い出す。

「冴子様、本当にこの雑誌、頂いてよろしいのですか」

珠が恐る恐る訊《たず》ねると、冴子は表情を緩めた。

「もちろんよ。ねえ、珠さん。もうわたくしの家の使用人ではないのだから、ほんの少しだけでも砕けてくださらない？　例えば、さん付けにするとか。わたくし、もう一度あなたと会ったらそういう風にお話ししたかったの」

華族の令嬢に対して、それは良いのだろうか。自分はただの女中なのに、馴《な》れ馴れしくないだろうか。けれど冴子は期待に満ちた顔で返事を待っている。

ならば、と珠はおずおずと口にした。

「ではその……冴子、さん？」

「ええ、とっても素敵な響きね！」

嬉《うれ》しそうにする冴子につられて、珠もまたわずかに口元を緩めたのだった。

＊

首尾良く本と雑誌を手に入れた珠は、冴子の人力車に同乗して銀古に戻った。

冴子は昔ながらの日本家屋に、洋風の家が載ったような外観に目を見張った。店先に様々な求人が書かれた紙が、所狭しと貼られているのを物珍しげに眺めている。

「初めて見たわ、珠さんもこういう所からうちを紹介されていらしたのかしら」

「そりゃあ、華族のご令嬢がくるような場所じゃありませんからね……」

そう話す重太の顔色はあまり優れない。

「あの、箕山さん大丈夫ですか」

「あ、ああ、気にしないでください」

ぎこちなく笑いながらもそう言われ、珠は引き下がる。

珠もまた、胸の辺りの息苦しさに悩まされていた。主人である銀市に断りも入れずこんなことをしてしまい、彼が気分を害してしまわないだろうか。形容しがたいもやもやとした気持ちを抱えながらも、せめて先に銀市へ話を通すため、冴子達には少し外で待ってもらおうと考える。

しかし、珠が彼女達へ願う前に、店の中からがらりと引き戸が開けられた。

現れたのは銀市だ。珠に対し表情を緩めるが、傍らにいる冴子と重太を見るなりいぶかしげにした。

「珠、そちらはどなただろうか」

「あ、あの。この方々は」

珠がしどろもどろに説明しようとした時、背筋を伸ばした冴子が銀市に会釈した。

「急に押しかけてしまって申し訳ありませんわ。わたくしは中原冴子と申します。この口入れ屋の主《あるじ》でいらっしゃいますか？」

「いかにも。古瀬《ふるせ》という。……もしや、中原子爵のご令嬢か」

「銀市さん、ご存じなのですか！」

「君の履歴書を読んだのは俺だぞ」

珠が驚きの声を上げるが、銀市はこともなげにそう言った。

確かに、中原子爵邸についても履歴書に書いていたと納得していると、冴子は少しほっとした様子になる。

「珠さんは以前、わたくしのお付きの女中をしてくださっていましたの。今日書店で偶然お会いして、珠さんが元気に暮らしているか知りたくて、無理を言って付いてきましたのよ。だから珠さんを怒らないでさし上げてね」

冴子は頭二つ分以上は背の高い銀市に、臆《おく》した様子も見せず先んじて語った。

重太はそんな彼女に対し、はらはらした目を向けている。

銀市もまた大人になりきらない少女が、そのように堂々と話しかけることを意外に思ったらしい。軽く目を見張っていたが、すぐうなずいて見せた。

「ああ、今日の珠は休みだ。ただ知り合いに遭遇して話が弾み、今の家を訪ねに来たのだろう。その程度のことで怒りはしないさ」

「まあ、寛大なご主人でよろしかったわ。自分でご本を買いに行けるようなお勤め先だから、大丈夫だろうとは思っていたけれど。もし珠さんがお店でいじめられていたら、またわたくしのところで勤めて頂こうと考えていましたの」

冴子がにっこりとしつつもそう発言したことに、その場にいた全員が目を丸くした。

特に重太は、顔色を真っ青にして狼狽える。

「お、お嬢さん、なんて失礼な事をっ」

「だってそうでしょう？　珠さんはわたくしを妖怪から助けてくださった、命の恩人なんですもの。だからもし珠さんが苦境に立たされていたら、今度はわたくしが助けてさしあげる番だと思っていましたの」

朗らかな冴子の言葉に、珠は面食らう。まさか彼女が妖怪に関して堂々と口にするとは思わなかったのだ。そもそも彼女は見えない人間のはず。

さらに付け加えるなら、ここは表向きは普通の口入れ屋だ。なにより世間ではすでに妖怪は迷信として切り捨てられ、「ないもの」として扱われている。

「妖怪」とあっさりと口にした冴子にどう反応するのか、珠は恐る恐る銀市を窺《うかが》う。

銀市は眉《まゆ》を上げて何かを言いかけたが、その前に冴子が続けた。

「ねえ古瀬さん、ごまかしはよしてくださいね。わたくし、この銀古が怪異ごとの相談を受けているお店だというのを存じていますのよ。だから、珠さんが理解あるお勤め先に落ち着けて良かったとすら思ってますの」

「その噂《うわさ》を知っているのなら、君はただ珠に会えたことを喜んだだけではないな？」

流石に銀市が眉を寄せると、冴子は微笑みを少し落として困り顔になる。

「はい。できればご相談させて頂きたいの。怪異に悩まされているみたいだから」

冴子が妖怪でまた困っているとは。珠が口に手を当てていると、銀市は軽く息をついた。

「ひとまず、中で話そうか。珠、休みですまないが茶の支度を頼めるか」

「もちろんですっ」

珠は書籍の入った紙袋を抱えて頭を下げると、急いで台所に向かったのだった。

＊

珠が中原子爵邸に勤めていたのは、帝都に来て一度目か二度目の勤め先を追い出された後だった。慣れない集団生活の中でも、比較的長く居られた勤め先でもある。

冴子はそこの娘で、華族のための女学校に通うために、上京してきたのだと聞いた。

だからだろうか、こちらに親しい友人もいなかったため、同じ年齢の珠をよく遊び相手にしていたのだ。読み書きに関しても、冴子の家庭教師についでに教えてもらったおかげで上達した。かなり実りの多い所だったのだ。

珠もまだ幼いと表してもいい年齢だったせいだろう。たまに妖怪に追い掛けられたり、ちょっかいを出されたりして仕事がうまくいかなくとも、寛大に許してくれていた。

銀古を除けば、一番よい勤め先だっただろう。

けれど、それを台無しにしたのは珠自身だった。

珠は店舗の奥にある座敷まで、準備したお茶を運ぶ。

室内では、冴子が銀市と重太に対して当時の話を語っていた。

「わたくしのお家《うち》には沢からつながっている池があるの。そこに、人の頭くらいの大きさの、つるりとしたものが浮いていたのよ。わたくしがお散歩で通るたびにあるものだから、どうしても気になって手を伸ばしてしまったの。そうしたらあっという間に水の中へ引きずり込まれてしまって……。お水は浅いはずなのに、奥からぐいぐい引っ張られて全然岸に上がれなくて怖かったわ。でも珠さんが岸から釘《くぎ》を投げつけてくれて、わたくしは解放されたの」

「釘に触れると、逃げていったということか」

銀市が相づちを打ったとたん、冴子は我が意を得たりとばかりに手を合わせて語る。

「ええ、そうなの！　金釘なのよ。たぶんあれは河童《かっぱ》だったのね。河童は金気のあるものを嫌うって文献に書いてあったわ。わたくしは珠さんのおかげで助かったのに、お父様もばあやもだあれも信じてくれなかった。結局珠さんがわたくしを池に落とした事になって、追い出されてしまったの。信じてくれたのは重太だけよ」

「私が池に落ちる冴子さんを、止められなかったのは確かですから。お茶です、どうぞ」

「まあ、ありがとう。珠さんのお茶も久しぶりね」

珠が茶托《ちゃたく》に載せた茶を勧めると、冴子は嬉しそうに礼を言うが、すぐに不満げにする。

「でも、みんな珠さんが犯人のように言っていたのよ！　お医者さまはわたくしの足と手首に強く摑《つか》まれた痕《あと》があるって診断してくださったのに、みーんなしらんぷり。珠さんが釘を投げた事だけを取り上げてっ」

「お、落ち着いてください、お嬢さんっ」

憤然とする冴子を重太が宥《なだ》めようとするが、あまりうまくはいっていない。

珠は茶を出し終えると銀市の背後に座りつつ、当時のことを思い返す。

今考えてみれば、あの頃の珠は妖怪《ようかい》が見える者と見えない者の違いが腑《ふ》に落ちていなかったのだろう。さらに言うならば、妖怪の存在を信じない者の反応を。

珠にとっては釘を持ち出し、冴子を引きずり込もうとしていた河童に向けてばらまく行為は、助けるために必要だった。けれど、あのぬめりとした魚類の顔をし、悪意のこもった表情をした河童は屋敷の者達が駆けつける前に逃げてしまった。だから屋敷の者には、珠が冴子に対して危害を加えているようにしか見えない。

むしろ妖怪について口にしたとき、異様な忌避の目で珠を見たのだ。

珠はそうして中原邸から暇《いとま》を出された。ただ大事な令嬢を傷つけたにしては、まともな紹介状を書いてくれた。薄々は珠のせいではないと、わかっていたのかもしれない。

どちらにせよこの一件で、珠は普通の人間には極力、妖怪が見えると語らないことにしたのだった。

珠がしみじみと思い出していると、冴子が話を続けた。

「だからわたくし、妖怪について詳しくなることにしましたの。難しい本を読んだり、いろんな方からお話を聞いたりしてね。残念ながら、あの河童以来妖怪には会えていないのだけれど……」

しょんぼりと肩を落とす冴子には、やはり見えていないのだと珠は再確認する。

今も天井から天井下り《てんじょうさが》り が、毛むくじゃらの顔で脅かす機会を狙っていることも。家鳴《やな》り達が、風がふすまを叩《たた》くたびに音を響かせていることも。彼女にはわからないのだ。

にもかかわらず、冴子はまっすぐな眼差《まなざ》しで聞いてくる。

「でも、妖怪は大人達が言うような空想上の存在じゃないのでしょう？　だって珠さんは妖怪が居ることを知っていて、わたくしを助けたから追い出されてしまったのだもの」

怖い目に遭ったにもかかわらず、彼女が妖怪を語るときの口調はどことなく楽しげですらある。珠にとってこのような反応は初めてだ。

銀市がどう返すのか気になり、珠がそっと窺う。腕を組んでいた彼は、表情を変えずに口を開いた。

「時に、君はこの店の噂を聞いて相談をしたいと言っていたな」

「ええそうなの。珠さんに助けられた時以降、なにもなかったのだけど、最近わたくしの周りに妙なことが起きますのよ」

「妙なことですか？」

珠が聞き返すと冴子は眉尻《まゆじり》を下げ、困り果てた様子でうなずいた。

「ええ、最近誰も居ない道でふと視線を感じたり、わたくしの側に獣の毛が落ちていたりするのよ。妖怪につきまとわれているんじゃないかしらと思って」

「……それは」

銀市が眉を寄せたが、察した冴子が先回りして答える。

「もちろん飼い犬も猫もいない、わたくしのお屋敷の中によ。さらに獣なんて居るはずのない、お稽古《けいこ》事のお部屋に落ちていたりもするの。使用人達もわたくしの側に居ると、視線を感じたり何かに追いかけられたりすると言うわ」

「確かに、妖怪に憑《つ》かれているように思うが」

「まあ本当!? どちらにいらっしゃるの」

冴子はきょろきょろとあたりを見回す。

けれど銀市が見ていたのは、なぜか冴子の斜め後ろにいる重太だ。

珠もまた重太を見て、彼の顔色が青を通り越して土気色になっているのに気がついた。

そういえば、彼は店内に入ってからずっと落ち着きがなく、銀市に視線を向ける事もしない。冴子の監督のためかと考えていたが、それにしては過剰だろうか。

珠は不思議に感じるものの、あまりまじまじと見てしまうのも失礼な気がして銀市をそろりと見上げる。

銀市は重太を見つめていたが、彼に話しかける事はなく、冴子に視線を戻した。

「ほかには何があった」

すると冴子は、軽く驚いたように瞬《まばた》いた。

「聞いてくださるの？」

「君のような育ちの良いお嬢さんは、普段ならどう見てもうさんくさい、俺のような者に頼ろうとしないだろう。手もずっと固く握っている」

銀市に指摘された冴子は、はっとして膝《ひざ》の上で握っていた手を握り直す。

顔色の悪い重太も、面食らった様子で冴子の背を見つめていた。

気づいていたのかと少し驚いた珠は、銀市の表情が柔らかいことに気づいた。

……――厳格で恐ろしくも見えるが、正面から向き合ってくれる。かつて珠を受け入れてくれた時と同じ表情だ。

冴子はためらうように唇を開閉していたが、意を決したように語り出す。

「わたくしの通っている学校のお供部屋で、何かが起きるみたいなの。うちの女中が怖がって、今は重太さんが付き添ってくださっているくらいなのよ」

「なるほど。だから女性の方が付き添いではなかったのですね」

「ええ、わたくしがつきまとわれている可能性も考えた、お父様の計らいよ。男の方が居れば、対処できるだろうからって」

世間では不思議な組み合わせは、冴子を守るための采配《さいはい》だったのだ。

理由が腑に落ちた珠だったが、銀市が少し困惑した様子でいる。

「お供部屋とはなんだろうか？」

「ええと、冴子さんが通う女学校は、女中さんが学校まで付き添うんです。その方達が、お嬢さまの学校終わりまで待つための部屋が、お供部屋なんですよ」

冴子の学校までの付き添いは違う女中がやっていたが、話は聞かせてもらっていた。

珠の話を聞いた銀市は、驚きながらも感心した様子だった。

「俺にも知らん世界がまだあるな……」

そのような反応をされた冴子は曖昧《あいまい》に微笑《ほほえ》む。

「なんだか、別の学校では違うみたいだけれど、わたくしの周りはそうなの。でも重太さんは、本来ならお父様のお仕事を手伝っている方だから申し訳なくて。お父様も女中の説得が終わるまでだ、とおっしゃっているのだけど」

「お、おれの事なんて気にしなくて良いんですよ！　お嬢さんのためだったら、いくらでも働きますっ」

「……ほう」

狼狽《うろた》えた重太だったが銀市に半眼で見つめられて、なぜかひっと息を呑《の》む。

冴子は重太を振り返ると、少しとがめるように言う。

「あら、重太さんは若手の中でも出世頭なんでしょう？　お父様の良いように使い走りにされてはだめよ」

「そ、それは別に……」

「別に、良いのか？」

しどろもどろになる重太に銀市が目をすがめると、彼は冷や汗を掻《か》いて黙り込んだ。

だが、すでに銀市へ視線を戻していた冴子は気づかず頬を緩める。

「また、珠さんが居てくださったら心強いと思ったのは本当よ。だけど、珠さんはこのお店になじんでらっしゃるから、あきらめるわ」

冴子の微笑に、珠は唇を引き結ぶ。なんだか気恥ずかしく胸の奥がふわふわとする。まるで珠がここの一員だと、認めて貰《もら》えたような気がした。

少々珠が顔を赤らめてうつむくのに、顔を和ませる銀市は冴子に訊《たず》ねた。

「それで、君は俺に何の解決を望むんだ？」

冴子は己の指を握りしめ、少し考えるように沈黙をした後答えた。

「見上げれば見上げるほど大きくなる見越し入道《みこしにゅうどう》や、足にまとわりつくすねこすり。そういうものに、わたくしだけが遭遇するのならかまわないの。むしろ本当に妖怪がいたのね、と喜ぶのだけれど」

「お嬢さん……」

冴子の発言に、顔色が悪くとも呆《あき》れる重太も気にせず、彼女は続けた。

「他の皆さんが怖がるのなら良くないわ。せめて、良いものか悪いものかだけ確かめることはできないかしら？」

「退ける事は望まないのか、奇特なお嬢さんだな」

少し呆れを含みながら苦笑していた銀市は、思案した後答えた。

「わかった、少し調べてみよう」

「まあっよろしいの」

嬉《うれ》しそうにする冴子を横目に、銀市は背後の重太を向いた。

「……箕山重太、といったな。調査料や詳しい話はお前を通せば良いな」

「は、はい」

「では後日詳しい話をしよう。必ず、来るんだぞ」

ずいぶんと念を押す銀市に、珠は面食らったのだが、視線を合わせないものの重太はがくがくとうなずいた。

その重太の反応もまた、珠は不思議に思う。今日の銀市は少々強引だったが、そこまで怯《おび》えるほどの威圧感はなかったはず。

けれど、座敷から見える中庭には夕日が差し込んで来ていたため、話はそれでお開きになった。冴子に門限があったからだ。

「ごめんなさいね。妖怪に会えると楽しみだったけれど、他の方が傷つくかもしれないか不安だったの。それでもね。珠さんと出会えて本当に嬉しかったのよ。またお話してちょうだいね」

別れ際の冴子が、そう言ってわずかに安堵《あんど》していたのが珠の心に残った。

＊

「ところで君は、どんな本を買ってきたんだ。興味が引かれるものはあっただろうか」

夕食中、銀市に訊ねられた珠は、まだ報告していなかったと居住まいを正した。

「少女雑誌はちゃんと手に入れられました。後でお持ちしますね。自分のためには家政の本を買いました」

「家政、本か？」

面食らった様子の銀市に、珠は少々頬を染めて続けた。

「はい、世の中の女中がどう振る舞えば良いのか学ぶものらしいのです。これで世間の普通を知ることができるのではないかと思いました」

「あ、ああ。君が満足しているのならかまわんさ。感想を聞かせてくれ」

銀市の反応はどこか苦笑気味だったが、ひとまず課題は果たせたようだ。

しばし今日の夕餉《ゆうげ》を味わっていた珠だったが、意を決して訊ねた。

「本当に、冴子様の依頼を受けて頂けるのですか」

ふきの煮物を口にしていた銀市が、珠を見る。

思わず真剣な眼差しに珠は少し固まった。最近、銀市にじっと見つめられることが多い気がする。これは見つめ返したほうが良いのか、視線をそらすべきなのか迷っていると、銀市はかすかに眉を寄せた。

「間違っていたらすまないが、君は少し落ち込んでいるか？」

指摘されて、珠は初めて自分が落ち込んでいることに気がついた。冴子達を案内している間、ずっと感じていたもやもやの理由にも、ようやく思いいたる。

珠はしょんぼりとして、茶碗《ちゃわん》を下ろした。

「私が冴子様達を連れてきてしまったせいで、銀市さんのお仕事を増やしてしまいました」

銀古は妖怪《ようかい》関連の相談も受けてはいるが、銀市自身は口入れ屋の業務を大事にしたがっているように思えた。だから今回の自分の行動が、迷惑な事だったのではないかと不安になっていたのだ。

珠が完全に箸《はし》を止めてうつむいていると、その様子を見つめていた銀市は、安心させるように表情を緩める。

「いいや、かまわないさ。あの娘は店の名を知っていた。君に会わずともいずれたどり着いていただろう」

「そう、ですか。銀市さんが不快に思われていないのでしたら、良かったです」

「むしろ、知らない君を知れて興味深かった」

ほっと安堵していた珠は、愉快げな銀市にそう語られ面食らう。本当に気にしていない様子だが、そのように楽しくされる理由がわからなかった。

「困惑させたか、すまない。ただ彼女のような雇い主もいて、君が苦しい思いばかりをしてないとわかってほっとしたんだ。忌避されるのはあまり良い気分ではないからな」

苦しい思い。そう、言われても珠はよくわからない。解雇をされてしまったのは、雇い主の望み通りに出来なかったからだ。珠が嫌がられるのは仕方ないことなのだから、苦しい、と感じることすらおかしいのでは。

だが銀市は、珠の事にもかかわらず、自分の事のように安堵しているように見えた。

「まだ君と知り合って日が浅いから、君の事は知りたいと思うのさ」

銀市の朗らかながらも重みのある言葉に、珠はむずむずとしたものを覚えた。嫌な感じではないけれど、ふわっと体が浮き上がるような心地で落ち着かない。知りたい、という言葉がなぜか耳に残り、じんと胸に染みる。

「銀市さんが、楽しいのなら、良かったです」

珠がもごもごと言いつつ、ごまかすように食事を再開すると、銀市もまた続けた。

「ああ、今回は君が意外に行動派だったと知れて面白かったぞ。よく河童《かっぱ》が金気を嫌うなんて知っていたな」

「それは同じ地域に棲《す》んでいた妖怪に、河童の苦手なものを教えてもらったんです。あの頃の私のお役目は、冴子様をお守りすることでしたから。必要になるかも知れないと思って、教えてもらうために髪一房と交換しました」

「……なに」

銀市は少し笑みを納める。珠はおかしな事を言っただろうかと内心首をかしげたが、髪の事ではないかと思い至った。

「あの、妖怪さんには対価を求められることが多かったので。欲しがられるのはあめ玉のような些細《ささい》なものばかりでした。流石に今後に響く血や指だったらお断りしました、よ？」

「そちらを渡さないでいてくれて、本当に良かったと思うぞ……ああいや、もらった俺が言うのもなんだが」

銀市が少し決まり悪そうに目をそらす。

珠もまた、あの豪雨の日を鮮やかに思い出し、顔が火照った。気恥ずかしくて、無性に理由をつけて立ち上がりたかったが、今は食事中である。

気まずい沈黙の後、こほんと咳払《せきばら》いをしたのは銀市だった。

「要するに肉体の一部というのは、使う者が使えば人を害せる代物だ。それを要求した妖怪はあまり賢い者ではなかったから救われたが、人に非《あら》ざる者との約束もなるべくしない方が良いだろう」

「ただの体の一部、なのにですか」

「ああ、俺の知り合いには『髪一本あれば呪い殺すなどたやすい』と豪語するやつもいる。そうでなくとも、かつて贄《にえ》の子だった君の一部は力になりやすい。そして、妖怪は約束というものを重視する。妖怪が悪意を以《もっ》て契約を結ばせる事もあれば、人にとっては些細な約束でも、妖怪には重い意味を持つことがある」

珠は今まで、妖怪に対しても望まれれば応《こた》えていた。それが、贄の子として珠に求められた役割だったからだ。解放されたあとも、長くそのためだけに存在していた珠にとって、願いというのは断りづらい。誰かに求められれば、頷《うなず》かなければならない気になる。

けれど、自分が危ういことをしていたと知り息を詰める珠に、銀市はまた表情を少し和らげた。

「特に君は妖怪に心を許しがちな部分がある。慎重になったほうがいいが……もう大事に想ってくれる人がいるとわかっているだろう？　これから注意していれば良い」

「は、はい」

珠がこくこくうなずくと、銀市は食事を再開しながら続けた。

「さて、なぜあの依頼を受けたかといえば、難しいことはない。それなりに理由の見当が付いていたことと、受ける必要があるものだっただけだ」

「あれだけで理由がわかったのですか？」

冴子は珠を頼りにしていたようだが、珠はただ人に非ざる者が見えるだけの人間だ。理由を推察することも、妖怪を圧倒する力を振るうこともできない。

しかし銀市は、なんとも複雑そうな表情を浮かべていた。

「気になるのだったら、少し遅くまで起きていると良い」

変化が起きたのは食事を終える頃だ。ざわりと室内の気配が騒いだ。

珠にもわかるほどの空気の震えだ。

びっくりして顔を上げたとき、続けてかんかん、と遠くから戸を叩《たた》く音が響く。

音の方向からして店側ではなく、裏玄関の方向だ。

鴨居《かもい》に座った家鳴り達がきしきしと体をぶつけ合い、廊下の暗がりから愉快げな魍魎《もうりょう》達の声がする。

『誰かきたぞ』

『誰が来た』

『しらんもんじゃ』

『脅かそうか』

「お客様、でしょうか。私行ってきますね」

珠が反射的に立ち上がろうとするのを、銀市が制した。

「かまわん、俺が行く」

「ですが、私が使用人ですのに」

「なら、後ろから距離を取って付いてきなさい」

そう言われたことで、珠はいつもの来客とは違うらしいと悟る。

しかし家の主人に応対させるなど、珠の常識の上ではあってはならないことだ。

せめて珠は洋灯《ランプ》を用意しようとしたのだが、銀市はさっさと席を立つと、玄関へ向かっていってしまう。黄昏《たそがれ》から夜に至る時間で、廊下は珠にとっては慎重に歩かねばならないほど暗い。けれど銀市は、日中と同様に歩を進めていった。

珠が廊下の曲がり角から顔を覗《のぞ》かせる頃には、銀市は玄関先の引き戸を開けていた。

玄関にいたのは洋装の男のように見えた。外から差し込む街灯でぼんやりと輪郭はわかるが、距離があるためにどんな人間かまでは判別できない。

「夜分に、すみません……。どうしても今日中が良いと思った、ものでして……」

けれど、男の声には聞き覚えがあった。ついさっき別れた、冴子の付き添いである箕山重太だ。酷《ひど》く怯えと緊張を混じらせた声音である。

珠がどうしたことかと瞬《まばた》いていると、袖《そで》に手を入れた銀市が硬質な声で問いかけていた。

「箕山重太、弁明はあるか」

とたん、ぽんっと空気銃のような間抜けな音と共に、重太の姿が煙に包まれる。

煙が晴れた後に、玄関口で正座していたのは獣だった。

全体的に丸っこく耳の輪郭も犬とは違うため、恐らく狸《たぬき》ではないかと思う。

狸は、ぴるぴると震えながらも勢いよく玄関の土間に頭をこすりつけた。

「お願いです！　どうか、どうかお嬢さんにだけは言わないでください！」

その声は重太のもので、珠はぽかんと立ち尽くしてしまう。つまり、この狸は重太であり、彼は人に化けていた狸ということだ。

震えながらも頭を下げたまま動こうとしない狸に対し、銀市はため息をつくと、脇を通り玄関の戸を閉める。

そうして、廊下の先にいる珠を正確に振り返って言った。

「珠、すまないが居間に通す。部屋を整えてくれ。ちり紙と、顔を拭《ふ》ける手ぬぐいもだ」

「は、はい！」

その言葉で、重太が号泣していることに気づいた珠は、準備を整えるため、転がるように走ったのだ。

電灯をつけた居間には、ずびずびと洟《はな》を啜《すす》る化け狸がちんまりと座っていた。

「あの、水です。泣かれると、喉《のど》が渇きますから」

「ぐすっ、こいつは、ありがてえ……おれなんかのために。気遣ってくれて……」

珠が湯飲みに入れた水を差し出すと、重太は狸の姿のまま、器用に受け取ってぐいと一気に呷《あお》る。その姿は珠が良く見知っているものより大きかったが、どう見ても狸である。

まさか顔見知りであった男が化け狸だったとは、と珠がまじまじと見ていると、重太がまだ潤んだつぶらな瞳《ひとみ》を向けてくる。

「ぜんっぜん驚かないってことは、珠さんも気づいていたんですね」

「いえその、箕山さんが化け狸だなんてわかりませんでした。今、とても驚いています」

正直に言ったのだが、重太はふるふると首を横に振って否定した。

「いいんですよ、おれは化け狸一族でも出来損ないの落ちこぼれだったんです。見えている珠さんにならバレてもおかしくないって昔っから避けてたんですが」

「なるほど。私を見るなり固い顔をして逃げられていたのは、そういう理由でしたか」

珠は今更ながら納得する。しかし重太が一番怯《おび》えているのは正面に座る銀市に対してだ。

さらに、化け狸の重太を見ていると、珠は冴子の言葉を思い出した。

「そう言えば、冴子様が屋敷内に獣の毛が落ちていた。とおっしゃっていましたね。もしや箕山さんのものですか」

「そ、それはですね。たぶん……はい」

しどろもどろになる重太に対し、陶火鉢の墨火から煙管《キセル》に火をつけた銀市が、改まった様子で訊《たず》ねる。

「で、だ。中原子爵の令嬢にこの店の事を漏らしたのはお前だな。ならば俺がどういう存在か知っているはずだ」

「そ、その通りです。人に非ざる者達が、帝都で暮らせるよう取りはからってくれる相談役様でしょう。何より人と妖《あやかし》の間で起きた問題を解決してくれる場所だと、妖怪《ようかい》達のうわさ話で聞いてたんです。おれは人間として生きてますんで、お世話にはならないだろうとは思っていたんですが」

うつむく重太に対して、銀市は険しい声で追及する。

「化け狸のお前がなぜ華族の屋敷に勤めている？　珠や冴子さんの話を聞くに、ずいぶんと長く化けて出入りしているのだろう。が、中原子爵の令嬢に付きまとっているというのであれば、俺はお前を拘束するぞ」

重太はびくっと大げさなまでに体を震わせたが、はじかれるように叫んだ。

「お嬢さんに危害を加えるつもりはありませんっ！　だ、だっておれはお嬢さんに恩返ししたいだけなんですからっ！」

「恩返し、ですか？」

珠は戸惑って銀市と顔を見合わせると、重太は再び号泣しながら語り出す。

「お、おれは化け狸の一族の出なんですが、狸の中では茶釜《ちゃがま》やでっかい家までなんにでも化けられるのが一番尊敬されます。だけどおれはどう頑張っても、人間以外のものには化けられない落ちこぼれだったんです。それでいじめられていた時に、助けてくれたのがお嬢様……冴子さんだったんです」

重太はぐす、と洟を啜る。

「いじめられるばかりだったおれに、それがどれだけ嬉《うれ》しかったことか。だからお嬢さんの役に立つために、人間として中原子爵のところで雇ってもらったんです。幸い旦那《だんな》様はおれを都会に行きたい人間の子供だと思ってくれて、いろんな所に使いっ走りをさせてくれました。それから少しずつ外見を成長させて、死にものぐるいで人間の事を学びながら働いていたんです。だから今はお嬢さんだけでなく、中原子爵にもご恩があります」

自分の言葉に興奮してきたのか、重太は声に熱を帯びさせて身を乗り出してくる。

「それに、あんなに楽しそうなお嬢さんを久しぶりに見たんだ。いつも朗らかさを崩さないけど、やっぱり最近の事がすごく負担になっていたんだと思います。おれにできることでしたら、なんでもやります。だから、どうかお力を貸しては頂けませんか」

必死に頼み込んでくる重太に対し、銀市は煙管の吸い口を含み、煙を吐く。

「名に誓えるか。冴子さんを害していないと。これからも害さないと」

銀市が念を押すように訊ねると、重太はごくりと唾《つば》を飲み込んでためらう。

「妖怪にとって約束は大事なものだ」と珠は聞いたばかりだ。重太がこれほど躊躇《ちゅうちょ》するのを見て、銀市の話が本当なのだと実感した。

けれど重太は迷いを振り払うように首を振った後、震えながらも答えたのだ。

「おれの『重太』の名に誓います。おれは冴子さんを害していませんし、害しません！」

銀市はしばし、重太を見つめた後ゆっくりと硬質な雰囲気を解いた。

そうすると、いつもの穏やかな表情に戻る。

「わかった。信じよう。まあ、さほど疑っていなかったが」

「…………は？」

ぽかんとした重太は銀市の言葉が頭にしみこんできたのだろう、力がぬけたようにへなへなと両前足を畳についた。

「お、おれのような下っ端妖怪が、古瀬さんみてえな大妖怪に脅されたらどれだけ怖いか知らないんですかい!?　とって喰《く》われるかと思いましたよ！」

「妖怪どもが無秩序に暴れないよう俺がいる。お前がそう思うんだったら、俺がいる意味があると言うものだ」

「それはないですよ……」

心底悲しそうにする重太に銀市は肩をすくめるだけだ。珠も密《ひそ》かにほっと息を吐いていると、銀市は先ほどよりも柔らかな声で重太に訊ねた。

「それで、冴子さんが通う女学校のお供部屋だったか。そこで何があるんだ」

「あーえっとそれはですね。おれはあの部屋に入るのは気が引けるんで。聞いたうわさ話なんですけど。今あそこ怪談の宝庫になっているらしいんですわ」

「いや、少し待て。なぜお前が入れないんだ」

「あの、基本華族のお嬢様に付き添うのは女性ですから。男性である箕山さんは入れないと思います」

珠が補足すると、不思議そうにしていた銀市は納得した様子だった。ほっとした顔をする重太だったが、すぐに困惑の表情になる。

「なんでも、通ってくる女中が何度数えても一人多かったり、物が頻繁になくなったりするそうなんですわ。一度ね、物盗《と》りじゃないかと警官が入ったんですよ。だが、捜査中に警官のバッヂと靴がなくなったかと思うと、そのバッヂが水浸しの靴の中に入って見つかりましてね。けれど、華族のお嬢さんが多く通う学校なんで、こんな気味の悪いこと外にも相談しづらいですし。他の女中達もかなり参っている様子なのは確かなんですよ」

「経緯はわかったが……一介の口入れ屋は、さらに手を出しづらいということだな」

確かに、警察がみだりに入れないような場所に、口入れ屋が調査をさせてくれと言ったところで、学校側が許可するわけがないだろう。

至極もっともな事を言う銀市に、重太はすがるような眼差《まなざ》しを向けてくる。

「それでもなんとかなりませんかね。お嬢さん最近ふさぎ込むことが多いんですわ。おれはお嬢さんの側にいられて役得ではあるんですが、気詰まりでしょうし……」

確かに珠には、冴子が以前共に過ごしていた時と、どことなく様子が違うように思えた。

珠が日中の冴子を思い出し、引っかかるものを感じていると。

かつん、と微《かす》かな音が響いた。見ると、窓辺に白い鳥が一羽留まっている。

もう日はとっぷりと暮れているのに鳥が飛んでくるとは、と珠が物珍しく眺めていると、銀市が立ち上がって窓を開けた。室内に入ってきた鳥は、銀市の手に留まるなり、ふっとほどけて手紙の姿になる。

珠と重太がぽかんとする間に、手紙に目を通した銀市は、重太を振り向いた。

「ひとまず、学校内に入る算段が付きそうだ」

「ほんとですかい⁉」

「しかし問題のお供部屋は少し工夫が必要だぞ。普通の警官が入り込んだ時には、良いようにもてあそばれたのだろう」

喜色を浮かべる重太だったが、銀市の言葉に再びしゅんとなる。

けれど、珠はふと気づいて手を挙げた。

「あの、お供部屋でしたら、私が入れるのではありませんか？」

「珠？」

銀市が驚いた顔で見るのに、珠は少し出過ぎたかと思いつつも続けた。

「私でしたら、女中の皆さんの中に紛れ込めます。それに人ではないものも見えますから、妖怪が居るかどうかくらいはわかると思います」

「君をあまり現場に行かせたくはないんだが……」

渋る銀市に、珠は気後れする。雇い主の気が進まないのであれば、引き下がるべきだ。求められてはいないのだから。けれど、珠は弱々しい声ながらもおずおずと言った。

「ですが、私も銀古の従業員です。お仕事を円滑に進めるために必要なら、私を使ってください」

銀古に居たい、と珠は願った。ここで、珠が知らないことを知っていけたらと思った。銀市はそんな珠を受け入れてくれた。だからこの恩に報いるためにも、銀古の一員として、出来ることはやりたいのだ。

「お役に、立ちたいです……だめ、ですか」

語気は弱いまま、珠は眉尻《まゆじり》を下げて、銀市を見つめる。

銀市は難しい顔をしていたが、あきらめたように息をついた。

「わかった。手伝いを頼めるか」

「っはい、お任せください！」

奉公人は、雇い主の役に立つよう誠心誠意務めるのが普通だとされている。今までよくわからなかったけれど、銀古のためだったら、率先してやりたいと思えた。

受け入れて貰《もら》えたことに、珠が顔をほころばせると、銀市は多少苦笑しながらも続けた。

「まあ、ある意味君と同年代の者が集まる場所だ。見聞を広められるかもしれん。仕事の話の方が喜ぶ君を見るのも複雑だが、嫌でないのならいい。最近俺に身構えているようだったしな」

「あの、いえ、そういうわけでは」

まさか、笑顔をこらえているのに気づかれていたとは。

羞恥《しゅうち》に熱くなる顔に手を当てていると、手紙を畳んで懐に入れながら、銀市が続けた。

「君の本心を読み取るのはまだ難しくてな。ようやっと嬉しいことはわかるような気がしてきたが……それはそれとして、君の変わる表情は好ましい」

最近の珠をじっと見る様子は、心中を推し量ろうとする仕草だったのだ。

銀市にそのような気遣いをさせるとは申し訳ないと思う。だが、珠は胸の奥にこみ上げてくる温かさに戸惑い、彼の顔が見られない。

「お、お茶を替えてまいります」

珠は銀市が重太へ諸々《もろもろ》の話を進めている間、台所へ避難して火照っている気がする顔を冷ましたのだった。

第二章　付き添い乙女とお友達

すがすがしい朝の日差しが差し込む中、珠《たま》は人力車に乗って移動していた。

隣には上機嫌な冴子《さえこ》がいる。長着は少し落ち着いた色合いながらも、可愛らしい花柄の銘仙だ。そこに海老茶《えびちゃ》色の袴《はかま》を穿《は》き、勉強道具を包んだ風呂敷《ふろしき》を抱えている。

珠は待ち合わせをして共に乗せてもらったのだが、彼女は終始楽しげにしていた。

「今回は、協力してくださってありがとうございます」

「うふふ。珠さんと通学ができるのも、わたくしが役に立てるのも嬉しいから良いのよ」

冴子の言葉に、珠はなんともむずむずするような感覚に少しうつむく。

今日は冴子に相談された話の調査をするため、彼女の通う女学校に来ていた。

どんな手を使ったのかは知らないが、銀市《ぎんいち》は方々に手紙を出して手はずを整えた上で、中原《なかはら》子爵に協力を求めたらしい。その結果、珠は一週間ほど冴子の付き添いとして学校の門を潜《くぐ》り、お供部屋で過ごす事になっている。

冴子の通うそこは、華族の令嬢のために政府によって作られた学び舎《や》だ。華族の令嬢たちは、特別な理由がない限り、この学校に通っているのだという。

門の手前で人力車から降りると、色とりどりの着物に、艶《つや》やかな海老茶色の袴を合わせた少女達が笑いさざめき歩いていた。足下は洋靴の者もいれば、足袋《たび》に草履の者もいる。

珠達と同年代の少女達は知り合いを見つけると、和やかに挨拶《あいさつ》を交わしてゆく。彼女達は、珠が知っている数少ない少女達よりも、ずっと上品で淑《しと》やかだ。珠と冴子のように、供を連れている者が多い。

物珍しく見ていた珠だったが、ふと冴子に声をかける少女が居ないことに気づいた。

「あら、睦子《むつこ》さんごきげんよう」

「ご、ごきげんよう」

冴子は知り合いらしい少女が通りかかると声をかけるが、相手の返事はぎこちない。すぐにそそくさと門を潜っていく。冴子自身はさほど気にしたようには見えなかったが、こういった機微に疎い珠でも違和感を覚えた。そっとあたりを見回してみると、少女達の何人かが冴子を見るなり遠巻きにするように歩いて行くのを見つける。

珠のもの言いたげな視線に気づいたのか、冴子が少し苦笑を浮かべた。

「あら、気づいてしまったかしら」

「冴子さんは、学校にあまりなじんでいらっしゃらないんですか」

「ふふふ、珠さんのまっすぐな言葉も久しぶりね」

くすりと笑われた珠は少し焦ったが、気分を害した風もなく、冴子は答えた。

「前は皆さんと仲良くしていたのよ。今もなにか意地悪をされているってわけではないの。ただ、わたくしの側に居ると悪いことが起きるって噂《うわさ》があるから、仕方ないのよ」

「そんなことになっていらっしゃったんですか」

「ああでも、重太《しげた》さんには内緒にしてね。噂の理由はわたくしの周りに獣の毛が落ちていることと、わたくしのお付きの女中が頻繁に替わっていた事だから。獣の毛に関しては古《ふる》瀬《せ》さんが解決してくれるとおっしゃってくれたもの。今回のお供部屋の件だって調査してくれるんでしょう？」

重太が冴子に元気がないと言っていたが、珠はこれが原因かと理解した。珠が記憶している冴子は、女学校で仲の良い友人の話をしてくれた。使用人達にも、慕われていたように思う。そんな彼女が普段と違う状況に置かれているのだ。応《こた》えない訳がない。

珠が言葉を途切れさせていると、冴子がはたと気づいたように言った。

「そう言えば今日は古瀬さんはいらっしゃらないのね。わたくしは珠さんをわたくしのお供としておくり込むことしか知らないのだけれど」

「銀市さんは、別の方向から調べるとおっしゃってました。午後には合流されるそうです」

今回、珠は冴子と合流するため早朝に銀古《ぎんこ》を出ており、彼が何をするのかはあまり詳しくは知らない。けれど、彼はあの鳥になる手紙で頻繁にやりとりをしていたため、自分の知らないところで動いているのだろうと察していた。

だから、珠は頼まれたことをしっかりとこなすだけだ。

「その、私だけじゃ頼りないかも知れませんが……。できる限りのことはいたします」

「まさか！　とっても心強いわ。ありがとう珠さん。よろしくね」

珠がそう言うと冴子は穏やかに微笑《ほほえ》んだ。これで良かったのかはわからないが、珠はほんの少し肩の力を抜いて、調査に赴いたのだ。

＊

珠が待ち構えていた職員に言うと、すんなりとお供部屋へ入り込むことができた。

そこは畳敷きの道場のような広い一室で、裁縫をするのに必要な裁ち台やへら、こてなどがいくつも置かれている。その間で珠より幼い少女から、年かさの女まで、数十人が思い思いに過ごしていた。

着ている着物はそれぞれだ。ただ、どれも地味な柄ばかりで、珠は少々不思議な気分を覚える。この空気感は、以前勤めていた屋敷の女中部屋の雰囲気を思い出させた。

「本日からこちらにいらっしゃる、中原冴子さんの付き添いである珠さんです」

簡素に紹介された珠は一瞬だけ集まった複数の視線に向けて頭を下げた後、輪の中に交ざっていく。

親しい者達はすでにまとまっているようで、珠に対して興味を見せるが、近づいてくることはない。ただ、彼女達の視線に若干の好奇と奇異の色が混じっているのを感じた。ここにも、冴子に関しての噂が届いているのかもしれない。

今回の珠の役目は、このお供部屋に出る怪異を見つけることだ。できればこの部屋を利用している者に話を聞ければ良いのだろうが、あまり口が達者ではない珠には少々難しい。

だが銀市は一連の事件に対して普通の人間には見えない妖怪《ようかい》が原因ではないか、と推論を立てていた。警官が見つけられなかったからだ。ならば珠の出番である。捕まえるのではなく、原因を見ることであれば珠にもできる。けして無理はしないように、と銀市には言い含められているが、見逃さないように気を張るくらいは必要だ。

『珠、あまり気を張るでないぞ』

小さくかけられた声に珠ははっとして、懐に入れていた櫛《くし》を見る。そこにはちんまりとした貴姫《きひめ》が顔を覗《のぞ》かせていた。

礼の意味も込めてうなずいていると、肩が叩《たた》かれる。

振り返れば、珠と同年代の少女がいた。着古した木綿の着物に、髪はそっけなくひっつめているだけだ。しかし化粧っ気のない顔立ちは、はっとするほど整っている。

きりりとした眼差《まなざ》しが印象的な少女は、珠と目が合うとにっと笑った。

「ねえ、新入りでしょ。初めまして、あたし高町染《たかまちそめ》って言うの。あんたは」

「上古《かみこ》珠と申します」

「あはは、流石良家に勤めてるだけあってすっごい言葉が丁寧だ」

あっけらかんと言う染に珠は戸惑ったが、彼女は興味津々に距離を詰めてくる。

「ねえ、あたしもつい最近ここに来るようになったんだ。新参者同士、仲良くしようよ。ここでの過ごし方、教えてあげるからさ」

珠が返事をする前に、肩を持たれてくるりと体を回される。染と名乗った少女は、年かさの女中達が、空いている裁ち台を使い始めているのを指し示した。

「ここでは自分で持ち込んだ針仕事とか編み物とかをやって、時間を潰《つぶ》していくんだよ。置いてあるものは共用で、自由に使って良いんだって」

確かに彼女たちは慣れた様子で自分が持ってきた風呂敷を解いて、裁縫道具と反物を取り出し針仕事を始めている。今はちょうど夏物の仕立ての時期だ、やるべき縫い物は山のようにあるだろう。

さらに染は珠の手を引いて部屋の奥の方に連れて行く。その一角には、比較的若い少女達が集まっている。染はその端に座るとささやいてきた。

「そんでもって、針仕事が苦手な子達にはこうしてお師匠さんが教えてくれるんだよ」

言葉と共に珠をはじめとした少女達の前に年かさの女性……裁縫の教師が現れた。すいと見回すと珠の姿を認める。

「さて、今日は新しい方もいるのね。では、運針から始めましょうか。布を配りますね。予備も用意していますから足りるでしょう」

内心慌てた珠だったが、なにもしないでいる方が浮いてしまうだろう。

順番に配られる布を受け取ろうと手を伸ばしたのだが、染から回ってくるはずだった布はない。染も戸惑ったらしく、珠と顔を見合わせる。異変に気づいた教師が珠達のもとへやってきて、顔を強《こわ》ばらせた。

「……また、人が多いのですか」

教師の震えた声は存外大きく響いた。ざわめきがやみ、しん、と室内が静まりかえる。

珠は確かな怯《おび》えを感じてあたりを見渡すと、他の女中達も不安を宿していた。

立ち尽くしていた教師は、ぐっと表情を引き締めて恐怖を覆いかくすと珠を見る。

「もう一度布を用意します。待っていなさい」

「はい」

珠が返事をすると、教師は自分の荷物から、布を取り出して裁ちにかかる。

その不気味なほど静かになった室内に、珠は少なくとも彼女達は怪異を恐れているのだと理解した。

そうして始まった裁縫の稽古《けいこ》は淡々と進んでいった。珠にはそれなりに慣れた作業だっためめ、運針を学ぶためのふきん縫いはあっという間に終わってしまう。

「珠さんはもしかして、一人で着物を縫えるかしら」

「はい、袷《あわせ》の着物まででしたら一応」

珠が正直に言うと、教師はじんわりと微笑んだ。

「十分ですよ。でしたら、ひな形でシャツの縫い方を学んでみますか？　お屋敷で縫うように頼まれることはないでしょうが、構造がわかっているときれいに直せますからね」

珠の脳裏に思い浮かんだのは、常にシャツを着込む銀市だ。

洗濯時によく見るが、着物と縫い方が違うのは気付いていた。構造が理解できれば、また銀市の役に立てるかも知れない。

「ぜひ、お願いします」

教師が用意してくれた型紙で珠は布を裁ち、教えられた通りゆっくり縫いはじめる。

隣からちいさな悲鳴が聞こえた。

「いっ……たぁ」

珠が顔を上げると、隣で縫っていた染が涙目になっている。左の人差し指にぷっくりと血の玉が浮かんでいることから、針で刺してしまったのだろうと察せられた。

「大丈夫ですか？」

「ありがと」

珠が懐から取り出した手ぬぐいを差し出すと、受け取った染は指先をぬぐう。そして、ちらりと珠の手元を見るなり悔しそうにした。

「新入りだから、あたしよりも下手かなって思っていたのになぁ」

珠がきょとんとして彼女の手元を見ると、ふきんを縫っているところのようだ。だがしかし、その縫い目は粗い上に蛇行しており、お世辞にもきれいとは言いがたい。

ちょうど側まで来ていた教師が染のふきんを見て曇った顔をした。

「染さん。これではふきんになりませんから、縫い直しです。糸を引き抜いてくださいね。このままでは平縫いから進めませんよ」

「はい……」

教師が去って行ったあと、重くため息をついて糸を引き抜き始める染は、途中苛立《いらだ》たしげに頭を掻《か》く。

「ああもう、ちまちまやるのは苦手なんだよ。あんた、よくこんなのできるもんだね」

染の言葉に、珠は少し面食らう。

「それは、その。できて当たり前って言われてましたから。ある程度は仕込まれますし」

気にさわるだろうか、と思いつつ答えると、ぴっと糸を引き抜いた染は苦い顔をする。

「……そうなんだよね。これは女なら当たり前にできることなんだよな」

その固い声に珠は違和を覚えた。縫い物は珠にとっては日常の作業だ。

掃除で使うぞうきんを始め、襦袢《じゅばん》に半襟を縫い付けたり、料理で使う布袋をつくったり。それらを縫い終えないと次の仕事へ進めない。とはいえ、大きなお屋敷では専任のお針子がいることも多い。だから染は針になじみがなかったのだろう。

「染さん？」

それでもなんとも形容しがたいもやもやを覚えて声をかける。だが、染からは先ほどまであった暗さは霧散していた。

「まっ、あたしはこれができるようにならないといけないからね。へこんでなんかいらんないわ」

そう言うなり、染はふたたび真剣に針の穴に糸を通すと、布をにらみつけ縫い始める。苦手としていても克服しようとする姿勢は、なんとなく好もしいと思う。ただ、その意欲に対して、技術が追いついていないのだ。

珠だって、今でこそ苦もなく縫えるようになっているが、贄《にえ》から生家に戻り、初めて頼まれたふきん縫いは、まったく出来ず酷《ひど》く怒られた。贄の子に教えられることに、縫い物はなかったのだ。女中となったあと、女中仲間に仕込んで貰《もら》ったが、母親に針仕事を教わらなかったと語ると、妙なものを見る目をされた。

なんとなく、出来ないと言いづらくなり、以降は夜中に蠟燭《ろうそく》の灯《あかり》の下で練習したのだ。染は帝都に出てきたばかりの自分に、似ている気がする。

ただ、できないと言えなくなった珠に対し、彼女ははっきりと言った。出来るようになりたいと意思を表している。そうだ、彼女には助けが必要なのだ。

珠は衝動に突き動かされ、ぎこちなく運針を始めようとする彼女に声をかけた。

「あの、その針の持ち方ですと、指がすぐ疲れてしまいます」

「えっ」

「それに確かに先生の言うとおり布を長く持つと、長く縫えます。けど慣れないうちは、うまく布を張れず縫い目が粗くなりがちです。今は短めに持つと良いかも知れません」

言いつつ、珠は目を丸くする染が持つ針と布を調整してやる。そうしてゆっくりと針と布を動かしてみせた。

「少しやりづらいと感じるかもしれませんが、まっすぐ速く縫えるようになりますから。ゆっくり慣れて行きましょう」

「あ、ましになってる」

染の顔に感動の色が浮かぶ。先ほどよりはずっとまっすぐな縫い目をなぞり嬉《うれ》しげにしていた染は、目を輝かせて珠を向いた。

珠はそこで、頼まれる前に口を挟んでしまった事に思い至り狼狽《うろた》える。

「すみません。差し出がましい口を挟みました」

「なんでさ！　あんたすごいね。あんなどうしようもない、がたがたな縫い目だったのに。

「ありがとう、助かった！　自分でも出来る気がしてくるよ」

染にまっすぐな言葉で感謝をされた珠は、照れと同時に胸の内に満たされるような温かさを覚えた。なぜだろう、染のことにもかかわらず、無性にほっとしている。

「なら、良かったです。まっすぐ縫えるようになれば、長着は仕立てられますから……」

「わかった。まずは長着だよな。あんたみたいに、シャツを仕立てられるまでどれくらいかかるかなぁ。洋裁を身につけられたら、女中じゃなくとも外で仕事ができそうだ」

しみじみと言う染に対し、珠は首をかしげる。

「染さんは女中をやめたいんですか？」

「あ、いや。……女中でもお針子でも、自立して働ける仕事ならなんでも良いんだよ」

あまり触れて欲しくなかったのか、染は歯切れの悪い返事をする。

今では女中やお針子、カフェーの店員など女が外で働くことも増えたが、それはあくまで結婚するまでの腰掛けとしてだ。自立するために働く、という発想を持つほうが珍しい。

珠がまじまじと見つめてしまうと、染は気まずそうに視線をそらした。

「まあそれにしたって、生活できるだけの知識と知恵が必要だからね。まずは針が扱えるようにならないと」

「そう、ですね。家事や男性使用人がする仕事も一通り学んでおくと、長く雇って頂けますし重宝されますすよ」

珠が当たり障りなく答えると、染が不思議そうな顔をする。

「……あんた、そこで結婚しないのって言わないんだね。たいがい早く結婚しなよって流されるんだけど」

確かに、女の幸せは結婚であると言われているし、珠にもその意識は根付いていた。けれど人ではないものが見える珠を、もらってくれる人がいるとは思えない。どこか遠いことだと感じていた。

だが一番は、と思った珠はそっと頬を緩ませる。

「私は、今の勤め先で満足していますから」

普通を考えたらあまり良くはないのだろうが、珠は銀古に居たいのだ。

すると、染がはちりと瞬《まばた》いたかと思うと、その美貌《びぼう》を照れくさそうに緩めた。

「あんた、笑うとかわいくなるんだね」

その言葉に珠ははっと口元に手を当てて隠す。表情を変えるつもりなどなかったのに、気を緩めてしまった。

「すみません、お見苦しいものを」

「なあんで、かわいいって言ってるのに見苦しいになるのさ」

「いえ、その。笑うのが、気恥ずかしくて……変じゃありませんか」

気を張っていればなんとかなるのだが、構えていない時だとこぼれてしまう。

「いいじゃないか。女には愛嬌《あいきょう》が必要なんだよ。……ありすぎるとやっかいなことになるけどさ」

ぼそ、とつぶやいた染の言葉が、珠は引っかかったが、彼女はにっと笑った。

「ね、あたしの笑顔、見苦しい？」

「いえ、とても美しいと思います」

整った美貌の彼女が笑うと、はっと見惚《みと》れるほどの華がある。

珠が素直に答えると、ほんのりと染は頬をわずかに朱に染めたが、それでも続けた。

「だろう？　人をあざ笑うもんじゃなければ良いのさ。あんたの笑顔良いと思うよ」

「……そう、いってくれた方がいらっしゃいます」

ただ、銀市に言われてから、気恥ずかしくなったのだが。

「ならいいじゃん。無表情のほうがちょっと怖いもん」

「え」

思いも寄らない指摘をされ、珠は少なからず衝撃を受けた。が、染は気にした風もない。

「あんた、何考えてるかわかんない感じに見えるからさ。さっきも縫い方教えてくれたけど、一体どんな思惑があるのか疑ったよ」

「すみません。私は、ただお役に立てればと……」

お節介をするつもりはなかったが、放って置けなかったのだ。珠にしては妙な事だったと思う。

「そ、あんたがただ親切をしてくれただけってだんだんわかってきたけどさ。初っぱなは誤解してた。だから表情を出すと良くわかる。笑うくらいどんどん出しなよ」

「こら、無駄口叩《たた》く暇があったら手を動かしなさい」

そこで教師にとがめられたため、会話は途切れた。

珠は染と共に首をすくめて互いの顔を見つめたが、なんだか胸の奥がこそばゆい。

と、同時に、数日前に銀市にも気遣われていたのを思い出した。

申し訳なさと同時に覚えたのは、恐らく喜びだ。そもそも彼に負担をかけるよりも珠が感情を表に出すほうが良いだろう。銀市だけでなく、初めて会った染も、変ではないと言うのであれば。だって、銀市には「知りたい」と、語られたのだ。

そう、せめて、笑うくらいは。

珠は密《ひそ》かに思いながら、手を動かしたのだった。


ひな形、と呼ばれる通常より小さく仕立てる、教育用のものを縫うのは初めてだ。縫い物に慣れた珠にも少し新鮮で、小さい服をちくちくと縫い上げていくのは達成感がある。曲線が多用された洋風のシャツは、和裁とはまた違い、構造が不思議な感じがする。教師に見てもらわないとわからない部分も多く、午前中では終わらずに昼食の時間になった。

珠はなんとなく充実感を覚えながらも、持ち込んだ弁当を広げた。

小判形の弁当箱の中はのりを巻いたおにぎりに、たくあん、煮染め、卵焼きを偏らないように詰めてある。

不格好なおにぎりをかじっていた染が、感心した顔で珠の弁当を覗《のぞ》き込む。

「うわあうまそう」

「ひとつ食べますか？」

「いいの!?」

珠が卵焼きを一つ分けてやると、染は嬉しそうに頬張った。

銀市にも量は違えど同じものを作って渡してある。一体どこで食べているのだろうか。卵焼きの焼き加減を気に入ってくれていると良いのだが。珠が鮭《さけ》おにぎりをかじりつつ考えていると、外に出ていた女中の一人が、きらきらとした表情で戻ってきた。

「ねえ学生さん達が騒いでるみたい、参観に来た方がいるようよ」

「あら今度はどなたなのかしら、前は華族の方が来ていたけれど」

その言葉に対して、楽しそうに話し合う彼女達に珠は少々戸惑う。

「校舎のほうに来客があるのでしょうか？」

「あーあれね」

隣で卵焼きをかじっていた染が、やんわりと思わせぶりな表情を浮かべている。

「お偉いさんが参観に来てるんじゃないかな。嫁さん探しのためとはいえ、精が出るよね」

「授業参観、なんですよね？　なのにお嫁さんを探すのですか？」

「あたしもここに来てから知ったけど、華族のお嬢様を品定めしに来ているんだって。身元がしっかりしている政府高官とか上流階級の人だと、事前に申請すれば教室に入れるんだ。見初められた結果、途中退学して嫁入りするお嬢さんも少なくないらしいよ」

「そう、なんですか」

「うん。それがここの普通だから、驚くことでもないのさ」

そのような事情まであるのかと、珠が目を見張った。確かに他の女中達に嫌悪などはなく、むしろ品定めする色で話に花を咲かせている。

「でもお嬢様が、浮き足立っているのも珍しいわね」

「軍人さんみたいなのよ。私ちらっとみかけたけれど、とっても男前だったわ！　さっき外を歩いていたから、窓から見えるかも」

外から戻って来た女中が興奮気味に語ると、聞き耳を立てていたほかの女中達がいそいそと窓に駆け寄っていく。

珠達は窓の近くにいたため、彼女たちの邪魔にならないように弁当を持って移動した。

「やっぱ女中たちも女だよな。いい男って言われると気になる」

ささやく染の揶揄《やゆ》の言葉を聞きながら、珠は再び落ち着ける場所を探して見回す。

その拍子に、とんっと女中の一人にぶつかってしまった。

「あ、ごめんな……さい」

謝罪しようとした珠だったが、重い冷気を感じた。

慣れ親しんだ、人に非《あら》ざる者が側にいる気配だ。

珠がとっさに振り返った時、一瞬だけ見えた。それは誰かの袖《そで》から覗く生白い腕だ。けれど、その細い腕を埋め尽くすように、無数の目玉がある。

人ではあり得ないその光景に、珠は瞬きをした。しかしその間に、艶《なま》めかしく異質な腕は、女中達の中に紛れてしまう。

幻のように消えてしまった光景に呆然《ぼうぜん》として、無意識に胸のあたりを押さえてはっとする。

あの腕の主をもう一度探していると、染が不思議そうに声をかけてくる。

「どうしたの、早くお弁当食べちゃお」

「え、あ。そうですね……」

動揺していた珠だが、視界の端に映ったそれに少し肩の力を抜いて、しばし考える。

今日のお役目は、このお供部屋に巣くうものを見つけることだ。

息を吸って、吐く。

「だいじょうぶです。ご飯を食べましょうか」

珠は染にそう言うと、弁当の残りを平らげたのだ。

異変が起きたのは、それからすぐ後だった。

低学年のため早めに授業が終わる少女達の、帰りの時刻に差し掛かった頃。

一人の女中が強《こわ》ばった声を上げた。

「……お財布が、ない」

その言葉が響いた瞬間、室内の空気が凍った。女中達はすぐさま自分の荷物や身の回りを確かめだす。

「わ、私の財布もないっ」

「私のも……どうしよう。どうしましょう」

青ざめる女中達に対し、珠は胸元に手を置いてごくりと唾《つば》を飲む。

ひたひたと静かに忍び寄っていた不安が、一気に表面化した。

「もういやぁ！」

女中の少女がその場に崩れ落ちる。そのままひっく、ひっくと泣き始めた。

ぎすぎすした空気が漂う中、真っ先に声を上げた束髪の女が険しい顔であたりを見回す。

「もう、そろそろはっきりさせましょう。このままではお嬢様方にも示しがつきません」

「でも、巡査さんが来たときにも誰も盗まれたもの、持ってませんでしたよ。やっぱりなにかいるんじゃ……」

「馬鹿馬鹿しい。現に物が盗まれているのです。この中に犯人がいるに決まっています！」

怯《おび》えた顔をする女中に、束髪の女は強固に言い放った。

言葉が途切れ、しんとした空気の中、互いを疑うように見回す。しかし、誰かが言った。

「高町さんが、来てからですよね」

全員の疑惑の目が珠の隣にいる染につき刺さる。珠も見ると、染は硬い顔で声を張る。

「あたしが盗んだって言いたいの」

「そ、そうよ。あなたがここに来てからじゃない。前の人と交代したって言っていたけど、一人多くなったってあなたのことじゃないの」

他の女中からも同意の声が上がり、どんどん染に疑いがかかってゆく。

泣いていた女中が染に叫んだ。

「おねがい、返してっ。あのお財布には、姉さんからもらったお守りが付いてるのっ」

一瞬怯《ひる》んだ顔をした染だったが、きりりと表情を引き締めて声を張り上げた。

「そんな財布盗まなくったってやっていけるよっ！　あたしをなめんじゃねえっ！」

見事な啖呵《たんか》だったが、女中達の疑いが晴れることはない。

やがて、裁縫の教師が皆を代表するように一歩染へと進み出る。

「身の潔白を証明するためにも、ひとまず、身体検査に協力していただけますね。その後もう一度警察にお話ししましょう。……ちょうど今、将校様が校内にいらっしゃいます。彼に取り次ぎを頼みましょう」

「だから、あたしじゃないって！」

「誰か将校様を呼んできてください」

そう叫んで後ずさる染の隣から、珠は離れた。染の顔色がはっきりと悪くなる。

しかし、珠はぐるりと室内を見渡して、自分にしか見えない小さな姿を捜した。

『珠よ、ここじゃ！』

見つけた珠は、まっすぐその方向へ歩いていく。そして、ちょうど室内出口に向かっていた女の前に立った。

女中らしい地味な着物を着て、帯をお太鼓に結んだ女だ。

裁縫の教師が将校を呼んでくるよう頼んだのを受けて、外に出ようとしたように思える。

しかし急に目の前に立った珠に対し、戸惑いを浮かべていた。そういえば「校舎に軍人がいる」と教えていたのが、彼女ではなかっただろうか。

そんなことを考えながらも、珠は平静に手をさしのべた。

「あの、私の櫛《くし》を返してくださいませんか？」

「……は」

目の前の女がぽかんとして硬直してしまい、少し困ってしまった珠は視線を滑らせる。

お太鼓のあたりにしがみつくようにいるのは、珠をいつも守ってくれる櫛の精、貴姫だ。

珠の懐から掏《す》られていたのだ。貴姫は憤然とした様子で、ぽかぽかとお太鼓の枕あたりを叩いている。

『珠よ、妾《わらわ》は見たぞ！　この枕の中に盗んだ財布を包んでいるのじゃ！　妾の櫛はお太鼓と背の間に挟んでおるぞ！　まったく扱いが雑すぎる！』

珠もいつも懐にしまっているのだが、それはかまわないらしい。

ともかく貴姫が不快そうなため、珠は、女のお太鼓と背中の間に手を差し入れてみる。

「なっにしてるの!?」

女は珠を乱暴に振り払ったが、幸いにもその前に飾り櫛を取り戻すことができた。

歯に欠けがあるのはいつもの通り、それ以上欠けている歯も見えない。

「ああ、よかった」

『うむ、妾が叫んだおかげで犯人も見つけられたしの』

「……珠さん。何をしていらっしゃるのですか？」

珠がほっと息をついていると、攻防が目に付いたのだろう、その場にいる全員に注目されていた。あまり視線を集めることには慣れていないため珠は怯んだが、染のことを思い出しおずおずと答える。

「私の櫛も盗まれていたのですが、こちらの方から見つかったもので。他の方の財布は、お太鼓の枕の中に入っているみたいです」

「な、言いがかりよ！　こっちの新入りが盗んだって考える方がずっとっ」

女が詰め寄ってきたが、珠は彼女をまっすぐ見つめる。

「ではこの場で衣服を脱ぎます。荷物もどうぞ改めてくださいませ」

『珠は潔白じゃからいくらでも応じられる。じゃがそなたにはできまい！　さあ観念するが良い！』

聞こえない声で、貴姫が胸を張って笑う中、女は焦りを帯びる。

その場にいた者達がにじり寄り始めた。

ぶるぶると震えていた女だったが、不意に荒《すさ》んだ目つきに変わる。

『珠、あぶないっ』

華やかな打ち掛けが広がる。

えっと思った瞬間、珠はどんっと突き飛ばされていた。軽い衝撃だけですんだのは、ひとときだけ元の姿に戻った貴姫が受け止めてくれたからだ。

「ありがとうございます」

密《ひそ》かに貴姫へ礼を言った珠だったが、女は脱兎《だっと》のごとく走りさってしまう。

だがしかし、珠の隣を疾風のように駆け抜けたのは染だ。

「待ちやがれっ！」

彼女が叫んだそれは、部屋の外まで響く大音声だった。

その場にいた全員が目を丸くする中、はっと我に返った珠もまた後を追った。

草履を突っかけお供部屋から駆け出すと、校舎の間を走る染の姿と、その奥に逃げてゆく女の姿が見える。

女は校舎のある場所を縫うように走って行った。

「誰か、そいつを捕まえてっ。泥棒だよっ！」

染の大声が聞こえたらしく、何事かと校舎から顔を出す者はいた。けれどまだ状況を把握しきれてはいないらしい。

学校の敷地はとても広い。今見失えば逃げられてしまうだろう。

珠はあっという間に息が上がってしまい、足が鈍る。見ている先で、女が校舎の脇をすり抜けようとした。

その時、空から大きな影が落ちてくる。

二階の窓から誰かが飛び降りてきたのだと理解した時には、その人は不思議なほど重量を感じさせず地面に降り立っていた。遅れて腰の軍刀がガチャリと鳴る。

遠くで見ていた珠は、それが軍服の男性だと気づいた。

「っ!?」

立ちふさがられた女が驚いて足を止めるなり、軍人は彼女を捕まえようと手を伸ばす。

しかし、女が右腕をかざすと、なぜか軍人が伸ばした手は女を捕まえ損ねた。

確実に、女を拘束できる軌道だったにもかかわらずだ。

拘束の手を逃れた女は、するりと彼の脇をすり抜けようとする。

軍人は少し驚いた様子を見せたが、すぐにスリッパを履いた足で彼女の足元を刈った。

体勢を崩した女の腕を今度こそ取るなり捻《ひね》り上げ、地面に押さえ込む。

あっという間の早業に、染も追いついた珠も息を呑《の》んだ。

息を乱した様子もない軍人は、じたばたと暴れる女の袖をまくると、その右腕に指を滑らせる。恐らく染が見えたのはそこまでだろう。

だが珠には、女の腕に浮かんだ無数の目玉が浮かび上がり、彼の腕に移るのが見えた。

珠がまさかと思いながら追いつくと、軍人は顔を上げて染に話しかけていた。

「声を上げてくれたのは君か」

「そ、そうだけど」

「それで気づいた。感謝する」

「あ、その。はい」

低い声で話しかけられた染は顔を赤らめると、しどろもどろに返事をする。

間近で見れば間違えようがない。

彼は銀市だった。

身に纏《まと》う軍服はよく銀古を訪れる軍人、御堂《みどう》と同じに見えるから将校のものなのだろう。詰め襟は体に沿うように仕立てられており、かっちりとした端正さと共に男らしい体格を感じさせた。下肢を包むズボンは細身で、普段は隠れている長い足を強調している。軍帽に入れ込んでいるらしく、髪は普段より短く見え、鋭く硬質な雰囲気を醸し出していた。

「銀市、さん？」

珠が目を丸くして見つめていると、銀市は親しみを見せるようにわずかに口角を上げた。表情が和らげばいつもの彼で、珠はほんの少し安堵《あんど》する。

「話は後だ。校舎に御堂がいる。騒ぎを聞きつけて出てくるだろうから、見たことをそのまま伝えてくれ」

「御堂様が？」

予想外の名前に珠は驚いたが、願われたことにはっとする。見たことをそのまま。つまり、今見た妖怪《ようかい》に関しても話して欲しいということだ。

「は、はいかしこまりました」

我に返った珠は頭を下げるなり駆け出そうとしたが、その前に染に手を取られる。

「な、あんたあの軍人様と知り合いなの⁉」

「え、ええと」

驚きが冷めない様子の彼女に、珠は否定がのど元まででかかったがなんとか抑える。

経緯を説明すれば、話がとてもややこしくなるだろう。銀市の邪魔をしたくはなかった。

「私がお仕えする旦那《だんな》様です」

当たり障りなくそう言って、珠は役目を完遂するために駆け出したのだった。

＊

「やあ、珠嬢。なにがあったのかな」

珠が校舎の客用玄関にたどり着くと、玄関から出てこようとする御堂の姿があった。

御堂もまた将校の軍服をまとい、短く切られた髪には軍帽を被《かぶ》り、まっすぐに背筋を伸ばしている。

相変わらず、軍人とは思えぬほど物腰が柔らかい。その朗らかな笑みを浮かべる顔には、銀古に来るときと同様、眼鏡をかけていた。彼本来の視力は良いらしい。それでもかけている理由は、その眼鏡が人に非《あら》ざる者を見るためのものだからだ。

銀市が御堂に助力を求めたのかと納得しつつ、珠は盗難のこと、女のこと、その右腕に浮かんでいた無数の目のことなどを語る。

「そうか、妖怪は銀市が確保してくれたんだね。ならひとつめは安心だ」

御堂は納得するなりすぐに現場へ足を向けようとしたが、珠はとっさに引き留めた。

「どうかしたかい？」

「あの、銀市さんの靴はどちらにありますか。スリッパで歩いていらっしゃるので場所だけでも教えてもらえればと思ったのだが、御堂は表情を緩ませた。

「そこに気づくなんて、いやあさすが珠嬢だ。玄関にあるよ」

珠は教えてもらった玄関口の下足箱にあった銀市の靴を抱えて現場に戻る。そこでは御堂が混乱しかけていた人々に、てきぱきと指示を出し場を収めていた。

泡を食ったように校舎から出てきた責任者を出迎えた御堂は、彼と相談し始める。

「我が校には、傷つけてはならない大事なお嬢様方が多くおります。どうか穏便に……」

「ああ、わかっている。あらかじめ話したとおり内々に処理をしよう。自分達についても他言無用だ」

威圧的に語る御堂に対して責任者が平身低頭でうなずくのに、珠は彼がどれほど高い地位にいるか改めて理解した。その光景を横目にしつつ、待機していた銀市に靴を差し出す。

「銀市さん、どうぞ」

「ああ、助かる。取りに行かねばと思っていたんだ」

銀市は礼を言うなり、軍靴を器用に履いていく。

珠は普段和装の銀市が、洋装に慣れていることに驚いていた。

以前勤めた屋敷では背広で外出する主人もいたが、どうしても服に着られているような印象がぬぐえなかった。しかし、銀市は着慣れた御堂のように馴染《なじ》んでいる。

普段ゆったりとした和装の彼が体に沿う洋装を纏うと、その長身と相まって美々しく見栄えがした。きっと、今の銀市を初めて見た者は、口入れ屋の店主とは思いもしないだろう。青年将校と紹介された方がしっくりくるはずだ。

衣服一つでここまで印象が変わるとは。珠が思わずまじまじと見ていると、靴を履き終えた銀市がこちらを向いた。

軍帽の影に彩られた端正な眼差《まなざ》しに、少しだけ落ち着かない心地になる。

「聞きたいことがある顔だな。まあ、そうだろうが」

「聞いても、よろしいのですか」

「そうだな。その前に……御堂少佐殿！」

さりげなく右腕を押さえた銀市は、大きな声で呼びかける。

珠はその声音が、いつもの老成したような低い声音ではなく、若々しさのある……言うなれば、年相応のものに感じられた。

呼びかけられた御堂が振りかえるが、顔は一瞬引きつっていた。

けれどそれはすぐに押し隠され、責任者の教師に対するのと同じ厳《いか》めしい声音で語る。

「古瀬、ご苦労だった。もう片方の案件を片付けてくれ」

「了解であります」

御堂の指示に、銀市は手袋に包まれた指先を美しくそろえ、見事な敬礼を返す。それはどこからどう見ても、上官に対する態度である。

珠がぱちぱちと瞬《まばた》いていると、ちらっと珠を見た銀市はいたずらっぽく笑っていた。

人目に付かない校舎裏に移動すると、銀市は軍帽を脱ぎながら珠に語った。

「あの娘は女中ではなかったそうだ。華族のお嬢様たちが集まる場所なら、稼げると思ったらしくてな。実際に、校舎のほうにもたびたび侵入して盗みを働いていた」

軍帽を脱ぐと、銀市の少し長い髪が解放されていつもの雰囲気に近くなる。珠はほんの少し肩の力を抜きながらも聞いた。

「その、犯人は。こちらにはなんの縁もゆかりもない方だったんですよね。よく今まで捕まりませんでしたね」

「理由は、こいつがあの娘に憑《つ》いて力を貸していたからだな」

言いつつ、銀市が右腕の袖《そで》をめくると、そこには珠があの女の腕に見たのと同じ、数々の目玉があった。しかしその無数の目は、どこかしょんぼりとしているように見える。

まじまじと見ていると、無数の目玉は珠に対し主張するように激しく瞬きを繰り返す。

「彼女はならん」

だが、間髪を容《い》れず銀市が釘《くぎ》を刺すと、目玉は硬直し、銀市の骨張った手にぽつんと一つだけ目を残して消えてしまった。

その光景に珠がしばし言葉を失っていると、銀市が説明をしてくれた。

「こいつは百々目鬼《どどめき》という妖怪だ。鳥山石燕《とりやませきえん》の絵には無数の目がついた腕を持つ女として描かれているが、スリを働く女の腕に生じることもある」

「その百々目鬼は、あの人の腕に生じた妖《あやかし》ですか」

「ああ、そして育った」

「育つ」という耳慣れない言葉に珠が戸惑っていると、銀市は語ってくれた。

「妖怪も、権能を使い、磨くことで成長することがあるのだよ。成長するのは肉の体を持つ妖怪に多いんだが、この百々目鬼のように人に見えぬ妖怪にもなくはない」

「体をもつ妖怪と、見えない妖怪は違うのですか？」

妖怪にも違いがあるとは思わず、珠が疑問を口にすると銀市はうなずく。

「個体差が激しいから一概には言えないんだが。重太や瑠璃子《るりこ》のような生き物から変質した化生《けしょう》は、他の生物と同じように暮らしている者が多い。だが普通の人間に見えぬ妖の大半は、権能を使い存在を知らしめることで形を保っているのだよ」

「陶火鉢さんや瓶長《かめおさ》さんが使われているのが権能だと、以前お聞きしましたが……」

「その通りだ。あいつらの権能は、生きがいであると同時に生きるすべなのだよ。そして使っているうちに力が増す、育つことがあるのだ」

目玉の浮かぶ右手を緩く振りながら、銀市は穏やかな声音でかみ砕くように続ける。

「この百々目鬼の権能は、本来『手先が器用になる』程度のものだ。だがあの娘に生じ、彼女が仕事を成功させることで力をつけた結果、権能が肥大した。そして彼女が願った『人の目を盗む』という力に変わったんだ」

「人の目を盗む……つまり、あの方は自分がいるのを皆さんに意識させなかった、ということですか」

「ああ、だから一人多いこと以外わからなかったし、君が『見る』まで誰も気づかなかった。ありがとう」

「それは、貴姫さんが声を上げてくださったからです」

そう、珠が気づけたのは貴姫が盗まれたからだ。そして彼女なら、声を上げてくれさえすれば珠にもわかる。

『ふふん。妾《わらわ》と珠の功績じゃぞ。ヌシ様』

貴姫がひょこりと珠の懐から顔を覗《のぞ》かせる。すると銀市は目元を和ませた。

「そうだな、君たちのお手柄だった」

銀市にねぎらわれて、少しそわりとした珠は視線をさまよわせる。むしろ直接的に捕まえられた要因は、染の大声だったはず。

そこで思い出して、まだ騒がしい現場のほうを振り返った。

「あの、そう言えば染さんはどちらに行かれましたか？」

「染というのは、捕り物の時に側にいた娘のことか」

「はい。お供部屋でもなにかと気遣ってくださったのですが」

礼を言わねばならないのは彼女に対してだろう。珠はそう考えたのだが、銀市は思い出すように答える。

「人が集まって来る頃には、すでに姿が見えなくなっていたな」

「そう、でしたか。失礼しました。話の腰を折りまして」

あとで別れの挨拶《あいさつ》くらいは出来るだろうか。

思いをはせつつも、珠は銀市の言葉の先を促そうとした。だが彼をまともに見られず視線が泳ぐ。己の両手指を握ってこらえていたが、落ち着かない気持ちがぶり返してきていた。

その挙動不審さはすぐに銀市に見とがめられ、問いかけるようにのぞき込まれる。

「どうかしたか」

思わずのけぞってしまった珠は、焦りを帯びる。同じ銀市の筈《はず》なのに、どうした事だろうか。もしかしたら、いつもと違う部分が気になるからかもしれない。

「あの、その。どうして軍装をしていらっしゃるのですか」

そう考えた珠が思い切って訊《たず》ねると、銀市は軽く眉《まゆ》を上げた。

「いつも通りの対応だったから、特に気にならないのかと思ったが」

「とてもびっくりしていたので、言葉が出なかったんです」

珠が正直に告げると、銀市はなぜか満足そうな色を浮かべていた。

「そうか驚いていただけか。なるほど、それが君の驚く反応なんだな」

「ええと」

銀市は軍帽をくるくると回しながら楽しげにする。まさかそのような反応をされるとは思わなかったと、珠が目を白黒させていると、彼は続けた。

「この学校は華族の令嬢が多く通う関係上、部外者が入るのは難しい。だが校舎での盗難を内々に御堂が相談されていた。校舎内での盗難と、お供部屋の怪異が繋《つな》がっている可能性があったからな。俺もあいつの部下として潜入することになった、というわけだ」

「確か元は、御堂様が銀市さんの部下でいらっしゃったんですよね」

「ああ、俺はただの口入れ屋になったが、あいつはどうしても抵抗があるらしい。それでも、外見は俺が若く見えるから必要な対処だ。まあ、他人の前では上官として振る舞っていたからよしとしよう。あの部隊は、多少なりとも芝居っ気がないとやっていけんからな」

珠が御堂の引きつった表情の理由を理解した。言葉こそ厳しいが銀市が御堂を語る横顔は、まるで子供の成長を見守る親のように穏やかなものだ。さらに珠は、銀市が洋装をし慣れている理由に思い至る。銀市が軍属だった過去があるからだ。

「君が驚くかと思って詳しく言わなかったんだが。成功だったな」

してやったりと笑う銀市はなんだか子供っぽく見えて、珠はふよと口元が緩んでしまう。

反射的に口元を覆ったが、こみ上げてくるものが抑えられそうにない。ああでも染に言われたように、笑顔くらいは表に出しても良いのだろうか。

「はい、とても。驚きました。あんまりにもよく似合っていらっしゃるので」

くすくすと笑いながら珠がそう答えると、銀市は目を細めていた。

「君の笑顔が見られたのなら、着たかいがあるものだ」

「気にされていたのならすみません。あの、笑うのがなんだか気恥ずかしくて」

「無理をする必要はないが、楽しいのなら笑えば良い。前にも言ったとおり、君の笑顔は良いものだからな」

銀市の言葉に珠は、なんだか落ち着かず、意味もなく己の手指同士を絡める。

だがまたふわっと体が浮くような、くすぐったいような心地を覚えた。恐らく嬉《うれ》しいのだ。うまく笑えているような気はしないが、銀市が言うのなら良いのだろう。

珠がうつむいていると、懐にいた貴姫がひょこりと顔を出して呆《あき》れた顔をする。

『そなた様はどうしてそう、むずむずするような言葉選びをするのじゃ』

「思ったことを言ったまでなんだが」

『それがたちが悪いというておる！』

珠は妙な言い合いをしている銀市と貴姫に狼狽《うろた》えた。けれど、銀市の手の甲で、不安そうに目を泳がせている百々目鬼にはっとする。

「あの、ところで、百々目鬼さんはこれからどうなるのでしょう」

思い出すのは、瑠璃子が働いているカフェーで男に憑《つ》いていた邪魅《じゃみ》の最後だ。男を乗っ取り嗜虐《しぎゃく》性を増幅させていた邪魅を、銀市はその場で消滅させていた。

この百々目鬼も窃盗という「人に仇《あだ》なすこと」をしていたのだ。この妖怪《ようかい》もまた、消滅させるのだろうか。

珠がそっと窺《うかが》う中、銀市は手の甲で目を細めて震えている百々目鬼と視線を合わせる。

「百々目鬼。お前がしたことは、今の人の世では罰せられると、わかっているか」

話しかけられた百々目鬼は怯《おび》えるように瞼《まぶた》を震わせたが、しかし困惑しているのもまた察せられた。銀市はそれに明確な返答を求めていなかったのか、先に進める。

「では、あの娘とやったことは、お前が存在を保つために必要な行為だったか」

その問いに対して、百々目鬼は激しく瞬きを繰り返す。

一連の動作をじっと見つめていた銀市は、左の人差し指でそっと百々目鬼の瞼をなぜた。

「ならばよし。今の世には今の世の生き方がある。お前に全てを強いるつもりはないが、お前の権能が活《い》かせる場を紹介しよう」

珠はその言葉で、銀市が百々目鬼に仕事を紹介するつもりだと、つまりは百々目鬼を消滅させるつもりがないと悟った。

「つれて帰られるのですか」

「そのつもりだが。……──君は、百々目鬼を罰したほうが良いと思うか？」

銀市に訊ね返されて珠は改めて考える。百々目鬼は、捕まった女に協力をしていたはず。人ならばしかるべき罰を受けさせる事柄ではある。けれど、百々目鬼は妖怪だ。人の道理を当てはめていいのだろうか。一生懸命考えてみたが、思考が堂々巡りをするだけだ。

珠がそれでも答えを出そうときゅ、と眉を寄せて考え込んでいると、銀市が苦笑する気配がした。

「そこまで、君を困らせるつもりはなかったんだが」

「申し訳ありません、わからないんです……。銀市さんは、どう思われているんですか」

おずおずと珠が問いかけると、銀市はまくっていた袖を戻しながら穏やかに言った。

「あくまで俺の方針だが。この百々目鬼は、権能を使わずにいると消滅する。人が水を飲まず、物を食べず、眠らなければ死ぬのと同じようにだ。そんな妖怪はそれなりにいる」

珠は息を呑《の》む。今の今まで百々目鬼は消滅させるかさせないかで考えていた。けれど、ここで消滅させずとも権能を使わなければ消えてしまうというのは、あまりにも儚《はかな》くて。

なんと言葉にしたらいいかわからず、珠がぎゅっと胸のあたりを押さえた。

銀市が窺うようにのぞき込んでくる。

「何を思った」

「なんだかとても、切ないような気がして」

その表現が正しいのかもわからない。ちくりと痛むような気がする衿《えり》を少し握っていると、銀市は労《いたわ》るような柔らかい表情をうかべた。

「たとえ人に害をなすものであろうと、それがこの妖怪のあり方であり普通だ」

「妖怪の、普通ですか」

珠は戸惑った。食事も睡眠も必要がない代わりに、見えない相手に対して存在を誇示するように権能を使わなければ生きて……存在できない。それは人間からするととても異質だ。なにより、そのためにすら、人間に対して害になることをしなければならない。

でも、それはあくまで人間にとってだ。それが妖怪の「普通」だというのなら、責めるのもおかしいのではないか。

そこまで考えた珠の表情でわかったように、銀市が複雑な色を浮かべながらもゆるりとうなずいた。

「俺は間に立っているからな。人の忌避の心も、妖怪の生きるすべだというのもわかる。だからどちらも否定してはならんと考えているのさ。相容《あい》れずとも棲《す》み分けができれば良いと思うのだよ」

「どのような妖怪でも。ですか」

「いいや、あくまで情状酌量の余地があるというだけだ。俺は妖怪にも法は必要だと考えているが、妖怪ごとに常識や信念が違うからなあ」

少し憂いを含みながらも答えた銀市に珠は戸惑った。

「妖怪には、沢山普通があるのですか」

「それぞれに普通と当たり前が違うんだ。だから妖怪に関しては『存在を維持する以上の権能を用いて害なすもの』のみを咎《とが》める対象にしている。対話の出来ない妖怪に関しては、対処せざるを得ないが、な」

苦々しく、だが淡々と続けた銀市に、珠はゆっくりと瞬きをする。

銀市はあの事件以降、己が人ではないことを隠さないようになった。だからこうして戸惑うことも多々ある。けれど人も人に非《あら》ざるものも等しく扱う銀市は、そういったことにうまく答えの出せない珠にも不思議に映った。たぶん、銀市のこの考え方には、瑠璃子や御堂は呆れるような気がするけれど。

「さきほど、私はわからないと言いましたが。銀市さんのお気持ちを聞いて、少しほっとしました」

「そうか。君は素直だな」

銀市は珠の答えを聞くと、ほうと口元を緩めて目を細める。

それが安堵《あんど》しているように思えて、珠は嬉しくなると同時に、妙に胸が騒いだ気がした。

やはり、いつもと違う服装だからだろうか。

銀市の手の甲にいる百々目鬼が、主張するようにぱちぱちと瞬きを繰り返している。

珠に百々目鬼の言葉はわからないが、それでも嬉しそうなのは感じられた。

そこで少々考える。銀市が連れ帰り仕事を斡旋《あっせん》すると言ったのだから、百々目鬼は口入れ屋の客ということになる。ならば珠もまた、もてなす側に回るべきなのではないか。

「あの、銀市さん。百々目鬼さんが女性の手のほうがよいのでしたら、私の腕に一時的にお預かりいたしますか？」

申し出てみると、銀市とおとなしかった貴姫にまで驚愕《きょうがく》の表情を浮かべられた。

『何を申しておるのじゃ珠！　妖《あやかし》を好き好んで憑《つ》かせるなぞならぬ！』

「そこまで気を使わんでいい。俺に居着くのは、多少は衰弱するだろうが……」

「銀古のお客様になるのでしたら、気持ちよく過ごして頂くのが良いと思ったのですが。憑かれることで痛かったり、私を害して乗っ取ったりする妖怪さんなのでしょうか」

それなら流石に困るので辞退したいが、と珠が窺《うかが》うと、銀市は逡巡《しゅんじゅん》する様子を見せる。

「それはないが……。気持ち悪くはないか？」

「普通の方には見えませんよね？」

意図がわからず珠が首をかしげると、ちいさな貴姫が天を仰ぐのが見える。

『ヌシ様、珠に普通の感性を期待してくれるな。目玉が沢山あるくらいでは驚かぬ』

「そう、だったな」

どうやら普通から外れた返事をしてしまったらしい。普通とは難しいものだ。と珠はしゅんと肩を落とす。

銀市も複雑そうな顔をしていたが、手の甲に宿る百々目鬼が期待の眼差《まなざ》しで熱く見上げているのに気づくと、ため息をついた。

「頼めるか、百々目鬼が俺の妖力に食いつぶされる心配をせずにすむのは助かるんだ。こいつが他に移らんように封じをつける」

「はい！　お任せください」

珠がはきはきと返事をしたとたん、銀市の手の甲から無数の目玉が浮き上がる。

そして珠の左腕に落ちていく。手を撫《な》でられたような感覚の後、手の甲につぶらな瞳《ひとみ》がぱちりと開いた。痛みはないし、百々目鬼が動いてもその感触は感じられない。

違和感もないのにほっとしていると、銀市が珠の手を取る。次いで懐から取り出した紐《ひも》を手首に結びつけつつ、百々目鬼に言い聞かせるように告げた。

「百々目鬼、逃げだそうとするか彼女を害した瞬間、俺はお前を滅する。この結び紐が誓いだ。良いな」

百々目鬼は、強く瞬きを一つすると、目を閉じて消えてしまった。後にはいつもの手があるだけだ。

「いなくなってしまったのですか」

「いいや、流石に二度の家移りは疲れたんだろう。眠っているだけだ。うちに帰ったら百々目鬼が落ち着ける場所をつくる。それまではこの紐ははずさないように。頼んだ」

「かしこまりました」

珠がうなずくと、校舎のほうから少女達のざわめきが聞こえてくる。

銀市も気づいたようで、軍帽をかぶり直しつつ告げた。

「そろそろ授業も終わりのようだな。君は冴子さんの見送りがあるだろう。俺も最後まで御堂の部下として振る舞う必要がある。行くと良い」

「はい。ではお先に失礼いたします」

ぺこりと頭を下げた珠は銀市と別れると、冴子の迎えのために急いでお供部屋へと取って返したのだった。

染とは入れ違いになったようで、彼女はお供部屋には見当たらなかった。

少し残念に思いつつ、冴子と合流して共に人力車へ乗る。

ごとり、がたりと揺れる人力車の中で、冴子はわくわくとした目を珠に向けてきた。

「ねえ、珠さん。古瀬様は一体何者なの？　今日は将校様の部下として教室にいらしていたのよ！　とても驚いたわ。あまりに美々しいお二人でしょう？　同級生の方々もそわそわしてしまって、先生に注意されるほどだったの。でも古瀬様は軍人さんではないし」

「それはそうなのですけど」

どう話したものかと迷っていると、冴子がはっとした顔で口を噤《つぐ》む。すぐにわかっているというように微笑《ほほえ》んだ。

「ええ、そうね。こんなところでは話せないものね。でも急に古瀬様が窓から飛び降りられたとも聞いたし、外も騒がしかったでしょう？　先生方はなにも教えてくださらないし、皆さんとっても興奮してらっしゃったわ。明日《あした》はきっと大騒ぎね」

「あの、私はお話しできないんですけど。お供部屋についても、校舎で起きていたことについても解決された、とだけ」

内輪で納めたがっていた御堂と責任者である教師の会話を思い出した珠がそう言うと、冴子は嬉《うれ》しそうに両手を合わせた。

「まあ、やっぱり？　よかったわ。こんなに早く解決してしまうなんて、古瀬様も珠さんもとっても優秀なのね」

「いえ、私は今回はさほど」

「謙遜《けんそん》なさらないで。わたくしのお家《うち》にいた頃だって、今だって。わたくしを助けてくださるでしょう。それがどれだけ嬉しいか。わかってくださらない？」

「あの、ええと」

冴子にそう語られた珠は、なんだかむずむずする気持ちに思わず後ずさる。

その拍子に人力車が大きく揺れ、体勢を崩しかけた。

「お嬢さん方、どうかおとなしくしていてください」

「申し訳ありません」

「鉄《てつ》さんごめんなさいね」

引き手に注意されて、珠と冴子は即座に謝る。けれど冴子はそれすら楽しそうにしている。にこにこと上機嫌な彼女に珠は言った。

「でも、早期に解決できたのも、冴子さんと中原の旦那《だんな》様が協力してくださったおかげでした。ありがとうございます」

「良いのよ。わたくしも楽しかったから。でもしばらく珠さんと通学できると思ったのに。短い間になりそうね」

残念そうな冴子に対し、珠もまた少し沈んだものを覚える。

事件を解決したからには、珠が冴子のお供をする必要はない。銀市と中原子爵との間で相談があるため、今日で終わりというわけではないだろう。しかし、すぐ本来の使用人達が付き添うようになるはずだ。あのひな形のシャツを完成させられないことが心残りだったが、これで冴子とのつながりもなくなるのか。なんとなく、もやもやとした気持ちがわだかまる。

だから曖昧《あいまい》に、相づちを打つしかなかったのだが、その声は自分でもわかるほど元気がなかった。すると、冴子は何故か眉《まゆ》をハの字に下げていて、ためらうように口を開閉する。

「そう、ですね」

けれどすぐに朗らかに問いかけてきた。

「ねえ、お手紙をだしていいかしら?」

「お手紙、ですか?」

珠が戸惑いのまま見つめ返すと、彼女は遠慮がちではありながらも、期待を込めた表情をしている。

「そうよ。珠さん、この間話していたでしょう? わたくし達のような少女が、楽しむ物を探すために雑誌を買ったって」

銀古まで案内をしていた時の会話だ。珠は雑誌についてなにも知らなかったために、冴子に雑誌を求めた理由を話していたのだった。

「それはそう、でしたが」

「ね、まだ探しているのでしょう? なら文通も、今どきの少女がやるものなのよ。わたくしの学校でも下駄《げた》箱に入れたり直接渡したりしてよく書くの」

「はあ」

下駄箱に入れてのやりとりはなんとなくわかるが、手渡しするのはどのような意味があるのだろうか。珠は少し疑問に思ったが、きらきらと目を輝かせて語る冴子を否定するのもはばかられた。

「ああ、これは学校でのことよ。普通に、切手を貼って遠くのお友達とやりとりもするわ。頻繁に会えないけれど、珠さんのお話をもっと聞きたいし、わたくしもお話ししたいの。ね、だめかしら」

「だめでは、ありませんけど」

「ならやりましょう！　せっかく珠さんに会えたのに、これでお別れなんて寂しいわ」

どうしてただの女中の珠に、そこまで。戸惑う珠に、冴子の言葉が飛び込んでくる。珠はゆっくりと瞬《まばた》いた。

「冴子さんは寂しいのですか」

「もちろんよ。だってせっかく仲良くできると思ったのよ。あたり前ではないかしら？」

珠は、唇をとがらせるようにして語る冴子をまじまじと見てしまう。

あたり前……つまり、普通のことなのか。珠は彼女の「寂しい」という単語がしっくりと馴染《なじ》んだ胸に、そっと手を当てた。

このもやもやは、寂しかったのか。珠もまた、冴子と別れるのが残念だと感じていた。思い至ると、提案がじんわりと体に染みてきて。

「なら、やりたい。です。文通」

珠の口からこぼれた言葉に、ぱあ、と冴子の表情が輝く。

「まあ、まあ！　ありがとう珠さん。とっておきの便せんを使うわね」

はしゃぐ冴子に手を取られた珠は、目を白黒とさせる。

座っているのに、どこかふわふわとした心地だった。でも、冴子もおなじ気持ちであると知ってからこみ上げてきたそれは、気恥ずかしさはあるが、手放したくない。

上機嫌な冴子の横で、珠がその気持ちを味わっていると、大きな車輪が止まる。

引き手が中原邸にたどり着いたことを告げたため、珠が先に降りて冴子に手を貸した。

珠の手の甲に、ぱちりと、百々目鬼の目が開く。

え、と思ったとたん、背後で何かが聞こえた。どこかで聞いたことがあるような、荒い呼吸音のようなものだ。

珠はとっさに振りかえる。

中原邸のある道は、大きなお屋敷が連なる閑静な通りだ。珠達の他に通行人もおらず、道もまっすぐに延びているため、ついてくる者がいればすぐにわかるはず。

だがしかし。振り返った先には人はいなかった。

いくらきょろきょろと見回してもなにもない。気のせいだったのだろうか。

けれど、ささやかでもその音は、なんとなく無視できない気がして。

「どうかなさったの？」

「なにか、付いてきていたような気がして。でもなんだか人には思えず……獣の荒い息みたいな音だったんです」

冴子に不思議そうに聞かれた珠がはっきりせずとも答えると、彼女はぱちぱちと瞬きをするなり興味を示す。

「わたくしの気のせいではないのね。やっぱり送り狼《おおかみ》がいるのかもしれないわ」

「送り狼、ですか？」

「ええ、標的にした人を虎視眈々《こしたんたん》と狙って、転んだ時にはがぶりと食べてしまう妖怪《ようかい》よ」

冴子は真顔で手を口に見立てて噛《か》むまねをする。珠が面食らっていると、冴子は表情を和らげてころころ笑った。

「でもね、転ばなければ良い話だわ。わたくしが外出するときは人力車を使うから、転ぶこともないでしょう？　そうでなくても、転んだら一服したり、一休みをしたりする振りで切り抜けられるの」

「そう、なんですか」

釈然としないながらも珠は納得すると、風呂敷《ふろしき》包みを抱えた冴子は朗らかに手を振る。

「でも野犬かもしれないから、珠さんは気をつけて帰られてね。きっとお手紙だすわ。きっとよ。ではまた！」

「はい。ではまた」

普通の、さりげない挨拶《あいさつ》のはずだ。けれど胸のあたりがくすぐったい。

屋敷に向かう冴子に手を振り返した珠は、左手首に巻かれた紐を見た。

銀色にも思える、濃い灰色がかった紐だ。それはいつも銀市が髪を括《くく》っているものと一緒で、なんとなくそっと撫《な》でる。

「普通って、なんだか不思議ですね」

本当に色々あって、知れば知るほどよくわからなくなってくる。

けれど、少し軽い気分で珠は家路についたのだった。

第三章　春風乙女の秘密事

五月の日差しが、夏を含んでいた。

窓の向こうの明るさに、銀古《ぎんこ》の店内で店番をしていた珠《たま》は目を細める。今日は特に暖かいが、肌を撫でる冷涼な空気のおかげで過ごしやすかった。

ただ夏の前には梅雨がある。じっとりとした湿度で覆い尽くされる前に、最近縫っている夏布団を仕立て上げられるだろうかと考えた。中の綿はすでに買ってある。後は新しい表布を仕立てて綿を入れるだけだ。

だが、今は口入れ屋の仕事の最中だと、珠は店内を見回した。

相変わらず「人」は少ないが、銀古を頼ってくる妖怪は冬よりもそれなりにいる。先ほど来た人型の影のような者は、閲覧台で銀市《ぎんいち》に出された求職票冊子を眺めていた。その向こう側にある木製の閲覧台が、うすらと透けて見えている。

店は昼前から開くが、客は夕方の黄昏時《たそがれ》にかかる時間に一番多く訪れる。

「季節柄、移動する妖怪さんはいらっしゃると聞きましたが、それでも冬よりお客さんが増えた気がします」

珠が客の切れ間に呟《つぶや》くと、煙管《キセル》で一服していた銀市が灰を陶火鉢に落としつつ言った。

「俺もだが、季節に影響される妖怪はそれなりにいるからな」

「銀市さんもですか？」

そのようには見えなかったため珠が瞬いていると、銀市は少し決まり悪そうにする。

「冬、というより寒いのがどうにも不得手でな。あまり活動的にはなれん。気が緩むとつい鱗《うろこ》が出そうになる」

「もしかして、いつもシャツを着込んでいらっしゃるのは、鱗を隠すため、でしたか？」

珠が訊《たず》ねると、銀市が苦笑してうなずいた。

「その通りだ。髪は多少は大丈夫だが、鱗は気のせいでは済ませてくれないからな。これから雨期になるから、その頃には問題なくなるんだが」

「暖かくて湿気があったほうが元気でいらっしゃる？」

「調子がいいのは確かだな」

初めて出会ったとき、銀市の髪が銀に見えたのはもしかしたら気のせいではなかったのかもしれない。風合いの良い紬《つむぎ》の着物の下に、例のごとく白いシャツを着込んでいる銀市をひっそりと見つめる。

それにしてもと珠は、もう何度も感じた意外さと驚きを銀市に覚えていた。

「銀市さんは、苦手なことを隠されないんですね。今まで勤めてきたどの旦那《だんな》様も……特に軍人様だと、暑さや寒さを気にするのは軟弱だ、と言われる方ばかりでしたから」

勤め先の一つでは、酷《ひど》く体面を気にして、冬に火鉢を温めるための炭を節約したり、夏にもきっちりと着物を着込むことを求められたりしたのだ。

珠も合わせたが、体調を崩しふらふらになってしまった覚えがある。それが普通だと考えていたために、当時は自分が弱いのだと申し訳なくなったものだ。

けれど銀市は、煙管を置きつつ肩をすくめる。

「相手を思って不愉快さを表に出さないのならともかく、熱すぎたり寒すぎたりすれば体調を崩すんだ。なるべく快適に過ごせるようにした方が良いだろう。人は特に妖怪よりも弱いのだから」

「は、はあ」

そう言われてしまうと弱いかも、しれない。以前豪雨に濡《ぬ》れて珠が風邪を引いて寝込んだ時も、銀市は平然としていた。病に対する耐性からして違うのかも知れない。

ずっと妖怪が近しいものだったにもかかわらず、彼らについてまだまだ知らないのだと悟るばかりだ。

珠が納得していると、ふ、と銀市がこちらを見る。

「君はどうだ？」

「私ですか。あまり得意不得意を考えたことがなくて……」

「まあ、君ならそうかもしれないな。体調不良になる前に告げてくれればそれでいい」

「は、はい」

本当に告げても良いのだろうか？　珠がうっすらと考えていると、銀市はにや、と笑う。

「君が主張が苦手なのはわかっている。だがなぁ」

そのとき、がらりと銀古の戸が開く。

現れたのは、いつもの軍服に眼鏡をかけた御堂《みどう》だった。けれども店内に一歩踏み込んだとたん、げっそりとした顔で詰め襟を緩め始める。

「うーん。やっぱりきっちり着ると息苦しいや。これから夏が憂鬱《ゆううつ》だよ……」

「ほら、軍人とて不満がないわけじゃないんだ。婦女子である君がこぼすくらい、なんてことはないさ」

「銀市、何の話をしていたんだい？」

きょとんとする御堂としたり顔の銀市に、珠は思わずくすりとしてしまったのだった。

＊

御堂の来訪にいつも通り茶を淹《い》れた珠だったが、瓶長《かめおさ》から汲《く》み上げさせてもらった水を湯飲みに入れたものも準備する。

座敷に行くと、天井下《てんじょうさが》りに上着を預けて、シャツとサスペンダーをあらわにした御堂が振り返った。

「御堂様、お水もお持ちしましたがいかがでしょう」

「いやあ、珠嬢は気が利くね。ありがとう」

御堂が嬉《うれ》しそうにしながら、湯飲みを受け取るとごくごくと飲み干す。

珠は銀市に茶を出して下がろうとすると、銀市にそこにいるようにと身振りで示された。

御堂はそれなりの頻度で銀古を訪ねてくるが、真剣な話のこともあれば世間話のこともある。特段珍しくはなくなっていたため、珠はおとなしく引き戸のそばに座った。

開けた窓から、からりとした涼風が吹き込んでくる。

結局、湯飲みの水を飲み干したらしい御堂が感心した声を上げる。

「ここの水は、いつでも冷たくておいしいや。生き返るってものだよ。ごちそうさま」

「瓶長さんの水は、井戸水みたいに冷えていますから」

「ぐう、そういう所は妖怪のほうが有能なんだよなあ」

御堂から空の湯飲みを受け取った珠がこたえると、彼はしみじみとしながら、居住まいを正した。

「この前は協力ありがとう。おかげでお偉いさんに恩を売れて万々歳だったよ。珠嬢はその後も少し女学校に行っていたのだよね。どうだった？」

御堂の言うとおり、珠はあの事件の後も数日、冴子《さえこ》に付き添ってお供部屋に通った。中原《なかはら》の家から本当に異変が鎮まったのか、確かめるまで続けて欲しいと願われたからだ。といっても、明確な犯人が捕まったおかげで、お供部屋のみなは肩の力を抜いていたものだ。珠が初日に行ったときよりずっと、室内の雰囲気はよかった。

さらに、珠が犯人を捕まえた功労者だったからか、教師は珠に熱心に仕立てを教え込んでくれたのは驚いた。おかげでシャツのひな形を縫い上げることが出来たのである。すでに一週間ほど前になる話だった。

「はい、皆さん憂いが晴れたみたいで、明るい顔をされていました。あれから一人多いことも、物が盗まれることもありません」

ただ、染《そめ》が少し浮かない顔をしていたのだけは気がかりではある。けれど珠にはもう連絡を取る手段がないのだから、できることもない。

御堂は珠の答えに顔を緩めていた。

「そりゃあ良かった。銀市を部下として扱うのは芝居でも居心地悪かったけど」

「顔に出さなかったのは褒めてやるさ」

「僕だって今は部隊を率いる立場だし、潜入だってこなすんだからね!?」

苦言にも素知らぬ顔で茶を啜《すす》る銀市にため息をついた御堂だったが、それはいつもの光景だと珠は知っている。やり込められて悔しそうなそぶりを見せる御堂が、振りだけなのも。銀市がどことなく楽しげなのも、よく観察していれば感じ取れた。

その証拠に、茶のほうにも口をつけた御堂が話題を変えた。

「ところで銀市が預けてくれた百々目鬼《どどめき》だけどね。はじめこそ男の腕を嫌がっていたけれど、よく働いてくれて助かっているんだ。今の案件にも役に立ってくれている」

「そうか」

ほんの少し、銀市が口元を緩めるのを珠は見逃さなかった。

珠の腕から離れた百々目鬼が、硝子《ガラス》製の瓶に入れられてどこかへつれていかれたことまでは知っていたが、御堂の元に行っていたとは。

良い仕事先のようで、珠も胸をなで下ろしたが、御堂の表情が仕事のことについて語るそれになっていた。

「それで、なんだけど。またやっかいな話が持ち込まれていてね。少し知恵を貸してくれないかい」

「お前がやっかいと言うと、また華族関連か」

銀市が水を向けると、御堂がうなずいた。

「ご明察。出来るなら珠嬢にも聞きたいから、わからない部分は質問して欲しい」

「私、ですか。かしこまりました」

果たして自分が役に立つことがあるだろうか？　珠が内心首をかしげつつも居住まいを

正すと、御堂はこほん、と咳払《せきばら》いをすると重々しく告げる。

「華族の放蕩《ほうとう》息子達が、急に改心して真人間になっているんだそうだ」

妙な空気が室内に漂った。珠は思わず銀市と顔を見合わせる。銀市もまた、どう反応すべきか迷っているような微妙な顔をしていた。

「お前の所に持ち込まれるのであれば、人に非《あら》ざる者がかかわっていると疑われているのだろうが……」

「放蕩から目覚められたのなら良いこと、なのではないでしょうか」

いぶかしそうな銀市と同意見だったため、珠も恐る恐る聞いてみる。予想通りの反応だったのか、御堂はぐぐっと不本意そうに眉間《みけん》に皺《しわ》を寄せつつも言った。

「それがここ一年で、一昔前だったらお殿様だったっていうやんごとない若者連中ばかりが立て続けに改心してるんだよ。しかも自分で働き始めて、彼らの親たちが『まだ家にいてくれたほうがましだった』なんて言っているくらいだ」

「そういえば、雑誌にそのような話が載っていたような」

珠が本屋にいた妖怪が読んでいた雑誌に、そんな見出しがあったことを思い出していると、御堂は眉《まゆ》を上げた。

「おや珠嬢まで知っていたか。眉唾《まゆつば》ものの怪奇系の雑誌やゴシップ誌なんかでは、もう取り上げられはじめているとは聞いていたけど。大衆に交じって活動を始めちゃっているから、遅かれ早かれ止めきれなくなるとは考えていたよ」

頰を掻《か》く御堂が何を懸念しているのか、珠にはいまいちよくわからない。働き始めたのはやはり悪いことではないように思えるからだ。

それが顔に出ていたのだろう、御堂はやんわりと苦笑のような複雑な色を浮かべた。

「大衆とは基準と価値観が違うからねぇ。版籍奉還《はんせきほうかん》で、有力な武家や公方様《くぼう》がひっくるめて華族になっただろう？　彼らはその頃の意識を引きずっていて、名誉と体面をとにかく気にするんだ」

「名誉と、体面といいますと？」

「色々さ。華族としての社会的な務め、例えば国民の模範となることや、政治を取り仕切ること。そして社会に貢献し名誉とするのを尊ぶ。貴族院議員とか文化的な組織の会長とかね。元が大きな武家だったら、かなりの資産を持っているし、働かずぶらぶらしてても問題ない。むしろ、それ以外の職についているほうがおかしいって感覚なんだよ」

「まあ……」

珠は自分など及びもつかない世界に息をのんだ。思い当たることはある。中原家の当主も頻繁に外出はしていたが、珠達がこなしているような仕事をしている節はなかった。外に仕事があるものだとばかり考えていたが、そうではなかったのかも知れない。

それを肯定するように、御堂がなんとも複雑な表情で語る。

「極論で言うと、華族は僕たちみたいに働いて月給取りになること自体を忌むんだ。跡継ぎでない男子は軍に士官することが勧められるけど、それくらいかな。最近では勲功華族っていって、国に貢献した功績に対して一般人に爵位を与えたりする。だから、彼らと一線を引くためにも『働かないこと』を尊ぶ。特に名のある大名だった家はなおさらだよ」

「俺が軍を辞める時に、華族連中が月給取りになるのを揶揄《やゆ》していたのはそれが原因か」

「銀市、それ僕は知らないよ！　誰だいそんなこと言ったぼんくら」

銀市が今更ながら腑《ふ》に落ちたようにうなずいていると、御堂が怒りと苛立《いらだ》ちをあらわにする。その勢いは予想外だったのか、銀市は仕方ないなとでもいうように苦笑した。

「気にしていない。それよりも華族の子弟の話だろう」

「……わかったよ。珠嬢。前置きは長くなったけど、ここまでは良い？」

御堂に確認された珠は、慌ててこくこくとうなずく。

「華族の皆様は、お給料を頂く仕事をしないほうが大事、ということですね」

「おっとぉ、辛辣《しんらつ》だけど間違っていないね」

御堂の顔を引きつらせてしまい、珠はやんわりと表現する難しさをひしひしと感じる。

だがしかし、御堂は気を取り直して続けてくれるようだ。

「僕の所に持ち込まれた理由は、本来まったく接点がなかったはずの彼らが急に親密になっているからだ。それとは別に芸事を極めようとしていた人間が商売を始めたり、古参の奉公人を大量に解雇して別の人間を雇ったり。華族らしくない振る舞いが目立つようになれば、まあ古い体質の連中は不安になるだろう」

「時代に合わせた若者の変化とも捉《とら》えられる範囲だな。受け入れがたい現象を妖怪《ようかい》のせいにすることはままあるぞ」

銀市が袖《そで》に手を入れつつ言うのに、しかし御堂は腑に落ちないような顔をしている。

「僕もそう、言い切れれば良いんだけど。彼らが変わる前に『運気が良くなるお守り』を後生大事に持って奉っていた、と周囲が証言しているのが気になっていてね」

それを聞いた銀市の雰囲気が変わった。鋭くも探るような眼差《まなざ》しに、珠は少し息を呑《の》む。

御堂がそんな彼をまっすぐ見ながら話を続ける。

「政府は怪異ごとや、人に非ざる者に対して神経質になっているからね。ただのインチキだったら憲兵がしょっ引けばそれですむ。けど、人に非ざる者が関わっているのなら、報復が怖いというのが本音だ」

「あの頃とは上層部も入れ替わっているだろうに、まだ警戒しているのか」

「でも、人は臆病《おくびょう》だからこそ生き残ってきたようなものだろう？　僕だって言葉の通じない人に非ざる者は怖いよ」

銀市が厳しい顔をするのに、珠は戸惑いを覚える。ただの一般論と言えばそうだろうが、彼らの間に別の何かがあるのではと感じた。

そのような中でも、御堂と銀市は話を進めていく。

「及び腰だからこそ、僕たち特異事案対策部隊を杖《つえ》にして安全を確かめたいっていう意図があるんだろうね。まだ疑惑の段階だけど、僕が女学校に行ったのだって『自分の子が違う何かに成り代わられているんじゃないか。妙な者に傾倒してないか確認して欲しい』って依頼だったから。ね、珠嬢もあの学校には百々目鬼以外いなかっただろう？」

「は、はい！　いませんでした」

珠がこくこくとうなずくと、御堂はほっとした表情をする。しばし考え込んでいた銀市が言った。

「つまり、『急に人が変わる』という怪異について、心当たりがないかと聞きたいんだな」

「話が早くて助かるよ！　明確に妖怪のせいじゃないとわかれば一番なんだけど」

声を弾ませた御堂は、持ってきていた鞄《かばん》から資料をいくつか取り出す。

「これが、現状わかっている『急に人が変わった華族子弟』の一覧だよ。こちらで確認できた一番古い人間は酒井義道《さかいよしみち》。女癖が悪い典型的な放蕩息子だったんだけど、彼を含めて僕のこの眼鏡で見ても、ただの人間に見えるんだよね」

ずれた眼鏡を直しつつそう言う御堂に、銀市は紙の束を手に取りながら答えた。

「それはあくまで見えない妖怪を見るだけのものだ。呪術《じゅじゅつ》がうまかったり、その眼鏡に掛けられた術よりも、化けが巧みだったりすればごまかせる」

「眼鏡は、全ての妖怪が見えるわけではないんですか」

珠が思わず訊《き》くと、煙管《キセル》に刻んだ葉を詰めながら銀市が教えてくれた。

「ああ、御堂の眼鏡はあくまで『見る』だけのものだ。君が見えるだけのものしか見えない。例えば本性を現していない瑠璃子《るりこ》は、ただの人にしか見えないぞ」

「つまり妖怪の『化け』を見破るほどの力はないんだよ。狐《きつね》や狸《たぬき》に化かされたり、呪いが掛けられていたりを見破るのは別の能力なんだ。だから銀市に出張ってもらったわけ」

御堂の補足に、珠は頭が混乱しながらも情報を飲み下す。

「確かに、私は妖怪は見えますが、人の瑠璃子さんしか見えませんし、川獺《かわうそ》のおじいさまが術を使うとそのまま見えますね」

それに、銀市も。本来は銀の髪と金の瞳《ひとみ》をしているが、今見てもただの黒の髪と瞳だ。

「その『見る』にしても、君とはまったく違う世界が見えていると思うんだけどね」

御堂が苦笑する間に、銀市が脇に置いてある煙草《たばこ》盆の煙管に手を伸ばした。火をつけ、煙管をひと吸いする。ふう、と息をはくと銀市のくゆらす紫煙の香りが室内に広がった。

けれど、そのさわやかな香りとは裏腹に銀市の表情は冴《さ》えない。

「お前が何を思ってそう切り出したかはわかっているが。今回は恐らく狐ではないぞ」

狐、という単語に、珠はあの管狐《くだぎつね》の騒動を鮮やかに思い出す。

珠は以前、細い蛇のような体を持つどう猛な彼らに喰《く》われかけた。けれど管狐達は全て倒され、残りも銀市が罰を受けるよう采配《さいはい》をしたはずだ。その、管狐のことだろうか。

珠がそっと窺《うかが》うと、銀市に断言された御堂は眉尻《まゆじり》を下げていた。

「いや、うん。真っ先に思い浮かんだのが狐だったのは間違いないよ。僕には化けるものというとあのひとが一番強烈で。あなたの芝居っ気はあのひと譲りだろう？」

御堂の口ぶりは狐、というより誰か個人を指しているように思えて、珠は少し戸惑う。

聞いても良いものなのだろうかと迷っていると、銀市が察して答えてくれた。

「いずれ紹介しようと考えていたんだが、俺の古い知り合いにも狐がいるんだ。そいつがこのあたりの化け狐達をとりまとめている」

「銀市さんはお顔が広いのですね」

それにしても狸だけでなく狐までいるとは、帝都には珠が思っているよりもずっと多くの人に非ざる者が暮らしているようだ。

珠が感心していると、銀市は少し苦笑した。

「持ちつ持たれつというやつだ。狐はもちろんだが、妖怪は元来己の領域から踏み出そうとしない。組織や集団として行動しないのが普通だ。そういう連中でも力あるもののそばには自然と集まってくる。俺の知り合いはそんな、集まってこられたひとりなのだよ」

「こんなこと言っているけど、銀市だってその一人だよ」

御堂に付け足された話を聞いて、珠がぽかんと見つめる。

銀市は決まり悪そうにしつつも話を続けた。

「一応アレにも訊《たず》ねてみるが、狐には狐なりの秩序がある。これは狐が暇つぶしに乗り出したにしては、そうだな……遊びが見えない」

「そのあたり、僕にはよくわからないんだけどなあ」

「あの、狐以外に人に化けたり、人を変えてしまったりする妖怪はいないのですか？」

瑠璃子や重太《しげた》のことを思い出した珠がおずおずと訊ねてみると、銀市は考えを巡らせるように視線をさまよわせた。

「それなりにいる。狐憑《つ》きも人が変わるといえばそうだが、理性的に思える今回は除外して良い。別の人間に成り代わるというと、狐か狸のような化けが巧みな者でないと難しいだろう。綱《つな》の母に化けた茨城童子《いばらきどうじ》のような鬼や……ああ。狼《おおかみ》もそうと言えばそうか」

「狼も化けるのですか？」

「元来妖怪は人に姿を似せて惑わすものだからな。獣化けは力量はともかく、殆《ほとん》どが人や器物に化ける」

「でも普通の動物は化けないだろう？　そこが妖怪の奇妙でやっかいな所だよな」

そううそぶいた御堂に、銀市は言った。

「ひとまず情報は集めるが、そのお守りとやらが入手できたらまた来い。現物を見てみんとどうにもならん」

「ありがとう。進展があったら知らせにくるよ」

とん、と銀市が火鉢に煙管の灰を落としたところで、その話はお開きになったのだった。

＊

話が終わる頃になると、日差しは和らいでおり、冷涼な空気が勝っていた。

御堂は嬉《うれ》しそうにきっちりと首元まで釦《ぼたん》を留め軍帽をかぶると、手を振って去って行く。

その手に振り返した珠が、打ち水をしておこうかと考えると、りぃんとベルが響いた。

振り返ると、ちょうど前の通りを自転車に乗った郵便配達員が走ってきた。

紺色の制服に制帽をかぶった男は、珠の前でブレーキをかけて止まる。いつも銀古に郵便を届けてくれる顔なじみの青年だ。自転車に乗ったまま、彼は斜めにかけたがま口鞄をごそごそとあさる。

「店宛てにいくつか郵便が届いているよ」

「いつもご苦労様です」

手紙の束を珠がいつも通り丁寧に受け取ると、配達員の青年はにや、と笑うなり追加で一通手紙を出してみせる。

「それと、君宛ての手紙だよ」

その言葉に珠は思わず背筋を伸ばした。顔を和ませる配達員から、どきどきしつつ手紙を受け取った。モダンな意匠の花模様が描かれた封筒の表には、銀古の住所とともに自分の名前がある。珠が見慣れた墨書きではなく、万年筆の硬質でありながら流麗な文字だ。

そして、宛名の裏には珠の予想通り「中原冴子」と書かれていた。

珠はいそいそと店内に戻ると、番台にいた銀市に手紙の束を差し出す。

「銀市さん、今日の分のお手紙です」

「ご苦労だった」

いつものように手紙の束を受け取った銀市はちらっと、珠を見上げた。

「中原さんから手紙は来たか」

訊ねられた珠は、かあと顔を赤らめる。思わず衿元《えりもと》に挟んでいた手紙を押さえた。

「そんなに顔に出ていたでしょうか」

「顔よりも行動に出ていたな。数日前に手紙を出しに行っていただろう。ここ最近、しきりに郵便箱や外を気にしていたからな」

「申し訳ありません」

銀市が気づくということは、仕事中に無意識にしてしまっていたのだろう。

店の隅にいた暗い靄《もや》のような魍魎《もうりょう》達が、ここぞとばかりに伸び上がり口々に言った。

『そわそわしていたなぁ』

『落ち着かなかったぞ』

『心あらずだった』

『うつつをぬかしておった』

珠はますます自分の失態を自覚して身を縮こまらせたが、銀市の表情は穏やかだ。

「いいや。君はむしろ気にしながらも仕事がはかどっていただろう？　求人票も整頓《せいとん》されているし、店もいつもより綺麗《きれい》になっているしな」

それは少しでも気を紛れさせるために、出来ることを探していたからだ。

口入れ屋の仕事回りは銀市にしかできないが、補助するための細々とした作業はそこそこある。銀市は許してくれる風だったが、それでも従業員が心ここにあらずなのは良くないのではないか。

そう珠は思うのだが、銀市はどことなく楽しむような上機嫌ぶりだ。

「あれから、中原さんと文通が続いているのだろう」

「その、はい。冴子さんが『今どきの少女は、お手紙のやりとりをするものなのよ』とおっしゃったので。私の知らないことを教えてくださいます」

「そうか。今どきの娘は文体もずいぶん異なっているのだったな。この間、君にもらった少女雑誌に文例が載っていたが、話し言葉に近くて驚いた」

銀市が興味深そうにするのに、珠はほっとしつつ曖昧《あいまい》な表情を浮かべた。

あれから、冴子とは手紙のやりとりをしていた。

彼女の勢いに押されたのもある。珠がうなずいたとき、冴子があまりにもほっとしたような嬉しいような表情を浮かべたものだったから。

はじめこそ一体どんなことを書くかと気構えた。珠の日常に、手紙にして書けるような出来事などないからだ。しかし今では、片手では数えられなくなるほど続いていた。

「最近君は便せんや文香を使うようになっただろう。瑠璃子がこの間騒いでいたぞ。『あの珠に、手紙を出す相手ができたの！』とまあすごい剣幕で」

「瑠璃子さん、銀市さんにそのようなことをおっしゃっていたのですか」

彼女に文具について相談した時は問い詰められたものの、ずいぶんとすんなり教えてくれたのだが。

珠が驚いていると、銀市はやんわりとした苦笑を浮かべた。

「君の変化を喜んでいるのさ。手紙のやりとりは順調か」

「恐らく……。妖怪《ようかい》さんのことはお話しできないので、当たり障りのないことばかりなのですが。私がどんな仕事をしているか書くと、興味を持ってくださいます」

何を書いたら良いかわからない、と珠ははじめの手紙に綴《つづ》った。そうすると、珠の日常を教えて欲しいと返ってきたのだ。だからとにかく、珠が一日何をするかや、日々の献立をどう組みたてるかなど、ほんとうにいつものことを書くことにした。

それに手紙の中の冴子は、楽しげに返事をしてくれる。一方冴子は女学校で何があったかや、どんなことを学んだかなどを答えてくれていた。学校に行ったことがない珠は、同年代の少女達が沢山集まる場所になじみがない。だから一つ一つが新鮮だった。

「女学校では、自分で詩や小説を作る事が流行《はや》っているそうです。小説や詩ってとても偉い先生が書くものだと思っていたのですが、すごいなあと感心してしまって」

そこまで語ったところで、珠は我に返る。

聞かれてもいないことまで話してしまった。退屈だったのではないかと銀市を窺《うかが》うが、彼は柔らかい表情をしている。

「君が楽しそうでなによりだ。仕事以外に趣味をもてるのは良いことだと思うぞ」

「私は、楽しそうですか」

面食らった珠が思わず口にすると、銀市は噴き出すように笑う。

「ああ、俺はそう見えるぞ。必要なこと以外、求められなければしゃべらない君が、冴子さんについて自ら語るんだ。特別なのだろう」

珠は熱を持つ顔を感じながらうつむいた。ただ指摘されたことが無性に気恥ずかしい。

黙り込んだ珠を、銀市がほほえましく見つめつつ続けた。

「先に言っておくが、君がそうやって外と関わりを持つのをとがめることはない。あまり頻繁には困るが、遊びに行きたければ融通は利かせるさ。人は、生きている時間が短いんだ。今しかできないことを楽しむと良い」

「今しかできないこと……？」

銀市が言うことは珠には時々よくわからなくて、困惑する事が沢山ある。けれど今すぐわからなくても、銀市は嫌な顔もしない。待ってくれているように穏やかな表情をしているだけだ。少しむずがゆいが、そうされることに、最近珠は不安にならなくなった。

銀市が業務を再開しようとするのに、珠は思い出して言った。

「今日は空豆のさや剝《む》きが沢山できたので、炊き込みご飯にするつもりなんです」

「ほう俺にも良いことがあったな。夕飯が楽しみだ」

上機嫌な銀市が仕事を始めるのに対し、またほっとしつつ業務に戻った。

夕食を終え、銀市が風呂《ふろ》に行っている間に、珠は居間の電灯の下で手紙を開封する。

小刀を使って綺麗に開くと、文香のふんわりとした甘い香りが珠の鼻腔《びこう》をくすぐった。

恐らく、文香と一緒に保管する事で移った香りだろう。五月らしい清楚《せいそ》な黄百合《ゆり》が印刷された便せんには、万年筆の硬質な筆致で流麗な文字が連なっている。

珠はそわそわと目を通し始めた。

『珠さん

お元気かしら。燕《つばめ》柄の便せんもとっても素敵だったわ。

この間のお手紙では珠さんの気持ちを沢山教えてくれてありがとう。趣味が知りたい、という気持ちを、わたくしに打ち明けてくれたのが嬉しかったの。

屋敷にいてくれた時は、お仕事を邪魔しないために、女中にはあまり話しかけてはいけないとお父様に言われていたわ。だからこうして、珠さんとお手紙のやりとりが出来るのが夢みたい。

わたくしの中では珠さんは自分の力で働いている、同い年とは思えない立派な女性だったの。悩んでいると知って、びっくりしたわ。けれど珠さんの力になりたいの。』

散々悩み抜いた末に購入した便せんを気に入ってくれたようで、珠はほうっと息をつく。

そして、どきどきと二枚目の便せんを読み始める。

珠があれだけそわそわとしていた理由は、この相談を書き送っていたからだ。年代が近い冴子ならば、もしかしたらまた違う「楽しむこと」を知っているのではないかと考えてのことだった。

流麗な文字は、よどみなく続いている。

『ただわたくしも、あまり趣味というものはないのかもしれないわ。わたくしのまわりだとお茶やお花を趣味になさる方が多いけれど、わたくしは好きではないの。一時習わせて頂いたピアノは好きだったのだけれど、今ではやめてしまったし……。だから珠さんと一緒に、楽しいことを見つけさせてくれないかしら。』

珠は意外に感じた。珠の知る中原冴子という少女は、自分が楽しそうだと感じたものは、すぐに挑戦する人だと思っていた。池の中に泳ぐ魚を見てみたい、と池の縁に膝《ひざ》をついて覗《のぞ》き込んでいたこともある。そんな振る舞いを見るたびに、珠ははらはらしたものだ。だから、彼女に趣味がないというのは不思議だった。けれど彼女と別れてから一年以上経っているのだ。さすがに、以前のようなおてんばをしなくなったのかもしれない。

『今、わたくしはやってみたかったことを、思いつく限り試していってみているの。勘違いなさらないでね。危ないことはしないし、重太さんが付き添いだから大丈夫よ。自分でお金を払って、本を買ってみようとしたときに出会ったのがあなただったの。』

道理で、あのような女学校からも屋敷からも離れた本屋で会うわけだ。疑問の一つが氷解したところで、珠は終盤の文に目が吸い寄せられた。

『それでね。今は娘義太夫《ぎだゆう》というものが気になっているの。珠さんはご存じかしら。わたくしたちと同じくらいのお嬢さん達が、スタァとして堂々と義太夫を語るのよ。重太さんが教えてくださってから、一度行ってみたくて。よかったら、今度のおやすみに観に行ってみないかしら。』


「娘義太夫……？」

「娘義太夫がどうかしたか」

「ひゃっ」

声をかけられた珠は、飛び上がって振りかえる。

いつの間にか銀市が風呂から戻ってきていた。湯上がりの彼は、白地に藍色で流水模様が流れる浴衣《ゆかた》を一枚さらりと纏《まと》っている。あらわになっているその襟足と首筋には、うっすらと白銀の鱗《うろこ》が見えた。

水分を含んだ黒髪を手ぬぐいで無造作にぬぐっていた銀市は、驚く珠に対して少しばつが悪そうな顔をした。

「すまない、驚かせるつもりはなかったんだが」

「こちらこそ申し訳ありません。戻っておられるのに気づかず」

手紙をちゃぶ台において向き直ろうとする珠を、手で制した銀市は、定位置である窓際に座る。そして問いかけるように視線を向けて来たため、珠は説明した。

「冴子さんに娘義太夫を聴きに行ってみないか、と誘われたんです。土曜日か日曜日なら、私の予定に合わせてくださるとおっしゃってくださって。公演がある寄場《よせば》もここからそんなに遠くないそうなんですが」

寄場、というのは、劇場よりも幾分か規模の小さい舞台小屋のことだ。小規模な芝居を始め、落語や講談、奇術など庶民が気軽に楽しめる芸能が連日連夜興行されている。華族の令嬢である冴子にとっては、物珍しいのだろう。珠も行ったことはない。

「ですが、近いと言っても公演を観るとなると時間がかかりますし、そうするとお食事の準備などが滞る可能性がありまして……」

話しているうちに、珠の声は徐々に小さくなっていく。これでは、休みをねだっているように聞こえてしまうではないか。

銀古は基本飛び込みの相談客が来ない限り、土曜日と日曜日が休みである。だから、行くこと自体は可能だ。けれどいくら行けるといっても日中は空けることになってしまい、銀市に迷惑をかけてしまう。自分の楽しみのためにそうするのは、あまり気が進まなかった。

言いよどんだ珠がうつむいていると、銀市が腕を組むのが視界の端に見える。

「それ自体はかまわん。君のおかげで家鳴りの飯もうまくなってきたし、前のように外で食べればいいだけの話だ。ただ一つ聞きたいのだが……それは豊澤染助《とよざわそめすけ》の公演だろうか」

「えっ、ご存じなのですか」

「少し、仕事でな」

手紙に書いてあった通りの名前を銀市が口にしたのに、珠は目を丸くして顔を上げる。

銀市は顎《あご》に指を当てて、思案する風だ。

「もしかして有名な方なのでしょうか」

「ああ。最近人気が急上昇している娘義太夫だな。どこの寄場でも引っ張り蛸《だこ》らしい」

銀市は少し考えたあと訊《たず》ねてくる。

「君は、俺のことを抜きにすれば、冴子さんと娘義太夫に行ってみたいと思うか？」

「それは……」

珠は視線をさまよわせた後、手元の手紙に目を落とす。

便せんの末尾に書いてある一文が飛び込んできた。

『珠さんと楽しいことを沢山経験できたら、とっても素敵な思い出になると思うの。普通のお友達のように、遊びに行ってみないかしら。』

その一文を読んだとき、珠はふわっと心が浮き上がるような心地を覚えた。

娘義太夫を見てみたいかといえば、よくわからない。今初めて知ったものなのだ。それでも、また冴子と話せたらきっと楽しいだろうと思った。しかし、良いのだろうか。喉《のど》に言葉が引っかかる。けれど言わなければ始まらないのだと、珠は知っているのだ。

「あの、行けたらな、って思います……」

緊張しながらも珠がか細い声で答えると、銀市は柔らかい笑みを浮かべた。

「ああ、よく言えたな。いいぞ」

銀市があっさりと許してくれたことに、珠はどっと安堵《あんど》を覚えた。

「ですが、良いのですか？」

「そのことなんだが……君と冴子さんが良ければ、俺も同行していいだろうか」

銀市の提案に珠は戸惑い見返す。

「実は君の言う寄場で相談を受けていてな。近いうちに行こうと考えていたんだ。君が気になるようであれば、俺がついていけば解決か、と考えたんだが」

そこまで言った銀市だったが、少し決まり悪そうにする。

「すまない。娘同士で遊びに行くのに、男の俺が交ざるのは邪魔でしかないな。ただ現地で会うかも知れないのは許してくれ」

「いえ、冴子さんには箕山《みのやま》さんが付き添われますし、現地でお会いするのなら一緒に行った方が良いのではと思います。……──それに、私は嫌ではないので」

銀市と共に外出することになるのだろうか、そう考えると、微《かす》かに胸が昂揚《こうよう》するような気がする。だがしかし、銀市は仕事なのだと思い出した珠は問いかけた。

「そのお仕事は、私もお手伝いできるでしょうか？」

「君は休みなんだ、俺は気にせんでいい。木戸銭もこちらで持とう。了解が取れないか手紙に書き添えてくれないだろうか」

「かしこまりました。今お返事を書いてしまいますね」

「いや、湯が冷めないうちに風呂に入ってくると良い」

筆記具を取りに行こうと立ち上がったところで、銀市に諭され珠は顔を赤らめる。

「は、はい。では先に湯をお借りします」

「ゆっくりしてきなさい」

珠は慌てて手紙を片付けると、銀市のなんとも言えず生暖かい眼差《まなざ》しから逃げるように、自室へと小走りで戻った。

いつもよりも、慌ただしく入ってきた珠に驚いたのだろう。文机《ふづくえ》に置いてある櫛《くし》から現れた小さな貴姫《きひめ》が、目を丸くしている。

『うむ？　どうしたのじゃ珠』

その姿はぼんやりと、夜の暗がりにも浮かび上がって見える。しかし息を切らしていた珠はすぐには答えられず、羞恥《しゅうち》が引かないままその場にへたり込んだ。

すると貴姫が姿を実体化させ、鮮やかな牡丹《ぼたん》の打ち掛けを広げながら珠に寄り添う。

「ほんにどうした。あやつに何か言われたのか？」

「あの、すみません。大丈夫です……」

心底案じている貴姫を安心させようと、珠が言葉を重ねると、あたりがぼんやりと明るくなる。いつの間にか、青白い炎が近づいてきていた。

夜になるとひとりでに現れる火の妖怪、陰火《いんか》だ。灯《あかり》がない場所に気まぐれに現れては照らしてくれる。その青白い光に珠が少し和んでいると、貴姫がはちりと目を瞬《まばた》いた。

「おや珠よ。なんとのう楽しいことがあったのか。表情が明るいぞ」

「実は冴子さんからのお手紙で……」

珠が、下での会話をかいつまんで語ると、貴姫は得心がいったようにうなずいた。

「なるほど。珠は冴子とヌシ様との遠出が楽しみなのだなあ」

「楽しみ、なのですか」

「そうであろう？　今のそなたは笑っているぞ」

貴姫に指摘されて、珠は頰に手をやる。さわってもよくわからないが、牡丹さながらの匂い立つような彼女の笑みからすると、確かなのだろう。

そうか、と珠は腑《ふ》に落ちた。この胸の昂揚は、楽しさを覚えているからなのだ。

なんとなくぼうっとしていると、小さく戻った貴姫がにこにこと嬉《うれ》しそうにする。

『そうかそうか、楽しいと良いな』

「まだ、行けると決まったわけではないのですが」

珠は貴姫に返しつつ、寝間着を準備しながら陰火に礼を言う。

「陰火さんもありがとうございます。お水をさし上げるので、もう少しお願いしますね」

言葉が通じているのかいないのか、陰火はふよふよと青白い炎を揺らめかせながら廊下を照らすように浮かんでいる。

落ち着いた珠だったが、じんわりとこみ上げてくる昂揚に、唇がほころぶのがわかる。

「冴子さんが、良いと言ってくださるといいのですが」

たぶん、きっと楽しいだろう。珠はそう考えながら、風呂場へ向かったのだった。

＊

銀市に助言されつつ、珠が細筆で便せんにしたためた手紙を送った数日後。

前回と同じように百合《ゆり》が印刷された便せんで、承諾の返信が来た。

『楽しみにしている』という文面に珠はほっとして、待ち合わせに承諾の旨を送り返す。

そして約束の日。朝食や諸々《もろもろ》の家事を終えて選んだ着物を着込んだ珠は、落ち着かないまま台所に向かう。すると、靴脱ぎ石に腰掛けた緋襦袢《ひじゅばん》姿の狂骨《きょうこつ》に呆《あき》れた顔をされた。

『珠ちゃん、せっかく綺麗《きれい》な格好しているんだから、家事なんかしたら汚れるよ』

「そう、ですね。……狂骨さん、おかしくありませんか？」

珠がそっと袖《そで》をもって広げてみせると、狂骨は仕方ないなあとでも言うような表情をする。けれど、その目は優しい。

『一生懸命選んでいたんだし大丈夫よう。半襟と襦袢がよく合っているわ。瑠璃子から見たらまた違うのかもしれないけど、良いと思うわよ』

「そう、ですか」

瑠璃子は忙しいらしくこの数日来なかったため、外出着は珠一人で選んだのだ。

今回着ているのは、藤色を基調とした幾何学模様の長着だ。そこに、生成り地の蝶《ちょう》が遊ぶ帯を締めている。半襟は小花の散った薄桃色で、帯揚げと帯締めも同じ色だった。

落ち着いていられる色がそれだったのだが、狂骨に太鼓判を押されて珠は安堵した。

狂骨は、瑠璃子と共に珠が着るものを見繕ってくれる一人だ。彼女がおかしくないと感じたのなら、きっと大丈夫。

するとと狂骨は生ぬるい苦笑を浮かべた。

『櫛の子は、なんでもかんでもよく似合うとしか言わなかったんでしょう？』

『なんじゃと、珠はかわいいではないか！』

その言葉に肩口に現れたのは貴姫だ。まさに狂骨の言うとおりで、貴姫に長着や帯を相談しても、『良い』とばかり返ってきて途方に暮れていたのである。

狂骨は貴姫の剣幕に負けることなく、呆れて言った。

『そりゃあ、なに着たってかわいい年頃だけどね。しっくりくるこないはあるもんさ。その場その場で相応《ふさわ》しい装いもあることだしね。着ている服だけで、女中にだってお嬢様にだってなるんだから』

『ぐぬぬ……』

貴姫が黙り込むのに珠は少し困ってしまう。そこで居間のほうから、銀市が歩いて来るのが見えた。

今日の銀市は普段と変わらず中にシャツを着込んでいる。灰がかった藍色《あいいろ》の紬《つむぎ》の長着に、若草色を基調とした縦縞《たてじま》の帯を締めていた。さらに頭には中折帽子をかぶっている。いつもと同じようで、少し違う。どことなくよそ行きの垢抜《あかぬ》けた装いをしていた。

「珠、準備ができたのなら行こうか」

「はい。では狂骨さん、行ってまいります」

『行ってらっしゃい、楽しんどいで』

ひらひらと手を振る狂骨に、小さく手を振り返した珠は、銀市に歩み寄った。珠の姿を眺めた銀市が、徐々に意外そうな顔になるのに不安を覚える。

「あの、どうかなさいましたか」

「……ああ、今日は貴姫の櫛を身につけているのだな。と」

銀市の言うとおり、今日の珠は三つ編みにした髪をねじってお団子状にする英吉利《イギリス》結びにし、そこに牡丹の櫛を挿していた。

そのことかと珠が口を開く前に、肩に現れたままだった貴姫が自慢げに答えた。

『今日の珠は妾《わらわ》を身につけるために、着物を選んでくれたからの。妾は牡丹であるからな。今が一番身につけ時じゃ！』

「身につけ時？」

「お花はその季節の盛りに身につけるのが一番良いと、以前瑠璃子さんに教えて頂いたんです。牡丹だと、五月が終わったらしばらくは機会がなくなってしまいますし」

珠も言い添えると、銀市は徐々に感心した色を見せる。

「そうか。君もなかなか洒落《しゃれ》者になったものだな」

「全部受け売りなのですけど」

「俺もそのあたりは疎いんだが。よく似合っていると思うぞ」

目を細める銀市に、珠は安堵にも似たふわりと浮き上がるような心地を覚えた。

少し戸惑ったが、悪い気分ではない。

「ありがとうございます」

だからそう答えると、銀市と共に家を出たのだ。

待ち合わせはくだんの寄場の前だった。現地に集合するのが一番わかりやすいだろう、という話になったからだ。

珠達がたどり着いて少し経ったところで、二台続けて人力車が現れる。

片方から降りてきたのは、三つ編みを輪っかにして留めるマーガレットに結い上げた冴子だ。黄緑色地に意匠化された花柄の銘仙に、市松模様の帯をお太鼓に結んでいる。帯締めと帯揚げで華やかに彩った冴子は、はっとする愛らしさがある。

冴子はきょろきょろと周囲を見回して、珠達をみつけるなり表情を輝かせた。

「珠さんっ古瀬《ふるせ》様！」

「お嬢さん、走らないでくださいよっ」

そう呼びかけるなり駆け寄ってこようとする冴子を、もう一つの人力車から降りてきた重太が慌てて引き留める。冴子はいつも通りの背広である彼を振り返ることなく、珠の元にたどり着くと、手を握った。

「お手紙は沢山やりとりしていたけれど、珠さん元気だったかしら？　あらっ。そのお着物、落ち着いているけど中の襦袢が花柄なのね。帯の蝶々と合わせると、まるでお花の香りに誘われてきているみたいで素敵だわ」

冴子に褒められた珠は目を白黒させる。銀市もまた驚いて、珠の着物の袖《そで》から見え隠れする長襦袢を見る。

「そうか、似合っていると思っていたが、そこまでは気づかなかった。面白いな」

「あら、殿方はこういうことを見つけるのは苦手ですものね。でも良いのよ、わたくしが見つけるから。今日の珠さんはとっても素敵だわ」

興味深そうな銀市とにっこりと微笑む冴子に口々に言われた珠は、かあと顔を赤らめた。

珠は瑠璃子にもらった着物から選んだのだ。瑠璃子の趣味が洗練されていたおかげである。けれど珠はまた心がふわふわして、なんと言ったらいいかわからなくなる。

それすら冴子は嬉しそうにした。

「照れているのね。かわいい！」

「あの、その、えっと」

助けを求めて銀市を見上げてしまうが、彼は穏やかにうなずくだけだ。

助け船を出してくれたのは重太だった。

「……お嬢さん、そこら辺にしてやってくださいな。珠さんがゆでだこになってるや」

「あら残念。昔の重太さんみたいでにこにこしてしまったのに。前はわたくしがお礼を言うたびに、真っ赤になっていたでしょう？」

「お、お嬢さんっからかわないでくださいよ」

今度は重太が顔を赤らめる番で、対象を彼に変えた冴子は楽しげにころころと笑う。

おかげで珠はようやく息をつけたのだが、冴子の様子におや、と感じた。

「からかってなんかないわ。わたくし、重太さんが付き添いをしてくれるようになってから、楽しいばかりなんですもの」

「おれみたいな男が四六時中ついてきたら気詰まりでしょうに」

「でも、重太さんはわたくしを気にかけてくれるわ。それが嬉しいのよ」

重太は話半分に聞いているようで、がっくりと肩を落としている。けれど、珠には冴子のはにかむような笑みに、珠に向けるときとは違う色があるような気がした。

瞬いた珠は、ちらりと銀市を見上げてみる。しかし彼は特に不思議に思っていない様子だ。視線を感じたのか、銀市がこちらを向いて少しかがんでくる。

「なんだ？」

「いえ、なにも……」

具体的に何かと言われると曖昧《あいまい》なのだ。珠が言葉を濁すと、銀市はそうかと特に追及せずに冴子達に視線を移した。

「二人とも、寄場には入場できるようだ。人が多いようだから早めに入った方が良い」

「あら、そういうものなの？　入場券を買ったら、席が決まっているものではないのね」

興味深そうにする冴子に、重太が心配そうな表情を向ける。

「お嬢さん、そうなんですよ。座敷で座布団に座って見るんです。相撲や歌舞伎のように、お金を払えばゆったり見れるもんじゃないんですよ。本当に入るんですか」

「もちろんよ！　こうした演芸なんていつ見られるかわからないもの。わたくしと同じくらいのお嬢さんが、活躍されているなんて気になるわ。それに重太さんだって娘義太夫《ぎだゆう》、とっても楽しみにしていたでしょう？　今更帰りません」

「うっ」

重太が息を吞《の》む。冴子が娘義太夫に行こうと主張したのは彼のためだったのか、と珠は腑《ふ》に落ちた。重太を言いくるめた冴子は珠に話しかけてくる。

「珠さんは、こういう寄場に来たことがあるかしら？」

「いえ、実はあまり……。でも寄場に出かけたいという同僚と、何度か仕事を代わったことはありますよ」

「珠、そう言った頼みは引き受けなくて良いんだからな」

銀市にきっぱりと釘《くぎ》を刺された珠は、少しだけしゅんとする。こっそりと珠の肩口に現れた貴姫が銀市に言っていた。

『大丈夫じゃヌシ様。その怠け女中は、妾が夜な夜な枕元に立って追い出したからの』

彼女が逃げるように勤め先をやめていったのは、貴姫が理由だったのか。

隠された事実を今更知った珠は、得意げな貴姫をまじまじと見つめたのだった。

寄場の前は、人でごった返していた。

周囲とは一線を画す、いかめしい木造瓦屋根《かわらやね》の外観に、入り口には雨よけのひさし屋根がかけられている。脇の壁には今日の公演予定の張り紙がされているほか、紐《ひも》で括《くく》られた下駄《げた》や草履がずらりと下げられていた。

「あの入り口の奥に札場……台の前に座っているやつがいるでしょう？　そこで木戸銭を払って隣に立ってる男に下足札をもらうんです。そんで外の壁の釘に下足を引っかけてもらって中に入るんですよ」

「まあ、良く考えられているのね」

重太のてきぱきとした説明に、冴子は一つ一つ頷《うなず》きながら聞き入っている。

その間に銀市が四人分の下足札をもらってきた。渡された下足札を珠はしげしげと見る。

下足札は木製で、二つひと組となっているらしい。掌《てのひら》ぐらいの大きさの木札には、ひらがなと数字が書かれていた。

「帰りはこの札を係に渡せば、同じ札が付いている下足と交換してくれるそうだ」

「なるほど……」

珠は納得しつつ自分の下駄を纏《まと》めて紐で括る。冴子もまた同じように自分の草履を括っていたのだが、括り終えると重太に取り上げられていた。

「お嬢さんの草履は上等で盗まれるかもしれないんで、おれが預かっときます」

「まあ、そうなの」

冴子が少し申し訳なさそうに眉尻《まゆじり》を下げたが、重太は大したことではないとばかりに肩をすくめた。

「いいんですよ。おれだってお嬢さんには楽しんでもらいたいんですから。帰ろうとしたら草履がないなんて、けち付くのは嫌なんです」

冴子はまた軽口を返すのかと考えていた珠だったが、予想に反して彼女はうつむいた。

重太も銀市も冴子よりも背が高いから、その表情が見えたのは珠だけだっただろう。

冴子は抑えきれないとでもいうようにじんわりと頬を赤らめ、嬉《うれ》しそうに微笑《ほほえ》んでいた。

顔を上げた時にはいつもの表情に戻った彼女だったが、珠の目には焼き付いた。

「そうね。ずっと楽しみにしていたんだもの。ありがとう重太さん。さあ入りましょ」

「お嬢さん落ち着いてっ、待ってください」

華やかな袖《そで》を翻して中へ進んでゆく冴子を、鞄《かばん》を抱えた重太が追う。

その後ろ姿を見つめていた珠は、ぽんと背中に手を添えられた。

「通行の妨げになっているようだ。俺達も入ろうか」

「は、はい」

見れば後ろから続々と人が集まってきている。珠も銀市と共に寄場へと足を踏み入れた。

場内に入ってすぐは待合室になっていて、休憩をしているらしい人がたむろしている。さらに奥には大きな扉があり、中から笑い声が響いていた。

「前の演目がまだ終わっていないようだな。今から入っても良いが、少し待つか」

銀市が袖に手を入れながら言う中、冴子がそわそわと落ち着かない様子でこっそりと珠に声をかけてきた。

「珠さんちょっと良い？」

「どうしたんです、お嬢さん。用ならおれが……」

「あの、ごめんなさいね。その、身支度を調えたくて」

言いよどんだ冴子に得心がいった珠はうなずく。

「わかりました、付き添いますね。箕山さんは待っていてくださいな」

「え、ですけど」

まだ心配そうにする重太を、煙管《キセル》入れを手に取っていた銀市が止め、二言三言ささやく。

とたん重太が狼狽《うろた》えたことで、うまく伝わったらしいと理解した珠は、冴子と共にお手洗いへと向かった。

「ごめんなさいね、助かったわ」

「いえ、お気になさらず。男の方には申し出づらいことですから」

冴子がほっとした顔で手洗いから出てくるのに、珠はふと先ほどの彼女の表情を思い出して訊《たず》ねた。

「冴子さん、楽しいですか？」

「ええ、楽しみよ娘義太夫！　それに、珠さん達とお出かけできるのがとっても嬉しくて」

はしゃいだ様子で語る、冴子の言葉も本当なのだろう。けれど珠が感じたのは、そうではないのだ。

「なんだか箕山さんとお話ししているときの表情が、私の時とは違う気がして……そう。私の時よりも幸せそうだな、と」

うまく言葉にし辛《づら》いながらも珠が口にすると、冴子ははっと息を呑んで硬直する。

そして、じんわりと申し訳なそうに眉尻を下げた。

「珠さんは、時々とても鋭いのね」

「気分を害されてしまったでしょうか」

珠が恐る恐る聞くと、冴子はぱちぱちと瞬《まばた》いて驚きをあらわにした。

「いいえ？　むしろわたくしが謝らないといけないのではなくて。だってわたくし珠さん達を、重太さんと遊びに行くための口実にしてしまったのですもの。不快にさせてしまったのならごめんなさい」

打ち明けられた珠は、胸に手を当てて探ってみる。けれど、嫌悪はなかったように思う。

嫌だ、と感じたときの強烈な不快感を珠は覚えていた。今は疑問が氷解した後の納得があるだけだ。

「では、私は箕山さんとお話しできるよう、離れていた方が良いでしょうか？」

「そんな悲しいこと言わないで！　わたくし、重太さんとのお出かけと同じくらい、珠さんと会うのも楽しみにしていたのよ」

「そう、なのですか？」

親切のつもりで訊ねたのだが、冴子に悲鳴のような声で言い募られて、珠は戸惑いに瞬きながらもうなずく。少し冷静になったらしい冴子は、後ろめたそうに続けた。

「今のわたくしがそんな風に言っても、信じられないでしょうけど」

「信じます。冴子さんが、楽しみにしているのは伝わりますから。それに」

「それに？」

そこまで言って、珠は言葉を止めてしまう。これ以上を答えても良いのかためらったのだが、冴子は気になるようで顔をのぞき込まれた。

だから珠は、少し気恥ずかしさを覚えながらも口を開いた。

「私も、冴子さんと銀市さんとお出かけするのを、楽しみにしていたので……」

消え入りそうな声で珠が言い切ると、冴子が切なげに目を細める。

とんっと衝撃を感じた。ふんわりと甘やかな香りと共に、抱きつかれたのだと理解して、珠は狼狽えた。

　ちいさく告げられて面食らう。どういう意味か訊ねようとした矢先、彼女は続けた。

「……珠さんとまた会えて、本当に良かったわ」

「わたくしね、重太さんをお慕いしているの」

　冴子の儚《はかな》く消え入ってしまいそうな声に、珠は息を呑む。

　肩口に埋《うず》めていた冴子が顔を上げると、その頬は桃色に染まっていた。

　お慕いしている、という意味は、珠でも冴子の表情を見ればわかる。それはつまり。

　珠が衝撃のあまり立ち尽くしていると、冴子は少し不満そうに頬を膨らませる。

「わかっているわ。うちの使用人達が『箕山さんは情けないから、男の人としては駄目』と言うのを聞いているもの」

「いえ、そういうわけでは……」

　ないのだ。だって珠はそれ以前の問題なのだと知っていた。

　しかし彼女にそれを告げるわけにもいかず、珠が口を噤《つぐ》んでいると、冴子はくすくすと楽しげに顔をほころばせる。

「いいのよ。重太さんをお慕いする気持ちは、わたくしだけのものだもの。想うだけなら自由でしょう？」

　朗らかな冴子が無性にまぶしく感じられて、珠は目を細めた。表情も話す声の明るさもどれをとっても彼女を輝かせているようだ。

かつて、珠が彼女のお屋敷にいた頃、天真爛漫《てんしんらんまん》に過ごす冴子に奉公人達は自然と笑顔になっていた。彼女の周りの人間は、彼女の朗らかさに救われていた。

あの頃はよくわかっていなかったが、おそらく。

「私が冴子さんの所から解雇された後。別の勤め先でしばらく、胸のあたりが寒かったんです。ずっとなぜだろうと思っていたのですけど」

きょとんとする冴子に対し、珠はわずかに表情を緩める。

「たぶん冴子さんの笑顔が、そこでは見られなかったからだろうなあと。だから、冴子さんが笑顔でいられるのなら、私は良いと思います」

帝都に来て間もない頃、様々なことを知ったのが中原邸と、何より冴子からだった。

当たり前の健やかさを保つ彼女の姿はまぶしくて、できればこの笑顔が曇らなければ良いと思えた。そして、この冴子を形作ったのは、重太なのだ。

「男の人としての良さはわかりませんが。箕山さんは一途《いちず》な方だな、とは思いますし……」

「ありがとう」

冴子の感謝の言葉は、密《ひそ》やかで重みがあった。

「珠さん、秘密にしてちょうだいね。お友達は秘密を打ち明けるものですもの」

「はい。言いません。信じて頂けるかわかりませんが」

妖怪《ようかい》は、一度した約束を破ると報復に来る。だから自然と約束には慎重になっていた。だが冴子の願いであれば進んで守りたいと思う。

珠が神妙に答えると、冴子は心底嬉しそうに微笑んだ。

「知っているわ。あの頃も今も珠さんはわたくしの味方だったもの。さあ戻りましょう、重太さんがじれて捜しに来てしまいそうだし」

珠もうなずいて手洗いから待合室に戻る。

するとなぜか重太の姿はなく、煙管をくゆらせる銀市だけがいた。

「お待たせいたしました、銀市さん……箕山さんは？」

珠が問いかけると、少しおかしげにしている銀市が、煙管でひょいと待合室の隅を示す。売店らしいそこからは、喜色満面の重太が顔をのぞかせた。

「お嬢さん！　それに珠さんも。お腹空《す》いてませんか。お嬢さん達はまだお酒は飲めませんが、お茶や饅頭《まんじゅう》、にぎりめしや助六なんかもありますよ。寄場の醍醐味《だいごみ》と言えば、飲み食いしながら楽しむことですからね」

楽しそうに語る重太は、こちらへの気遣いを忘れない。

珠が冴子を見ると、彼女もまた珠を見つめていて、一緒にくすくすと笑った。いきなり笑い出した冴子達に対し、重太が戸惑いをあらわにする。

「ど、どうしたんです？　お嬢さん方」

「いえ、良いのよ。人前で食べるだなんてばあやに見つかったら大変だけど、それがここの楽しみならやってみたいわ」

「そうですね。おまんじゅうくらいなら、夕飯に響かないのではないでしょうか？」

「いいわね。お茶とおまんじゅうを頂きます」

「は、はあ……じゃあまんじゅう買ってきますね」

なにがなんだかわからない、という顔ながら、重太が売店へとって返す。近くの煙草盆《たばこ》に灰を落としていた銀市が、不思議そうにした。

「なにか、楽しい話でもしたのか」

「古瀬様でも内緒なのよ。ね、珠さん」

冴子が芝居がかった口調で言うのに対し、銀市が珠に視線を向けてくる。

一瞬ためらったが、珠は自分の両手を握ってこくりとうなずいた。

「はい、内緒なんです」

「……そうか」

銀市が若干驚いたように目を見開くが、すこし面白そうにする。そんなやりとりをしているうちに、重太が戻ってきたのだった。

演目が終わったのを見計らい会場内に入ると、そこは広々とした畳敷きの座敷だった。見渡す限り、人の頭しか見えないほどの満員である。先ほどまで女性や子供の姿も見られたが、今いるのは縞《しま》の着物に袴《はかま》を穿《は》いた書生風の青年や、中折帽をかぶった若い男ばかりだ。彼らは奥に一段高くしつらえられた高座近くに陣取っており、そこかしこに置いてある煙草盆を使い、煙草をくゆらせていた。

「これでは座れないかしら」

冴子が表情を曇らせて頬に手を当てる。が、重太は少しだけ空いている空間にするりと割り込むと、近隣の人間ににっこり愛想笑いを浮かべて言った。

「ちょいとお膝《ひざ》送りをお願いしまーす」

「うん？　お嬢さんが見に来たか。こりゃ今は珍しい。おい四人分だ膝送りを頼むよー」

客が口々に声をかけてずれてゆくと、あっという間に四人分座れそうな空間ができた。

しかもどこからか座布団まで渡される。

珠は場所を譲ってくれた人々に頭を下げて、中央に近い席を銀市に明け渡そうとしたのだが、銀市に制された。

「俺は隅で良い。なにせこの背だからな。邪魔になる」

「は、はあ。でしたら」

おとなしく珠が内側に腰を下ろすと、人だかりの間から高座が見えた。冴子は珠の隣に座って、何もかも目新しそうに、きょろきょろとあたりを見回している。

一息ついた珠もそっとあたりを見回してみると、殆《ほと》んどが若い男性客だ。興奮した雰囲気でわいわいと話す声が響き、煙草の匂いやほのかに酒の匂いも漂ってきている。

高座を眺めていた銀市が、高座脇の台に垂れ下がる墨書きの紙を見て、ふむ、と袖《そで》に手を入れつつ言った。

「今日の演目は『酒屋《さかや》』か」

「酒屋、ですか？」

「艶姿女舞衣《はですがたおんなまいぎぬ》という話の中にある一話だな。普通こういった寄場では、さわり……一番盛り上がる場面だけをやるものなんだ。こんな文句を知らないか？『今ごろは半七《はんしち》さん、どこにどうしてござろうぞ』」

「あっ、聞いたことがあります。いつもうちにきてくださる魚屋さんが、よよよと泣き崩れるまねをしたら、他の奥さん方に笑われていました」

「そう、それだ。お園《その》は半七という男と結婚するんだが、半七はある遊女と、子まで生《な》すほどの恋仲なんだ。半七に放置されるお園を不憫《ふびん》に思った父親は、家に連れ帰るんだが、お園はすでに半七を想っていてな。『酒屋』はお園が夫の身を案じて泣き語る、一番の見せ場がある段だな」

よどみなく話す銀市を、珠がぼうと見上げていると、彼は少し決まり悪そうな顔をする。

「有名な演目だからある程度知っていたのと、最近少々語られたんだ」

「そうなんですか」

話の筋さえ知らなかった珠が感心していると、カーンと高らかに拍子木の音が鳴り響く。

同時に舞台の脇から現れたのは、女の二人組だった。顔に化粧をしているが、それでもきっと年齢は珠と変わらないだろう。一昔前の侍のような肩衣《かたぎぬ》に袴姿でありながら、髪はふっくらとした桃割れに結われている。

その二人が登場するなり、会場の前方からどっと野太い声が響いた。

「いよっ待ぁってました！」

はやし立てるように拍手まで響く中、先頭を歩く少女は大きな房飾りが下げられた小さな机……見台の前に座る。そしてあたりを見渡して、にこ、と微笑《ほほえ》んだ。

青年達の歓声が上がる中、珠はぽかんとする。

化粧をして雰囲気は変わっている。だがしかし、それはあのお供部屋にいた女中、高町《たかまち》染の顔とうり二つだったのだ。

「え……？」

「どうした……む」

珠の動揺に気づいた銀市が問いかけてきたが、理由を語る前に再び拍子木が鳴らされる。

拍手に迎えられて、机の前に座った染によく似た少女の方がちょこんと頭を下げた。

隣の座布団に三味線を携えた女が座ると、高座の脇にいた者が朗々と前口上を述べる。

「――とうぅーざいぃー、ここのところお聴きにたっしまするは、艶姿女舞衣。あいつとめまするが豊澤染助、三味線……」

「いよっ帝都一の染小町！」

ただの紹介にもかかわらず、かき消されるほどの声援が飛んで珠は面食らう。主な声の主は、前方に陣取っている男性客からだ。

口上が終わると、三味線がかき鳴らされ、少女が赤く染めた唇を開く。

そして会場の奥にまで響くように、独特の節をつけて朗々と語り出した。

確かに、銀市が事前に教えてくれた通りの内容だ。

半七が人殺しの嫌疑をかけられた。これではあまりにかわいそうだと、親たちによって留《とど》められたことも知らず、お園は半七に恋い焦がれる。というのはなんとかわかった。

だがしかし、話が進むにつれて、前方の青年達からの声援が大きくなり、しまいには下足札を叩《たた》いて鳴らして、口笛まで聞こえてくる。

その声のせいで、珠にはとぎれとぎれにしか話が聞き取れないが、青年達は関係なく楽しげにしている。

「あの、これが普通なのでしょうか……」

珠が思わずひっそりと聞いてみると、銀市は少々顔をしかめながらも応じてくれた。

「あまり一般的ではないとは、思う。それ以上に、語りがうまいとは言えないな」

銀市がそうつぶやいた頃に、いよいよ盛り上がりに差し掛かったらしい。

チン、と愁いを含んだ三味線の音が響く。

高座上の少女は悲嘆に暮れた表情をしつつ、見台に両手をかける。そして伸び上がるように客席を見渡した。

「――今ぁ頃は半七つぁん、どこにどうしてござろうぞ」

「いよっおおおお！」

「どーするっどーするっ」

ますます青年達が決まり文句のようなかけ声を叫びながら盛り上がる中、少女は首を振りながらむせび泣く。

「――いっそ、死んでしもうたら、こうした難儀はぁできまいものよぉぉ」

見台に泣き伏したとたん、彼女の髪から花かんざしが落ちた。

瞬間、珠はぐっと力強い腕に引き寄せられた。

不意打ちだったために、そのまま倒れ込んだのは銀市の胸元だ。

先ほどまで珠がいた場所を青年達が通っていき、高座に向けてばたばたと殺到する。

守ってくれたのだと、どこか頭の隅で理解した。

けれど、珠はそれを意識する余裕がなかった。銀市の藍色《あいいろ》の衣から、嗅《か》ぎ慣れたさわやかな煙草の香りがする。背中に回された腕は力強く、なぜか珠の鼓動が一気に速くなった。

顔を上げると、銀市の険しく引き締められた横顔がある。その眼差《まなざ》しがこちらを向いた。

「耳をふさげ」

「え」

わけがわからないまでも、珠がとっさに耳をふさいだ瞬間。

うわんっ！

肌をびりびりと震わせるような大音声が、全身を襲った。

三味線の音も少女の声も、青年達のはやし立てる歓声も全てかき消す大声に、その場にいた全員が呆然《ぼうぜん》と立ち尽くす。

それでも、珠が大声が聞こえた方に顔を向けると、天井近くに張り付くそれがいた。

人の顔をしていたがどこか歪《いびつ》で、しわくちゃな体にぎょろりとした目玉。不自然に大きな口には、黒々とした歯が並んでいた。

怒りに燃えた顔をしていたが、珠を……正確には銀市を見ると怯《ひる》んだ様子で身を縮める。

珠が声を上げる前に、自失していた観客達が一気に騒ぎ立て始めた。

大混乱の中、豊澤染助の高座は幕を閉じたのだった。

＊

珠達が先に外へと出ていると、冴子と重太と合流できた。

ただ、重太がげっそりしているのに対し、冴子は頬を紅潮させ興奮した様子だ。

「あんなことがあるなんて、寄場というのはすごいのねえ」

「いやいや、こんなの滅多にないですから……」

「あの、大丈夫でしたか」

案じた珠が窺《うかが》うと、冴子はきょとんとする。

「どうして？　あんなにぎゅうぎゅうな場所に入ったのも初めてだし、好き勝手におまんじゅうを食べたのも初めてだったの。まあ、ちょっと無粋な方々はいらっしゃったけれど、なにより！」

そこで身を乗り出した冴子の目は、きらきらと輝いていた。

「最後の大音声！　寄場の方が『あんな大きな音が出る装置なんて使っていない』ってお話ししているのを聞いたわ。あれはきっと妖怪《ようかい》が現れたのでしょう？　本当に妖怪に遭遇できるなんて、こんな素晴らしい体験はないわっ」

冴子は上機嫌そのもので、珠はほっと息をつく。だがしかし冴子はなおも続けていた。

「ねえ古瀬様が突然いらしたい、とおっしゃったのはそれが理由ではございませんの？　珠さんが公演前に驚いていたのも、それが理由なのではなくて？」

指摘された珠は狼狽《うろた》えたが、見たまま語った。

「その、高座に上がっていらした豊澤染助さんが、お供部屋で良くしてくださった方にとてもよく似ていて驚いたんです。他人のそら似だと思うんですが」

話している途中、珠は一瞬、銀市が深い納得の表情をしているのに気づいた。だが、冴子がさらに目を輝かせて珠に迫ってくる。

「まあ、まあまあ！　それってドッペルゲンガァじゃなくて？」

「どっぺる……？」

聞き慣れない単語に困惑すると、冴子が喜々として話してくれた。

「ドッペルゲンガァは西洋で有名な怪奇現象らしいの。双子ではなくて、本当にうり二つの存在が現れるのよ。西洋の小説では、良く取り上げられる題材みたいね。わたくしも翻訳されたものを読んだことがあるわ」

「ああ、日本では離魂病《りこんびょう》とも言うな」

銀市が補足すると、冴子は我が意を得たりとばかりに頷《うなず》く。

「ええ。ドッペルゲンガァは、本人に関係のある場所に現れたり、幽霊みたいに忽然《こつぜん》と姿を消したりと色々あるの。けれど、一番は……」

そこで言葉を切った冴子は、密《ひそ》やかに続けた。

「本人が出会ってしまうとね、死んでしまうのよ」

珠がごくりと唾《つば》を飲む。すると、とたんに冴子は明るく笑った。

「不安にならなくても大丈夫よ。だって珠さんが会ったその方は女中さんなのだし、こんな風に義太夫を聴きに来るとは限らないもの。それにね、ドッペルゲンガァには、他の人間と話さない、という特徴もあるの。もしもの時のために会わせないほうが良いけれど、本物のドッペルゲンガァという可能性は低いわ」

「そう、ですね。今日の語りは、皆さん聞いてらっしゃいましたものね」

今思い返してみても、お供部屋で良くしてもらった染と、高座に上がっていた染助は雰囲気が違う。別人、といわれたほうがしっくりくるのだ。

珠がほうと胸をなで下ろすと、冴子が納得したように頷いた。

「その方が本当に心配だったのね。珠さん、わかったわ、明日お供部屋でその方の無事を確認してきます」

「だ、大丈夫です。冴子さんを煩わせるつもりはありません」

突然の宣言に驚いた珠が止めようとしても、冴子は平然としたものだ。

「わたくしも気になるから、気にしなくて良いのよ。ねえ、でも本当にドッペルゲンガァだったらどうしましょう」

冴子は楽しげにしながら、マーガレットに結った三つ編みを揺らしてにっこり笑う。

「わたくし、そろそろお父様に怪しまれてしまうから帰るわね。次のお手紙で結果をお知らせするわ。ごきげんよう珠さん、古瀬様。また！」

「さ、さようなら？」

珠がぎこちなく返すのに、冴子は朗らかに手を振って重太と共に去って行った。

なんだか、怒濤《どとう》の展開でついて行けずぼうっとしてしまう。けれど、息を吐いた音を聞きつけ顔を上げる。

銀市は若干安堵《あんど》をにじませており、珠と視線を絡ませると申し訳なさそうにする。

「すまない。君をだしにした」

「だしに……というと、会場内にいた妖怪さんに言及されないように、でしょうか」

確かはじめ、冴子はあの公演に現れた妖怪に興味をもっていた。それを珠に興味を移したことで、追及されないようにしたのだと理解する。

案の定、銀市はうなずいた。

「ああ。だが、うり二つの娘は恐らく俺も見ているだろう？　俺は、既視感は覚えたがとっさにはわからなかった。君はとても目が良いのだな」

そう銀市に言われた珠は戸惑った。

「私は見たことを覚えていただけで……」

「そのおかげで、この一件を進展させられそうだ。これから少しつきあってくれないか」

もちろん否やはない珠が銀市と共に向かったのは、寄場の裏手にある路地だった。

途中、観客席にいた青年達が、耳が痛いなどとこぼしながら騒いでいるのとすれ違う。

一歩路地に入ると、表通りの喧噪《けんそう》が遠くなった。まだ夕日が沈むには早い時刻だが、建物の陰は暗い。

「うわん、いるか」

銀市が声をかけると、影の濃い部分から先ほどの会場で見た、異様に頭と口が大きい歪な人型の妖怪が現れる。

しかし、銀市に「うわん」と呼ばれたその妖怪は、身を縮こまらせてびくびくと彼を窺《うかが》っている。まるで怒られるのを待ち構えているようだ。

恐る恐る身構える彼に対し、銀市は少し目をすがめた。

「俺は、息を潜めておけ、と言ったが」

『我慢、できなかった』

しょんぼりと肩のような部分を落とすうわんに対し、銀市はそこを責めるつもりはないらしい。それでも厳しく言った。

「俺はお前に居場所を提供した責任がある。だが守るにも指示に従えないのなら、その限りではない。気をつけてくれ」

『あい。ヌシ様』

神妙に答えたうわんをひとまずおいた銀市は、珠に説明してくれた。

「このうわんは、あの寄場に棲《す》んでいてな。俺は『最近高座に上がる豊澤染助が、昼と夜で違う』と相談を受けていたんだ」

「それって……」

珠は息を吞《の》む。いままさに彼女とうり二つの人間を知っていると話したばかりだ。本当に二人いるのであれば、うわんが覚えた違和感にも説明が付く。銀市もそう考えたからこそ、珠とも引き合わせたのだろう。

「それで、うわん。今日の染助はどうだった」

銀市に問いかけられたうわんは、必死に訴える。

『違う。あれ染助じゃない！　今日日曜日なのに！』

「曜日が関係するのですか？」

珠が不思議に思って聞くと、うわんは反響するような声で熱く語った。

『いつも、昼だけ、ちがって、日曜日だけ、同じ！　だけど今日はいちにち、ちがった！　のっぺりがたり！』

「今日の染助が違うのはわかった。うわん、このままでは耳が壊れる。声を落とせ」

銀市が耳をふさぎながら苦言を呈すと、うわんは怯む。しかし溢《あふ》れる怒りは収まらない。

『おいら、ずっと、きいてた。この寄場、くるたび、楽しみだった。染助、いつも、かっこいい。染助の語りすき。でも、どうする連、邪魔をする。むかつく』

「どうする連、とは」

「高座の前の方で騒いでいた男達のことだ。要は応援隊らしいが、豊澤染助に付いている青年達が、どうにも熱狂的で行き過ぎているらしくてな。ああやって公演の最中に必要以上に騒ぎ立てたり、楽屋の前で出待ちをしたり、果ては人力車に乗っても家まで付いてくる始末らしい」

「それは、とても困りますね」

銀市の説明に、珠は納得する。あれだけの勢いで大勢の青年に迫られたら、恐ろしいだろう。うわんもまた肩のような部分を落として言った。

『今日の染助、声がちがうし、へたくそ。語りのっぺり。嫌い。ほんとの染助に戻って欲しい。ヌシ様お願い』

「……ああ。なんとかしてみよう。間近で見て感じた。あれには違和がある。もうしばらく待ってくれ」

銀市の言葉に目をうるませたうわんは、深々と頭を下げて消えていった。

しん、と静かになった路地裏で、銀市は珠を向いた。

「うわんは、直情的な部分はあるが、声や音にはとても敏感だ。だからドッペルゲンガァかはともかく、何らかの形で豊澤染助が二人いると考えられる。うわんから事前に聞き取った話では、彼女が変わったのは数週間前だ」

「それは、ちょうど私がお供部屋で会った時期と合いますね。私がお手伝いできることは、あるでしょうか」

珠が問いかけると、銀市は顎《あご》に手を当てて思案する風だ。

「とりあえず、この足で高座に上がっていた染助に接触してみようと思う。彼女と多少なりとも関わりのあった君に、判断して欲しいのだが」

「かしこまりました。お供します」

珠は銀市と連れだって裏口に回ってみた。だが、そこにはどうする連だと思われる青年達が煙草《たばこ》を手に、ざわざわとしゃべりながらたむろしていた。

近づくこともできない様子に珠と銀市が困惑していると、裏口から娘が現れる。肩衣《かたぎぬ》ではなく、今流行のいっそ華美ともいえる着物だ。

「染助さんが出てきたぞ！」

「染助さんっこっち向いてくださいっ」

「おい送るぞ！　人力車を通してやれ！」

どうする連が熱っぽい声をかけつつ口々に言うなり、いつの間にかやってきていた人力車を通す。どうする連達に囲まれるのを娘は平然と、むしろどこか嬉《うれ》しそうに受け入れているのを珠は感じた。

うわんの話だと染助はどうする連を嫌っていたように思えたのだが、今の彼女はむしろ自慢げにも見える。負の感情は見られなかった。

珠達が声をかける隙もなく娘は人力車に乗り、どうする連に囲まれて去って行った。

「あれは、少々厳しいな……」

「ですね……」

二人して立ち尽くしていたが、銀市はあきらめたように息をつくと珠に言う。

「これは日を改めるか、女学校にいるらしい『染』に会うほうが早いかも知れないな。ひとまず帰ろう。朧車《おぼろぐるま》を呼ぶぞ」

「……はい」

今度は車酔いしないと良いな、と密かに願ったのは内緒だ。

だがそうして戻った銀古の店先で、なぜか冴子と重太が待っていたのだ。

銀市も予想外だったようで、眉《まゆ》を上げて近づいていく。

「一体どうした」

「おれは、止めたんですけど」

重太が少々決まり悪そうに隣の冴子を見る。彼女もまた少し困惑をにじませながらも、暗がりでもわかるほど興奮に頬を赤くしていた。

「あのね、帰る途中なのですけど、豊澤染助さんのドッペルゲンガァと遭遇したの」

「え？」

珠はぽかんとしたが、確かに夕日の影が色濃く気づかなかったが、冴子の背後にもう一人少女がいた。

すんなりとした肢体を地味な木綿の着物に包み、表が柄、裏が黒の昼夜帯を締めている。

風呂敷《ふろしき》包みを一つ抱えた彼女は、珠と目があうと驚きを露《あら》わにした。

「珠っ!? なんでここに！」

化粧っ気がなくとも美しいその顔は、珠がお供部屋で話した高町染だった。

「染、さん？」

珠が呼びかけると、染ははっと我に返ったようだが。

ぐう。

彼女の腹から盛大な音が響き、顔を真っ赤にしてうつむく。

眉根を寄せていた銀市は、ふっと苦笑して言った。

「とりあえず、夕飯にするか」

第四章　義太夫《ぎだゆう》乙女の心意気

珠《たま》は顔に明るさを感じて目を覚ます。すでに窓からは朝日が差し込んできている。体感的にはまだ早い時分だが、随分と日が昇るのが早くなった。

自分だけならいつもの日課を繰り返すのだが、珠は隣を見る。一人部屋である珠の部屋にはもう一つ布団が敷かれており、そこには酷《ひど》くうなされた顔をしている染《そめ》がいた。

あの後、染は銀古《ぎんこ》で夕食をとることになった。染が驚くほどの量を平らげたあと、銀市《ぎんいち》は彼女に事情を聞こうとした。

しかし彼女はぴたりと、表情を固めてしまったのだ。

『あたしが本物の豊澤染助《とよざわそめすけ》だ。高町《たかまち》染が本名。今あそこにいるのは偽者だよ。でも……』

染は複雑な感情を渦巻かせながらも、頑《かたく》なな様子で続けた。

『あんた達が、どうしてあたしを捜していたかは知らないけど。あたしはもう、高座に戻る気はないよ。普通に働いて普通の幸せが欲しいんだ』

『豊澤染助に戻る気はないと？　君はあの偽者をどうにかしない限り、高町染にすら戻れないんだが。その様子だと、すでに偽者と協力関係はないのだろう』

銀市が指摘すると、染はぐっと言葉を詰まらせた。それでも挑戦的ににらみ上げる。

『なあ、ここ口入れ屋なんだろ？　あたしに仕事を紹介してくれないかい？』

その後も銀市はなんとか聞き出そうとしたが、染は核心的な部分になるとだんまりを決め込んだ。このままでは押し問答になる。

珠は彼女の食事量から、恐らく丸一日は食べていなかったと察していた。何より染の姿は少しやつれており、顔に色濃い疲れが見える。そんな状況に珠はとても覚えがあるのだ。

『ところで、染さん。本日の寝床はありますか？』

訊《たず》ねると、染は明らかに表情を硬くする。

その反応で銀市も察したらしく、深々とため息をつく。

『ひとまずここに泊まっていくといい。詳しい話は明日にしよう。その様子だと着の身着のままなのだろう。珠、すまないが着るものを貸してやってくれ。部屋は君の隣が良いだろう。俺も言い聞かせるが、気をつけてやってくれ』

遠回しな言い方だったが、珠ははっと周囲を見回した。

天井からは天井下《てんじょうさが》りの毛むくじゃらな体がそっとのぞき、箪笥《たんす》には丸い黒々とした家《や》鳴《な》りが連なっている。居座る陶火鉢から飛び出た手がそわそわしており、さらに廊下の暗がりには影よりも濃い魍魎《もうりょう》のうごめく姿があった。

明らかに「見えない人間」に興味を持っている風だ。

妖怪が見えなくとも、何かに見られていることは感じ取れるのだろう。染は腕のあたりを寒そうに擦《こす》りながらあたりを見渡している。

『かしこまりました。染さん、私に付いてきてください』

そうして、珠は染の世話をしつつ一夜を明かしたのだった。

＊

珠が居間で朝食の支度を済ませる頃に、銀市が現れた。

いつもどおりシャツを着込み紫煙の香りをまとった彼は、珠が一人でいるのを見るなり聞いてきた。

「高町さんはどうだ？」

「私のお部屋で眠られています」

「……なに？　君の隣の部屋で寝たんじゃなかったのか」

意外そうにする銀市に、珠は三膳分《さんぜんぶん》の食事を用意しながら昨夜のことを話す。

「寝入る前に銀市さんが懸念していた通り、脅かされてしまったみたいなんです。それで、一緒に寝て欲しいと言われたのでそのまま布団を並べました」

「手間をかけた。それにしても昨日はよく、彼女に宿がないことに気づいたな」

銀市に感心された珠は、少し羞恥《しゅうち》を覚えながらも答える。

「食べられた量が普通よりも多かったですし、慣れない環境で疲れていらっしゃるようでした。今の季節だったら外でも過ごせますから、野宿されていたのではと思ったんです」

「待て、そこまでわかるということは、君は野宿の経験があるのか」

眉をひそめた銀市に確認されて、珠は瞬《まばた》いてうなずいた。

「私の時は秋でしたが、外出途中に妖怪《ようかい》につけ回されたことがあったんです。勤め先に連れて帰ってしまうと危ないものだったので、あきらめるまで一晩外で夜を明かしました」

「それは……」

「あのときも貴姫《きひめ》さんが守ってくれたのでしょうね。見つかることなく、朝を迎えられたんです」

そこまで答えた珠だったが、銀市の表情が曇っていることに気づいた。

銀市がこういう表情をするときには、珠が常識外のことを言ったときの反応だ。まだ珠には自分の体験が、どこまでが話しても驚かれない普通の経験か判断が付かない。こうして驚かせてしまうのが申し訳なかった。

「このお話は、普通ではありませんでしたか」

「普通ではないが……本当に良く生きていたな、とほっとしていた」

いつもの位置に座った銀市は、珠を見据える。

「ここにいる限りは、そういった事態には陥らせないようにするつもりだが、万全とも言いがたい。危険な目に遭ったときは、迷わず俺を呼んでくれ」

「えっと？」

言葉の意味がつかめず珠が瞬いていると、銀市が真摯《しんし》な眼差《まなざ》しを向けてくる。

「言葉通りだ。君の声なら、あの管狐《くだぎつね》の時のように俺には届く。そうすれば助けに行けるからな。……頼ってくれ」

頼る、という単語に珠は面食らう。

「お仕事では私では及ばないことが多々あります。指示を仰ぐことはあると思いますが」

「それは頼るとは言わないさ。もちろん、わからないことを質問するのは当然だ。だがそれ以前に君は同居人だからな。俺が気づかないうちに、君が野宿をする羽目になるような妖怪に絡まれていたなら悔やみきれん」

「それ、はその」

「心配しているんだ、これでも」

銀市の言葉に、珠の胸の奥がぽうと、温かくなったような心地がした。

これはなんだろう、と珠は胸に手を当てる。むずむずと落ち着かないけれど、嫌ではないこの感覚は、最近多い気がする。

内心首をかしげたが、銀市に願われたのなら珠が返す言葉は決まっていた。

「わかりました。危ない目に遭ったら、銀市さんのことを呼びますね」

「そうしてくれ。──さて、高町さんのことだ。あれは確実に何かを抱えているんだが」

「話して、くださるかですよね……」

昨夜の問答からしても染は頑なだった。

「働きたい、仕事を紹介してくれ」と繰り返すばかりだ。あれは簡単なことでは崩れないだろうが、彼女が本来居る場所が何者かに乗っ取られているのだ。なるべく早く解決すべきではないかと思うのだが、本人にその気がないものをどうにもできない。

だがしかし、銀市はあまり心配をしていないようだった。

「まあ彼女に行く場所はないようだ。ならばやりようがある。ひとまず染さんについていてくれないか」

「染さんに、お仕事を紹介されるつもりですか？」

珠が聞くと、銀市は肩をすくめた。

「事情を正確に把握しないことには仕事も紹介できん。口入れ屋は紹介する奉公人の身元引受人になることもある。だからいつもの業務範疇《はんちゅう》内だ。ただ、その前に少々揺さぶりはかけさせてもらおう」

「揺さぶり、というと？」

珠が首をかしげている前で、銀市はどこか人の悪い顔をしながら言う。

「人間は誰しも常識外のことに遭遇し続けると、本音が漏れやすくなるんだ。まずは一日、様子を見てくれ」

「わかり、ましたが」

普通に生活をして、一体何が揺さぶりになるのか。

珠の疑問がわかったのだろう、銀市が付け足してくれた。

「君は慣れすぎているが、ここはいわゆる化け物屋敷なものでな」

珠の耳に、屋敷全体に響き渡るような悲鳴が響いた。

慌てた様子で走る音の後、居間の引き戸が開き寝間着のままの染が現れる。

恐怖と動揺を張り付かせた彼女は、珠を見つけるなりすがるように訴えかけてきた。

「た、珠、あの、に庭がみえて、井戸に骸骨《がいこつ》、おば、おば……」

「あれ、染さん見えたのですか」

おそらく狂骨のことだろう。珠が驚いて聞き返すと、さぁと染の顔が青ざめる。

それで、先ほどの銀市の言葉が、おぼろげながらわかったような気がした。

確かに人は、あまりに怖がったり驚いたりすると、表面を取り繕う余力がなくなる。染に存分に驚いて貰《もら》って、本音を引き出そうということだろう。

固まる染に対し、銀市が平然と声をかけた。

「ちょうど良かった。高町さん、先に朝飯を食べてゆくといい。それから、今日一日は珠について家事をしていてくれ」

「えっなんでこの子と」

染が恐怖が引かないながらも戸惑いをあらわにすると、銀市は眉《まゆ》を上げて見せる。

「仕事を紹介するにも、女中や女工になる。この珠は、うちの家事をほぼ全て一人で回している玄人だ。彼女に君がどれくらいできるか判断してもらう」

「銀市さん!?」

まさかそのように紹介されるとは思わず動揺する珠だったが、銀市は平然としたものだ。

「では珠、頼んだ」

「え、あの、その」

染に嫌だと言われたらどうしようかと珠は窺《うかが》う。だが染は少し狼狽《うろた》えたものの、意外に真剣な顔で珠の前に正座した。

「つまり、今回は師匠ということになるんだね。よろしくお願いいたします」

「よろしく、お願いします……」

「珠、いつも通りでかまわないからな」

銀市に任されてしまった珠は途方に暮れる。が、それが仕事ならやらねばならない。

「ひとまず、朝ご飯にしましょうか」

珠は茶碗《ちゃわん》に白飯をよそりながら、うんうん思案したのだった。

珠は悩んだ末、いつも通りに家事を片付けることにした。なにせ珠には変わったことなどできない。

前掛けと頭に手ぬぐいをかぶった珠は、染の部屋の前で彼女が身支度するのを待ちながら、声を潜めて、集まってきた家鳴り達に願った。

「あの、今日一日だけ、私に家事を任せてくださいね？」

家鳴りはきしきしと体をぶつけ合いながら了承する。だが興味津々で染の部屋を窺っているのに一抹の不安を覚えていると、扉が開いた。

現れた染は、昨日と同じ木綿の着物に、動きやすいよう珠が貸した丈夫な帯を締めた上で、前掛けをつけている。一晩眠れたおかげか昨日よりも顔色がよく、さっぱりとしていたが、顔は少し強《こわ》ばっていた。

「中に珠以外の人がいたの？　声が聞こえたけど」

「そ、それはあんまり気にしない方が良い、かと」

銀市にはこの屋敷の妖怪については、白を切る必要はないと言われている。

染は若干、妖怪達の気配を感じているように思えるが、どこまで見えているかはよくわからない。そもそも、珠は普通の人間の視界に合わせて話すことができない。銀古にきてから見えることが当たり前だったため、染に対して探り探りになっていた。

遠慮がちな言葉になったが、染は少し安心したようだ。

今日掃除をする一階部分に行くと、彼女は気を取り直した様子で居住まいを正した。

「じゃあ何をすればいい？」

「お掃除から始めますね。お部屋の埃《ほこり》を掃き出したあと、廊下を拭《ふ》きましょう」

「掃除……」

染はなぜかかなり身構えた様子になるが、珠は用意していた掃除道具の中から、付喪神《つくもがみ》ではないはたきを差し出した。

「上から埃を落としていってくださいね。私は柱を拭いていくので」

「あ、ああ。うんわかった」

染がはたきを受け取ったのを確認してから、珠は乾いたぞうきんを準備する。

家屋は開放的な造りになっているため、風が通るたびに塵《ちり》や埃が入り込む。この銀古はガラスが入っている窓も多いが、それでも日に何度かは掃除の必要があった。

天井付近にあるなげしや柱、障子の枠などに溜《た》まった埃を、乾いたぞうきんやはたきで落とした後、箒《ほうき》で外に掃き出すのだ。そうすれば効率よく掃除を終わらせられる。

珠が届く位置からぞうきんで拭き始めようとすると、背後から何かが破ける音が響く。

振り返ると、障子が破けており、隣で染がはたきを構えたまま硬直をしていた。その顔は青ざめている。

「はたくって言うから思いっきりやっちゃって……。ご、ごめん、次はうまくやるから！」

「もしかして、やり方を知りませんでしたか」

彼女の態度のぎこちなさを思い出した珠が問いかけると、染は悔しそうに唇をかむ。

「悪かった。言わなくて。どうしたらいい？」

「いいえ、では他に知らないことはありますか」

珠が訊《たず》ねると、後ろめたさだろうか、暗い表情の染が虚を衝《つ》かれた様子で顔を上げる。

「……え」

その表情に、珠はここに来たばかりの自分を思い出す。自分もまた、この屋敷の当たり前がわからずに途方に暮れたものだ。けれど、そんな時どうしたら良いかは学んでいた。

「ごめんなさい。私はあまり察しがよくないので、他にもあれば先に言って頂けると助かります」

「……あたし、家事ができないって言ってるんだけど、呆《あき》れないのか？」

いぶかしそうに、警戒するような調子で染に訊ねられる。だが珠には、どういう意図なのかわからなかったために首をかしげた。

「どうしてですか。染さんはできないだけですよね？」

「あんた時々容赦ないね」

「ご、ごめんなさい。でも染さんはちゃんと、取り組もうとしてくださっているでしょう？　それはとても、大事だと思うのです」

苦笑する染に、珠は思わず謝りながらも答えた。

だって染は、女中になってすぐの頃、やるべき事すらわからずぼんやりとして、仲間に叱られていた珠とは大違いだ。あの頃はなぜ怒られているのかわからず、彼女達が望む働きを目で見て真似るしかできなかった。

染は出来ない仕事を自覚している。それなら話してくれさえすれば、珠は手助けできる。

「だから、わからないことは聞いてくだされればありがたいのですが……」

珠がおずおずと言うと、驚いたように目を見開いた染は、困惑したように眉を寄せた。

「この間も思ったけど、なんであたしにそこまでしてくれんの？　自分で言うのも何だけどさ、なんも喋《しゃべ》らずにただ、働かせてくれって言ってんだ。適当に相手して、ダメでしたって報告すれば良いのに」

「え、えっと。銀市さんに任せて頂いた事ですから。それに染さんは、昔の私よりずっとうまく出来ています。だから、私みたいに、困って欲しくなくて……」

でも、なんとなくしっくりこなくて、珠が言いよどんでいると、その様子を見ていた染はほんの少し呆れた顔をする。

「自分が苦労したことを他人にして欲しくないなんて。あんた、ほんっとお人好《ひとよ》しだな」

「そう、なんでしょうか？」

「なんで不思議そうなんだよ。……けど、そういうあんたは、信じられる」

ぼそり、と呟《つぶや》いた染は、羞恥《しゅうち》に顔を赤らめながら、言いにくそうに口にした。

「普通の女ができる家事は、殆《ほとん》ど知らないと思うんだ。だから、全部教えて欲しい」

かなり、具体的に伝えてもらったのだと思う。けれど、珠は困ってしまった。

「あのうごめんなさい。私は普通がよくわからないので。具体的に教えて頂けると」

「ああもうっ、まずはたきのかけ方を知らないの！　教えて！」

一種の圧のようなものを含みながら迫る染に、珠は慌ててうなずき、はたきを手に取る。

ひとつ、ひとつ。染に動作を教えながら、珠は体の奥がほころぶような嬉《うれ》しさを感じていたのだった。

「普通の女ができる家事は知らない」という宣言通り、染は珠がお願いした仕事のことごとくにつまずいた。けれどはたきの時で学んだらしく、仕事を提案するたびに珠にやり方を聞いて、ぎこちないながらも懸命に取り組んだ。

効率的とは言いがたかったが、染が苦闘しながらも仕事を覚えていく姿に、珠は不思議な満足感を覚えたものだ。

考えていた部屋と廊下の掃除を終えて、昼食の支度をする。

やはり染は料理もよく知らず、包丁を持つ手は危なっかしい。

代わりにお願いした味噌《みそ》にすりこぎを当てる作業を、染は嫌な顔一つせず引き受けてくれた。その姿に、珠は家鳴り達の料理上達への道のりを思い出したものだ。

「味噌汁って何も考えずに飲んでたけど、裏ではこんなことをしていたんだな……っと。こんな感じでどうだい？」

事前に灰汁《あく》を抜いていた筍《たけのこ》を切っていた珠は、染の手元のすり鉢をのぞき込む。

「はい、口当たりを良くするための作業なので、充分ですよ」

「よしっ。確か次は絹さやの筋取りだよな、ええとそっちの籠《かご》だっけ」

「ええ……あっ」

籠を渡そうとした珠が中の様子に気づいて止めようとしたのだが、染が先に気づいてしまった。染は籠を手に取って中をまじまじと見る。

「これ、筋取りが終わっているの？」

「そのえっと。私がやっておいたんです！」

「でも、あたしがすりこぎやってる間、珠は包丁を使って何か切ってただろ？」

そのとおり、珠は他の下ごしらえをしていた。絹さやの筋取りをしていたのは籠に群がっていた家鳴り達で、珠には染が動いた瞬間、わらわらと逃げていくのが見えた。

「じゃあ、だれが」

染が気味の悪そうに言った瞬間、部屋全体からざわざわと家鳴り達が騒ぐ音が響いた。びくっと肩を震わせる染に対して、柱や梁《はり》に座る家鳴り達がますます楽しげに音を鳴らす。

珠は困り果てたが、止めるすべもない。何せ妖怪《ようかい》は元々脅かすものだ。恐らく見えない人間が屋敷内にまで入り込んでいるのが珍しくて、はしゃいでしまっているのだろう。

なんとかこしらえた昼食は、朝に炊いていた白飯と、筍の煮物だ。それに絹さやの味噌汁と漬け物をつけた。

筍の煮物は、魚屋の行商がおまけをしてくれたわかめを一緒に煮含めてある。さらに作り置きをしていた生姜《しょうが》の佃煮《つくだに》を添えれば、立派な献立だ。

珠が店舗のほうを覗《のぞ》いてみると、銀市は客の応対をしていた。ならば、茶を出すべきかと取って返そうとしたが、銀市が珠の視線に気づいたらしくこちらを向く。

そして無言で首を横に振ったのに、珠は即座に状況を飲み込んだ。

時々あるのだ、珠が出てくると良くない妖怪の来訪時、銀市はそれとなく奥に下がるように示す。今回は昼食も先に食べていろという意味だろう。少し心がとがめたが、珠は奥へ戻ろうとした。

けれどその寸前、不意に視線を感じ反射的にそちらへ向いた。

銀市の影になって見えなかった客と、視線が合う。

それは流麗な体に稲穂色の毛皮をまとった、犬のような生き物だった。全体的に野性味が強いが、目に理知的な色がある。返事をするようにふさりと動かされた尻尾《しっぽ》は、四本だった。

川獺《かわうそ》の妖《あやかし》のように、獣化《けものば》けというのもよくこの店に来る。だから銀市が特別に忌避する必要はないと思うのだが。

不思議に感じつつも、珠は目が合ったからにはと、軽く会釈をして奥へと引っ込んだ。

食事を終え皿洗いを家鳴り達にお願いしたあと、珠は居間で待つ。

しばらくして銀市が顔を覗かせた。

「お疲れ様です。お食事はいかがしますか」

「すまないな、もらいたい。高町さんはどうだ」

ちゃぶ台の前に座る銀市に、珠は温め直した煮物と味噌汁を出しつつ報告した。

「あまり家事には慣れていらっしゃいません。ただ意欲はある方なので、すぐ上達されるのではと思います。今は部屋で、お料理に使う布袋を縫う練習をして頂いてます」

「なるほど、家事を嫌がってはいないのか。それなりの覚悟はあるととって良いのか……ひとまず、いただきます」

丁寧に手を合わせた銀市は、箸《はし》を進めて行く。その所作は美しくありながら、どんどんおかずがなくなっていく様にはいつもほれぼれする。

「あとは、彼女が真意を話すか、だが……」

食べながらも思案する銀市に、珠も少しうつむく。染は熱心だが、同時にそれは彼女の頑《かたく》なさと頑固さを表しているようにも思える。彼女がもう戻りたくないと言う以上、別の人生を歩むのを見届けた方が良いのだろうか。

けれど、珠の耳には昨日出会ったうわんの懇願が残っているのだ。

「せめて今豊澤染助になっているものの正体を知りたい。この状況は彼女としても本意ではないだろうしな」

「銀市さん、わかるのですか」

珠が驚いていると、食事の合間に口を開こうとした銀市が、ふ、と顔を上げる。

つられて珠も上を見ると、張りのある声が聞こえた。

「――お紺《こん》さん、おお、お紺さん、そこにかいな――……」

二階で縫い物をしている染の声だとすぐに気付いた。その節の付け方や、語り方で義太夫《ぎだゆう》だとわかる。恐らく遊びで口ずさんでいるのだろう。

朗々とした声は聞き取りやすく、何より起伏に富んでいる。

染が口ずさんでいる部屋から居間までは、何枚も壁を隔てている。にもかかわらず、珠は昨日寄場で聞いたものよりもずっと、聞き惚《ほ》れる魅力を含んでいると思った。

なにより、この声は、とても。

「楽しそうですね」

「ああ、とうてい娘義太夫をやめたい、と考えている娘が語るものではないな」

珠が思わず漏らした感想に、銀市もまた同意する。

「無理強いはしたくないんだが、考えていたより猶予はないなあ」

「ないん、ですか。それは染さんに不利益があるという？」

「あの偽豊澤染助は、義太夫の語り以外の評判は良いらしい。どうする連に対しても愛想良く、望まれた演目にも快く応じる。要は、周囲にとってはとても都合の良い人間になっているんだ。元々の彼女は、どうする連を邪険に扱っていたらしい。さらには演目をえり好みしていたと言うからな」

「確かに、あの応援隊の皆さんは怖かったですけど」

「そこに、何があったかわからない。だが、入れ替わっている期間が長ければ長いほど、戻るときの摩擦は大きくなるだろう」

少し難しい顔をしていた銀市に、珠の胸は不安のような落ち着かなさに襲われた。

つまり、彼女の居場所がなくなるということだ。ぎゅ、と自分の手を握りしめる。

「私も染さんから理由を聞けないか、頑張ってみます」

「君は、高町さんのことを気にしているな」

銀市に指摘された珠は、面食らって自分の心の内と照らし合わせてみる。

「気に、していると、思います。染さんにも『なんでそこまでしてくれるのか』と言われてしまいました。どうしてなんでしょう」

珠が首をかしげると、銀市は興味深そうに眉《まゆ》を上げる。

「ほう、君がか。そのとき、高町さんにはなんと答えたんだ」

箸は止めないながらも、銀市の意識が向いているのを感じて、珠は悩みながらも、ぽつりぽつりと答えた。

「私みたいに、困って欲しくない、と。染さんは知らない場所に放り出されて、すごく肩の力が入っているように見えます。でも、ちゃんと出来る方です。女中として勤めはじめた頃の私みたいに、よくわからなくて怒られる事もありません。だから私が助けてさし上げればいいんじゃないか、と」

言えば言うほどわからなくなってしまって、珠は肩を落とす。

かちり、と箸を置く音が聞こえた。

「君は、優しい子だな」

顔を上げると、銀市がどこかまぶしげな、柔らかく優しい眼差《まなざ》しで見つめていた。

「己が苦しかったことを、恨みとして他人に返さず、同じ者が居ればそうならないよう助けたいと考えるのだな」

「ええと、あの。染さんにも言われましたがそんな、たいそうなものでは……」

「少し、切なくはあるが、俺は得がたい資質だと思うぞ。なにより高町さんも、君のその優しさを受け取れる娘のようで良かった」

銀市の言葉の意味が上手《うま》く飲み込めない。けれど、じんわりと体の奥に染みていく。

「あの、染さんにも、私にとってのここみたいな、安心できる場所が見つかればいいなと思います。ただうわんさんが残念そうにもされているので、どうしたら良いんだろうという気持ちがあります」

「そうだな、俺もどう収めたものか悩んでいるんだ」

おずおずとした珠に対し、穏やかに目を細めた銀市は袖《そで》に手を入れて腕を組んだ。

「この後染さんに話が聞けなければ、偽豊澤染助に接触する。高座に上がっていた女は人に非《あら》ざる者だった。何の妖かまでは流石にわからんから、見当はつけたい」

そのとき、玄関口の方から戸の柱を叩《たた》く音と共に、明るい女性の声が響いた。

「ごめんくださぁい。どなたかいらっしゃらないかしら？」

珠はその声に聞き覚えがあり、銀市と顔を見合わせた。

珠が玄関戸を開けると、予想通り銘仙に海老茶《えびちゃ》色の袴《はかま》姿の冴子《さえこ》と背広姿の重太《しげた》がいた。

落ち着いた髪型に結っている冴子は、ほっとした様子で朗らかに言う。

「ごきげんよう。突然訪ねてきてごめんなさいね。昨日のドッペルゲンガァさんが気になってしまって、学校帰りに少し寄らせていただいたの」

「そうでしたか。冴子さんはあのあと大丈夫でしたか？」

「重太さんが頑張ってくださったおかげで、無事に夕食には間に合ったわ。ほんの少し遅かったことを、ばあやにちくちく言われるだけですんだの」

「まあ、昨日はましでしたからね。でも今日は時間通りに帰りますよ」

疲れた様子の重太の言葉を聞いているのか聞いてないのか、冴子は微笑《ほほえ》むだけだ。

銀市は少し考えながらも、ひとまず言った。

「来客を玄関先で帰すのも忍びない。上がっていくか」

「まあ嬉《うれ》しい！　お友達のうちに訪問するのも久々だわ」

楽しげな冴子達を、珠は座敷へと案内する。

珠がお茶を持ってきたところで、冴子が銀市に問いかけていた。

「ドッペルゲンガァさんはどうかしら？　だってわたくし達はしっかり同一人物を見たんですもの。言い逃れはしませんよね？」

好奇心旺盛《おうせい》な彼女に、珠は一体どう答えるのかと振りかえる。銀市は少しあきらめたような顔をしていたが答えた。

「一晩経ったが頑《かたく》なでな。なにも話そうとはしない。自分は豊澤染助だと主張するが『普通に働きたいから戻らない』の一点張りだ。だが高座に上がっていた染助は偽者、という主張は変わらない」

「ああ、やっぱり高座のあれ、狼《おおかみ》だったんすね」

ぼそり、とつぶやかれた言葉は重太のものだった。小さな声だったが、ちょうど重太に茶を出していた珠と銀市には聞こえた。

冴子は良く聞こえなかったらしく、小首をかしげる。

「あら、重太さんなにか言ったかしら？」

「あ。いや茶が、茶がやっぱりありがたいなぁと！　う熱っ！」

重太はわざとらしく笑いながら、湯飲みを手に取り口をつけたが、熱さに取り落としかける。珠がすかさずふきんを差し出したため、背広にかかることはなかった。

「……重太」

銀市の低く呼びかける声に、なんとか落ち着いていた重太がびくりと体を震わせる。

「あの、その、古瀬《ふるせ》さん……？」

「冴子さん。重太と少し話がしたいのだが、借りてもいいだろうか」

「ひっ」

あからさまに顔を強《こわ》ばらせる重太に対し、冴子は不思議そうに銀市と重太を見比べると、はたりと手を打った。

「なら、わたくしはドッペルゲンガァさん。……ええと染さんでよろしかったかしら。珠さんと一緒にお話ししてくるわ」

「えっ」

珠は驚いて冴子を見るが、彼女の意図は読めない。

「女同士の方が、お話しできることだってあるかも知れませんし。ね？　せっかく持ってきたきんつばを頂きつつ、のんびりおしゃべりしてきます。その間重太さんはお貸ししますわ。ね、いいでしょ珠さん」

「俺は助かるが……いいか、珠」

「で、では染さんのお茶ときんつば、用意してきます」

銀市の問いかけに否やはない。珠が慌ただしく立ち上がると、重太の途方に暮れた声が響いた。

「おれ、古瀬さんと二人きりなんですか」

珠は自分と冴子、染の分のお茶ときんつばを盆にのせて二階に上がる。

そして染の部屋となっている部屋の戸を、冴子に叩いてもらった。中からの応じる声と共に冴子が開くと、窓際に座って針仕事をしていた染が顔を上げていた。

染は盆を持った珠に一瞬顔を緩めたが、堂々と入り込んできた袴姿の冴子を見るなり、目を見開く。

「は、あ!? あんた昨日の……っ」

「昨日ぶりですわね、ドッペルゲンガァさん。いえ染さんとおっしゃるのよね。今日はもっと詳しく、お話しできたらと思ってお邪魔しましたわ」

冴子は言うなり、染の抗議の言葉を聞く前に部屋の中に居座る体だ。

「冴子さん、お座布団持ってきますね」

「な、あたしは許可してないよ!」

「あら、ここの家主は珠さんじゃなくて? なら珠さんが良いと言えば、ここに居ても良いことにならなくて?」

「……お嬢さまが言うじゃないか」

染は剣呑《けんのん》ににらみつつも、上げかけた腰を渋々下ろす。

対して冴子は、朗らかに微笑んでいるだけだ。鈍い方だと言われる珠すらわかる、一触即発の空気である。いつもなら騒ぐはずの家鳴りや、魍魎《もうりょう》たちですら顔をのぞかせない。

どうしたものかと思いつつ、珠は急いで座布団を持ってきた。

「珠さんの淹《い》れるお茶、やっぱりとってもおいしいわね」

「あ、ありがとうございます……」

「今日のきんつば、わたくしの一押しなの。是非どうぞ」

朗らかさを崩さず語る冴子に、珠はぎこちなく応じる。染は珠達と向かい合うように座っていたが、無言で茶を啜《すす》っていた。

しばらくそうしていたが、唐突に染がぽつりと言った。

「あんた達、本当にあたしの偽者の語りを聴いたの」

「は、はい。それで染助さんが染さんだと気づいたんです。義太夫《ぎだゆう》を聴いたのは初めてだったんですけど」

やっと話してくれた染に対し珠が答えると、染は皮肉そうに唇をゆがめた。

「あんなへったくそな語りを聞かされて、あんた達も気の毒だったな」

「実はどうする連さんがうるさくて、内容はあまり聞こえなかったのよね」

冴子の言葉に、そうだったと珠もうなずくと、染はぎゅっと眉を寄せてうつむいた。

しばらく沈黙が支配したが、今度は冴子が訊《たず》ねた。

「ねえ、染さんでいいかしら？　わたくし、あなたがいらしていた女学校の学生なの。今日お供部屋に行ったら、高町染さんという方は、二週間前からあるお家《うち》の女中の代わりにいらしていたと聞いたわ。そんなに長い間、なぜお供部屋に入り込んでいたの？」

思った以上に長い期間に、珠が目を丸くする。染はむっすりと顔をそらした。

「別に、ただ、ちょっと気になっただけで」

「気になっただけで、そんなに長く入り込みまして？」

冴子の穏やかながらも容赦のない詰問に、染の表情はどんどん険しくなる。

珠は、これは良くないのではとはらはらした。けれど、染が裁縫道具を隠すように隅にやるのを見て、あ、と気づく。

「染さん、針仕事が学びたかったのではありませんか？　それから、他の家事も」

「……っ！」

染はかっと顔を真っ赤にした。

それきり黙り込む染に、どうやら当たっていたらしいと珠は理解する。

きょとんとする冴子が珠に訊ねてきた。

「あら、どういうことかしら」

「私がお供部屋に通っていたとき、染さんは針仕事が苦手でいらっしゃいました。でも一生懸命克服されようとしているので、もしかしてそうなのかなと。ずいぶん上達されましたよね。袋もまっすぐ縫えてますし」

珠が裁縫道具の上で休めてある袋の縫い目は、お供部屋で見た時よりずっとまっすぐだ。

そこに染の努力を感じた。

「でも、染さんはとても人気のある娘義太夫なのでしょう？　なら……」

「……あんたにはわかんないだろうけど、あたしは、普通の幸せが欲しいんだ」

冴子の疑問にかぶせられた染の声は、絞り出すようなものだった。

珠と冴子が注目する中、苦渋をにじませた染は膝《ひざ》の上でぎゅっと拳《こぶし》を握る。

「あたしは、父親もわからない芸者の子だよ。ちっちゃい頃から、義太夫の語りを教え込まれてさ。子供でいっぱしに語れたもんだから、そのまま高座に上がったらもてはやされた。もちろん親が死んじまった今では飯の種になってくれるから、ありがたかったさ。自分で言うのもなんだけど、顔も良いからね」

「確かに、染さんはとても美人ですね」

珠が同意すると、染は酢を飲み込んだような顔をしたが、話を続ける。

「はじめは沢山聞きに来る人が居てくれて嬉しかったよ。でもさ、気づいちゃったんだよ。高座に来るやつは、みーんなあたしの顔目当てなんだ。特に野郎どもなんか、はやし立てて騒ぐだけであたしの語りを聞いてくれやしない。周りに訴えても『これでいい。金は儲《もう》かる』ってそればかりだ」

「ああ、あのどうする連の方々ね」

冴子が沈痛な面持ちでつぶやくと、苦い顔で染は吐き捨てた。

「そんな中あいつが現れて、言ったんだ。『入れ替わって確かめれば良い』って」

「あいつ、というのは、偽染助さんのことかしら」

冴子の問いかけに、染は肯定するようにうなずいて、さらに拳に力を入れた。

「なんでかわかんなかったけど、あいつはあたしそっくりになった。だから昼の間だけ代わってもらって、代わりにお供部屋に入り込んだんだよ。お供部屋では平気な自信があったさ。あいつも大丈夫って言ってたし、ああいう所で堂々としてれば疑われないもん」

「まあ、大胆なのね」

冴子が口に手を当てて驚きをあらわにする。珠もその度胸には驚いたが、確かにあの盗難騒ぎがあるまでかなりの期間、彼女はあの場で過ごしていたのだ。

ちら、と冴子達に目を向けた染だったが、表情は酷《ひど》く暗い。

「はじめは、おめでたいことに、高座はすぐにバレるだろうって思ってたんだよ。けど、代わっても誰も気づかなかった。昼間はずっとあいつの素人語りだったのに、誰一人おかしいって言うやつがいなかったんだ！」

染は畳にどん、と拳を叩《たた》きつける。その激しさに、珠は彼女の激情を垣間見《かいまみ》た。

畳を殴った染はけれど、嘘《うそ》のように投げやりな声で続けた。

「高座に上がるのはおきれいな顔で、ちょっと語りができる太夫なら誰だっていいんだよ。だから、あたしはもう良いんだ。どうせ娘義太夫なんて長くできる商売じゃない。飽きれば即座に忘れられる。代わってくれるって言うんなら、明け渡すのも良いさ。その代わり、あたしは普通の女になる。働いて、結婚して普通に生きて行くんだ」

染の言葉は決意に思えたが、珠にはあきらめを帯びた自暴自棄に感じられた。

けれど、かけられるような言葉が思いつかない。だって、珠だって普通ではないのだ。

普通に結婚をして普通に人生を終えることが、良いことだという意識もある。だから染にとってどちらが良いか、まったく判断が付かなかった。

　室内に染の言葉が染み渡る中、冴子の朗らかな声が響いた。

「それはとても立派なことね。自由に選べるあなたが、少しだけうらやましいわ」

　場違いなほど平静な声音に、珠は戸惑って冴子を見る。

　彼女は先ほどと変わらず正座をしたまま、淡く微笑《ほほえ》むような表情で佇《たたず》んでいた。だがあまりにも綺麗《きれい》なたたずまいに、珠は違和を覚える。

　それが気に入らなかったのか、染はぐっと眉《まゆ》を寄せたがすぐに鼻で笑った。

「そりゃ皮肉かい？　はじめから温かい寝床も、きれいな服や食べ物にも困らなくて、勝手に学校に行ける華族のご令嬢にはわかんないだろう」

「もちろんよ。だって、わたくしとあなたでは、生きている世界が違いますもの」

　そこまではっきりと言われると思わなかったのか、染がぎょっとした顔になった。

　珠もまた冴子が口にした「うらやましい」という単語が染み渡るにつれ、不安を覚える。

　冴子は自身の穿《は》いている艶《つや》のある絹の海老茶袴《えびちゃはかま》を撫《な》で、先ほどまでの朗らかさが嘘のような静謐《せいひつ》さで続けた。

「わたくしがこうして美しい服を着られるのも、おいしいお菓子を買えるのも、学校に通えているのも。全てこの国に貢献し、代々家を守ってきたご先祖様方がいたからです。だからこそ、その家の血を受け継いだ女子であるわたくしは、家をつなぎ、利益にならなくてはいけませんの。……――それこそ、わたくしの気持ちがどうであれ」

「やっぱりただの自慢じゃないか。大事にされて良かったですね、と言えばいいのか？」

嘲笑《ちょうしょう》する染だったが、冴子の微笑は崩れない。

「わたくし、婚約がきまっていますのよ。十五歳年上の、同じ華族の方ですわ」

「えっ……」

珠は息を呑《の》む。同時に、心臓をぎゅっと鷲掴《わしづか》みにされたような痛みに襲われた。

だって珠は、冴子がはにかみながら打ち明けてくれた話を鮮明に覚えている。そのとき、言っていたではないか。重太を慕っていると。

珠が言葉を失っていると、ぽかんとしていた染が我に返って口を開く。

「それって、相手に見初められたとか、そういう話か」

「う〜ん、どうかしら？　まだお会いしたことがないから……。でも、お式まで会わないのも普通だから。事前にお会いする機会があるわたくしは、恵まれている方だわ」

あっさりと答える冴子に、染は息を呑む。冴子が当たり前のように、意思を無視された取り決めを受け入れるつもりだと、それでもなお平静を保っているとわかったのだ。

冴子は困ったように頬に手を当てて、まるで天気の話をするような気軽さで語る。

「噂話《うわさばなし》はしたないけれどね。学生の頃からずいぶん放蕩《ほうとう》されてらして、外に良い方もいらっしゃるらしいの。最近はだいぶ落ち着いたとは聞いていますし、結婚をきっかけに変わるはずだとお父様はおっしゃるけど……」

「そん、な。男の性根が、簡単に変わるわけないだろう」

「ええ、そうね。わたくしもそう思うわ。きっと歓迎されないでしょうね」

「わかってるんなら、どうして抵抗しないんだ!? あんたはそれでいいのかよ！」

叫んだ染は、理解できないとばかりに表情を歪《ゆが》め、顔を青ざめさせていた。

「だってこれは、家同士の取り決めだもの。わたくしの意思は関係ないのよ」

きっぱりと言い切った冴子に、染は今度こそ絶句した。

冴子は、目を見開いて硬直する染を見据えて続ける。

「わたくしは華族の娘として、相応《ふさわ》しくあらねばならないの。大きく笑わず、常に機嫌良く、芸事をたしなみ、さりとて出しゃばらず淑女たれ。淑女らしくあるために、どんなに嫌なものでも食べろと言われれば食べるもの。いくらお友達と遊びたくても、ばあやが駄目だと言えば従うもの。ピアノが上達したくても、そこまでにしなさいと言われればやめました。そして、お父様が嫁に行けとおっしゃれば、わたくしは家のために辛抱する。それが、わたくしの唯一の義務ですもの」

そう語って微笑む冴子は、まさに華族の娘らしく控えめで慎《つつ》ましやかだった。

一挙手一投足の美しさも笑顔の朗らかさも、全て彼女が背負った重圧と、努力と、あきらめによって形づくられたのだ、と珠は気付いた。

圧倒された染が無言でいると、冴子は不意に普段通り愛らしく笑い、頬に手を当てる。

「でもね、さすがに婚約はうまく心の折り合いがつけられなくて。だって全て、向こうのお家《うち》に合わせなければいけないでしょう？　洋風のものがお嫌いだったら、ピアノも弾けなくなるでしょうし……。自由に外出も出来なくなるもの。だから今のうちに『どうしてもやってみたかったこと』を全部試していたのよ」

「やって、みたかったことだって」

面食らう染に、冴子が我が意を得たりとばかりに語る。

「ええ、そうなの。自分でお金を使ってお買い物をしてみたいとか。放課後に寄り道をしてみたいとか、お友達と遊びに行ってみたいとか。でも、お慕いしている方とお出かけしてみたいというのは、さすがにふしだらだったかしら」

「ちょっと待ってくれ。あんた慕っている人がいるのにほかの男と結婚するのか！」

染は目を剥《む》いて身を乗り出すが、冴子はあっけらかんとする。

「まだ婚約ですけれど。ええ、だってそれがわたくしの普通ですもの」

ただ、冴子は珠を見て、少し驚いたように目を見開くと労《いたわ》るように微笑んだ。

「これがあったおかげで珠さんと再会できたし、いろんな『やってみたかったこと』が沢山できたのよ。……だからね、そんな顔をしなくて良いのよ」

指摘された珠は、唇を震わせるしかなかった。自分はどのような顔をしているのだろう。

いつもと変わらず笑っている冴子を見ていると、胸が苦しい。

こちらを向いた染までぎょっとしているから、酷い顔をしているのは確かだった。けれどなんだか壁に一つ隔てられたように鈍い。だが、何か、言わなくては。

「冴子さんは、幸せになれますか」

上手《うま》く物が考えられない中、滑り出した問いに、冴子はわずかに息を呑んだ。しかし、すぐに柔らかく目を細める。

「大丈夫よ、頑張って幸せになるわ。だって結婚は女の幸せだもの。……でもね、わたくしの想いを知っている方が、悲しんでくれて嬉《うれ》しいの。許してちょうだいね」

珠はますます何も言えず、ただ首を横に振ることしかできない。困り果てたように冴子が寄り添って、背中を撫《な》でてくれたが、その温かさすら苦しかった。

自失していた染だったが、震える声で言った。

「なんだよ、それ。そんなのが幸せなのかよ。周りが勝手に決めたことを押しつけられてるだけじゃないか」

「そうかも知れないわね。でもわたくしには、いろんな可能性がある珠さんや、身一つで生計を立てられる染さんみたいな強さもないの。だって、わたくしはこの通り。華族の娘以外に、できることがないんですもの」

冴子は初めて微笑みに苦さを混じらせて、そう締めくくった。

お茶はとうにさめ切っていた。部屋は、窓の外から豆腐売りの声が聞こえてくるほど静かだ。

やがてどこか途方に暮れた様子の染が、ぽつりとつぶやいた。

「結婚して家に入って子供を作れば、幸せになれると思ってたんだ。普通で居ればそれで」

「私も、そう、思っていました」

だから、銀市達は珠に「普通」を知るように促したのだと考えていた。でも、冴子はとても不自由で窮屈そうに思えた。

ちろり、と染が珠に視線を向ける。

「なあ、あんたは普通に女中をやってるように見えるけど。どうだ」

「どう、と言われても。私も普通がよくわからなくて……。仕事も十回目の転職で、ようやくここに落ち着けたくらいですから、あまり参考にはならないかと」

「まあ！　珠さん。わたくしの家の後もそんなに転職されてたの？」

お茶で喉《のど》を湿らせていた冴子が驚くのに、染もまたぽかんと目を見開く。

「十回ってそれもすっごいな⁉」

「やっぱり多いですよね……。だから本当に普通が良いのかよくわからなくて。それに私の知っている方々は皆さん個性的で、当たり前に思っていることも違っていて、一緒にできないんです」

「当たり前が違う？」

「はい、瑠璃子《るりこ》さんという方がこちらの従業員にいらっしゃるのですが、普段はカフェーで働いていらっしゃいます。それが普通なので慣れてしまっていましたが、今思えば女性としてはびっくりするくらい働かれていますね」

「ここ自体が普通じゃないのか」

頭が痛そうに顔をしかめる染に、少しだけ胸の痛みが引いた珠は問いかけた。

「あの、染さんは義太夫《ぎだゆう》がお嫌いなんでしょうか？　先ほど口ずさまれていましたけど」

「聴こえてたのかよ……」

決まり悪そうにしながらも、染は膝《ひざ》を抱えながら、ぽつぽつとつぶやくように言った。

「よくわかんない。だってあたしはそれしか知らなかったんだ。生きて行くには語らなくちゃいけなかったから、今回初めて義太夫から離れたんだよ。正直、悪くなかったけど」

そんな風に言う染の目には、かすかな渇望が見えた。

「あたしは、ただ、誰かにあたしの語りを聞いて欲しかったんだ。わくわくしたりぞくぞくしたり。あたしがこうしようって思った通りお客さんの感情を揺さぶって、楽しさをそのまま感じて欲しかった」

気づいても、もう遅いとばかりに、染は膝に顔を埋《うず》めた。

「でもさ、あたしがそう思ったところで、みんなあの偽者で満足してるんだ。もうあたしなんかお呼びじゃない」

「染さん……」

冴子が労るように表情を憂いに曇らせる。

珠は染を見て、きゅっと襟元を握った。胸にまだ鈍い苦しさはある。けれど染の想いを聞いた珠は伝えなくては……いいや、伝えたいと思った。

「染さん。このお店は、怪異ごとの相談も受けることがあるんです」

「……？　ああそう言ってたね。だからあたしのみょうちくりんな話を、すんなり受け入れてくれたんだろう？」

それがどうしたと、ほんの少しだけ顔を上げて問いかける染に、珠はうわんのことを思い浮かべた。そのまま話したのでは駄目だ。怪しんで、荒唐無稽《むけい》だと一笑に付される。

それでも、想いだけはどうしても伝えたかった。

だから短い中でも悩んで悩んで、一生懸命考えて、珠は口を開く。

「豊澤染助の語りが、違うと相談に来た方がいらっしゃったんです。その方は、昼と夜で別人だと見抜いていらっしゃいました」

「うそ、だ。そんなこと、誰も」

「その方は、諸事情あって直接は伝えられなかったのですが……私達も行った、ここから近い寄場を贔屓《ひいき》にしていらっしゃいます。染さんの語りを楽しみにしてたのですが、お昼だけ全く違うのっぺりした語りで、夜と休日はいつもの染さんだったと言ってました」

「……あそこの寄場は、昼間は全部あいつに投げてた」

にわかには信じられないという顔をするが、見開かれた染の瞳《ひとみ》にほのかな輝きが宿る。

「どうする連が邪魔をするのが悔しい、とも言ってました。染さんのお話を楽しみにしている方はいるんですよ」

珠がそう、続けると、染の表情がはっきりとゆがんだ。悲しみと悔しさで埋め尽くされていた中に、鮮やかな喜びと安堵《あんど》がにじむ。

だが見られるのは我慢ならないとばかりに、染は顔を背けた。けれど、激情を抑え込むように大きく呼吸を繰り返している。

案じた珠が何か声をかけようとすると、肩に冴子の手が添えられ、彼女に首を横に振られて制された。

少しして呼吸を落ちつかせた染は、自然と顔を上げた。

目元が赤くなっているが、それでも先ほどまであった倦《う》んだ色は薄くなっている。

冴子が密《ひそ》やかに問いかけた。

「それで、本当のあなたは、どうなさりたいのかしら」

「……まだわかんない。けどさ、変に邪魔さえされなければ、別に不満はなかったんだ。

それに、あんなへったくそな語りが『あたし』だって思われるのはしゃくだ」

染は悩みながらも、はっきりと答えた。

「一人でも、気づいてくれた人がいるんなら。もう一度、思いっきり語りたい」

染の眼差《まなざ》しは挑戦的で、強い意志がこもっていた。

珠の胸に安堵が広がる。

「私も、染さんの義太夫を聞いてみたいです」

「わたくしも。いつか聞いてみたいわ」

珠と冴子が口々に言うと、染が口元をもにょもにょと閉ざす。

けれどその耳は赤く色づいていた。

*

静謐《せいひつ》で冷涼な夜の中、銀市は朧車《おぼろぐるま》から降りた。

朧車には戻るまで待機しているよう言い渡し、ぽつぽつと、街灯で照らされてもなお暗い道を歩き出す。着流しにマントを羽織っているのは、今の世には似合わないものを持ち歩いているせいだ。

遠くから、気の早い風鈴の音が涼やかに聞こえた。

あの後、珠と冴子の説得のおかげで、染はわかる範囲で話してくれた。

『正直よくわからないんだ。あたしの偽者は、はじめはどこにでも居そうな女中の顔をしてた。けど、この箱を渡して来て「願いを叶《かな》える」って言ったんだ。それで、昼間だけ身代わりを頼んだら、あっという間にあたしと同じ顔になって……。うまい話には裏があるって言うけど、ほんと馬鹿だった』

そうして、見せられた風呂敷《ふろしき》包みの中身は、一抱えほどの平べったい箱だった。真新しい木製で、墨で文字が描かれた札が表面に貼られている。

その箱と札に、銀市は見覚えがあった。それを踏まえて重太に問いかけた結果、高座に上がっていたのが「狼《おおかみ》」の可能性が浮上してきた。

自分には妖怪《ようかい》の「化け」までしかわからなかったが、あの化け狸《たぬき》は、見て聞いただけで相手の正体を見破った。その能力が稀《まれ》なものであるにもかかわらず、重太は卑屈だ。妖怪としての能力に恵まれないのは、致命的だと考えるものが多いため、仕方がないのだろう。

思考を巡らせながらも、銀市は目的地にたどり着く。そこは豊澤染助こと、高町染が住まう長屋だった。

娘義太夫としてかなりの稼ぎがあったのだろう、しっかりとした造りの割長屋の一室だ。染はすでに唯一の家族だった母も亡くしており、ここで一人暮らしをしていたという。

そして今は、彼女に成り代わった偽者が棲《す》んでいるはずだった。

本来ならこの家主であり、当事者である染を連れてくるのが順当だろう。しかし、今回行う己の仕事を考えるなら、彼女を同行させるわけにはいかなかった。

帯へ落とし差しにした刀の柄《つか》に、銀市は手を添える。

すでに人は寝静まる時間だったが、銀市はかまわず染に教えられた住居の戸を叩《たた》きかける。が、その寸前で、室内から悲鳴と血の臭いが漂ってくるのに気づいた。

銀市は強引に戸を開け放つなり、中に乗り込んだ。

中は典型的な長屋の造りをしており、入ってすぐに台所があり、奥に部屋が見える。奥の部屋には一匹の狼が倒れ伏し、それを囲むように男が三人居た。

夜目が利く銀市には、その姿がありありと見える。一人は中にシャツを着込んだ書生で、もう一人は体格の良い労働者。そして彼らから一歩下がる位置にいる男は、体に良く沿った洋装を着こなし、手入れされたひげを生やした華族風の青年だ。

書生と労働者は、乗り込んできた銀市を見るなり、警告の声もなく襲い掛かってくる。

眉《まゆ》を寄せた銀市だったが、真っ先につかみかかって来る書生の手を逆に取った。

書生が飛び込んでくる勢いを利用し、投げ飛ばす。その間に、銀市は帯にくくりつけていた刀の下緒をはずした。

軽々と宙を飛んだ書生は、床に叩きつけられる。入れ替わるように労働者が踏み込み、銀市に拳《こぶし》を繰り出した。

銀市はその拳を体さばきだけで避《よ》ける。さらに手挟《たばさ》んでいた刀を引き抜く勢いで、男の腹に柄頭をめり込ませた。

気を失いはしなかったものの、労働者は腹を押さえて崩れ落ちる。

書生が衝撃からなんとか起き上がろうとしていたが、銀市は無視し、今までの攻防を傍観していた三人目の男を見た。

「……茶番はこれくらいで良いか」

すると、無表情で眺めていた華族風の青年は、ようやく男達に呼びかけた。

「おやめなさい。相手は銀龍《ぎんりゅう》一派の長《おさ》だ。はなから相手にできないさ」

銀龍一派、という単語に、銀市は少しだけ眉を動かす。それは銀市が軍部に居た頃、銀市に与《くみ》した妖怪達を総称するものだ。狼でそれを知るものは限られている。

書生と労働者は、恨めしそうに銀市を睨《にら》み付けながらも、青年の背後に控えた。

彼らを従えていると知らしめた華族風の青年は、畳に赤黒いものを広げる狼の亡骸《なきがら》があるにもかかわらず、平然とそこに佇《たたず》んでいる。

ここまでじっくりと見れば、銀市とてわかる。彼らは人に非《あら》ざる者であり、事切れている狼と同じ存在だ。さらに言えば、華族風の青年から漂う気配に覚えがあった。

銀市は柄に手を添えながらも、厳しい声で呼びかけた。

「千疋狼《せんびきおおかみ》と、その長、穿狼《せんろう》か」

青年は血の赤に染まった指先を揃え、芝居がかった仕草で胸に手を当てて会釈した。

「お久しぶりですね、銀龍。魑魅魍魎《ちみもうりょう》をとりまとめながらも人間に屈した長虫が」

目に憎悪を宿し、冷えた声音で吐き捨てられた悪意に、銀市は顔色一つ変えなかった。

経緯はどうあれ、彼を……千疋狼を駆逐したのは、己を含めた当時の軍部なのだから。

「あの村以来か。人間を蛇蝎《だかつ》のごとく嫌っていたお前達が、なぜ市井に紛れている」

銀市の問いに穿狼は瞳《ひとみ》に複雑な色を浮かべる。が、すぐに消え、穏やかな笑みをはいた。

「それは、あなた達の粛清から逃れてから、流れ流れて苦労しましたから。ええもう、群れを存続させるために必死でしてね。かつて足蹴《あしげ》にしたものに紛れることで、ようやっと落ち着き先を見つけたのですよ」

自慢げに手を広げる穿狼に、銀市は目を細めた。

「その姿は、酒井義道《さかいよしみち》のものだろう。また、成り代わったか」

穿狼の笑みが固まる。銀市はゆっくりと言葉を重ねた。

「俺は二度はないと警告した。お前達が再び秩序を乱しているのであれば、容赦はせん」

「早合点《はやがてん》はやめてくださいよ。これは私が正当に手に入れたものですから」

銀市が一歩近づこうとしたとたん、穿狼はおしとどめるように手にかざす。

「野生の同胞達は人間どもに駆逐され、もはや虫の息。そもそも銀龍一派の長であるあなたに負けてから、心根を入れ替えたんです。今の群れは権能で人間に益を与えることで、なんとかこの存在を保っているのですよ」

「……なに」

芝居がかった仕草で切々と訴える穿狼は、銀市が促す必要もなく滔々《とうとう》と続けた。

「そう。私達は変わったんです！　今この世で最も勢いがあるのは人ですから。けれど約束を破られたら、それなりの対価を頂かなければいけないのは、わかるでしょう？　だって私達、妖怪なのですから」

穿狼は卑屈でありながら、ある種の傲慢《ごうまん》と嘲笑《ちょうしょう》を含んでいる。銀市は穿狼が何を指しているかを理解した。

「確かに、俺はお前に言った。人と妖怪がこれからも共に暮らすため、人に必要以上に仇《あだ》なすものは狩る。ただ……」

「人に非ざる者が存在するため行使した権能での被害、および犯した罪はとがめない。でしたね。この体の元の主は、私とかわした契約を破りましてね。致し方なく、対価として拝借したのですよ。我々は、自らの生存権を得るために最大限の努力をしているんです。まさか人に迎合しながら妖怪の権利を守っているあなたが、とがめますか？」

銀市の言葉にかぶせるように語った穿狼は、勝ち誇ったようにその唇をゆがめる。

彼は、かつて銀市に蹂躙《じゅうりん》されたことを根に持っているのだろう。総じて狼は執念深い。

しかし銀市は挑発には乗らず、わずかに息を吐いた。

「確かにそれが本当なら、俺が出る幕ではないな。だが」

そして、今も畳に転がる狼を流し見た。成人女性が四つん這《ば》いになった程度だろうか。野犬よりも……否、普通の狼としても大きい。

「それは、豊澤染助のふりをしていた狼だろう。お前の同胞だろうになぜ殺した」

銀市の問いに、穿狼は初めて思い出したようだった。転がる狼を睨《ね》め付け、忌ま忌ましそうに舌打ちする。

「……これは、我ら千疋狼の守るべき約定を破ったんです。愚かしくも、娘義太夫《ぎだゆう》としてもてはやされることに目がくらんだらしくてね。『本人が戻るのを嫌がっていたから、成り代わってやった』なんて言い張ったんですよ。だから私自ら粛清したんです。あなたの手を煩わせることもありません。私達は自由に動けないと言うのに嘆かわしい」

吐き捨てた穿狼は、かつて銀市が征伐した千疋狼の長としての色を覗《のぞ》かせていた。

「さあ、私はあなたの掟《おきて》を守っていますよ？　それでも私を狩りますか」

「……いいや」

静かな銀市の答えに、穿狼は肩すかしを食らわされたような顔をした。が、それもすぐに霧散し、勝ち誇った笑顔を浮かべるなり大仰な動作で頭を下げる。

「では私も忙しいのでこれにて失礼……。おい、運び出せ」

「一つだけ良いだろうか」

部下に向けて指示を出す穿狼に対し、銀市は声をかけた。

「その狼の弔いは、こちらでやらせて貰《もら》えないだろうか」

よほど意外だったのか穿狼は虚を衝《つ》かれた様子だったが、くくと忍び笑いを漏らした。

「どうせ森に捨てるだけだ。腹いせにでも、その刀で切り刻めば良いのではないですか」

ようやく思い出したように指の汚れを取り出したハンカチでぬぐいながら、穿狼は同胞と共に土足のままさっさと出て行った。

すぐさま銀市の陰より現れたのは、形も取れない有象無象の妖怪達だ。

『ヌシ様、あやつら切り裂くか』

『嬲《なぶ》り殺そうか』

「いいや。かわりに、この亡骸を運ぶのを手伝ってくれ。丁重に弔いたい。それから部屋の掃除だ。畳替えが必要だろう」

そう願った銀市は、すでに命が絶えた狼をそっと撫《な》でる。

来たのは、成り代わろうとした理由を訊《き》くためだった。妖《あやかし》とて、妖なりの理由と感情があるからだ。それでなお道理を理解できぬならば、狩るつもりではあった。それでも。

「訊いてやれなくて、すまないな」

そうこぼした銀市は、亡骸をマントでくるんだ。

＊

朝、珠が居間に朝食を並べていると、銀市がいつもより少し遅く現れた。

「偽者に関しては片が付いた。高町さん、君は戻れるぞ」

銀市が開口一番言うのに面食らう。だが珠がはっと染の方を見ると、箸《はし》を並べていた彼女はその姿勢のまま固まっていた。

「ほん、とう」

「ああ、少し部屋の中は荒れているだろうが、もう偽者が現れることはない。……あとは君次第だ」

どうする、と染を見る銀市の横顔は淡々としている。けれど珠には、彼がどこか憔悴《しょうすい》しているように感じられた。

珠が瞬《まばた》いている傍らで、染は表情を強《こわ》ばらせて唾《つば》を飲み込んだ。葛藤《かっとう》しているようだったが、銀市をにらむ。

「あたしを待っている客がいるんだろ。なら戻る。もう一度だけ、思いっきり語るんだ」

そう語った染だったが、しかし思い出したらしく眉を寄せる。

「どうせ、またどうする連に邪魔されるけどな」

「そこも解決できるだろう。今日の寄場の場所はわかるだろうか」

「一昨日《おととい》と一緒の、はずだけど……」

「ならばどうする連が騒ぐことは抑えよう。それ以降、客が語りを聴くかは君次第だ」

銀市の言葉に、染は目を見開いた後、闘志に火がついたように口角を上げた。

「上等じゃないか、やってみせるさ。あたしの全部をぶつけてやる」

「ならば良い。昼の公演に間に合うように送ろう。珠も行くか」

「あっ……」

銀市に声をかけられて、珠は返事をためらった。銀市が仕事に向かうのなら、珠は店番をすべきだろう。いくら客が少ないとはいえ、まったく居ないわけではないのだ。

しかし即答できずにいると、染が身を乗り出してくる。

「あんたも来なよ！　こんな急なら冴子はこれないし。あんただけでも本当のあたしの語り、聴いてって！」

「は、はい！　……染さんの語り、楽しみです」

思わずうなずいた珠が付け足すと、染は照れくさそうにはにかむ。

「うん。ひとりでも、聴いてくれる客がいれば、頑張れる」

染の表情には、どこか安堵《あんど》が滲《にじ》んでいた。

今日の公演は、あのうわんと遭遇した寄場でだった。

入り待ちをしていたどうする連の青年達は、裏口に現れた地味な着物姿の染に驚いていた。すぐに群がってこようとするが、染はまっすぐ入り口を潜《くぐ》っていく。

その姿を見送った珠は、一昨日と同じように、銀市と寄場の座敷に座っていた。

平日のせいか、この間よりは客は少ないように思える。だが高座の近くには、どうする連が騒がしくたむろしていた。

珠は客席にくる前、銀市が裏路地にうわんを呼び寄せ、言い聞かせる場に立ち会った。

『いいか、今日の語りが本物の染助だと思えば、助けてやれ』

『おいら、大声上げるだけなのに、できない』

『語りを妨げているのはどうする連だ。染助の語りが聞きたいのなら、お前があいつらを邪魔してやれば良い。あいつらだけを脅かすことくらい出来るだろう、うわん』

その言葉を聞いたうわんは、大きく目を見開いて、こくんと一つうなずいていた。

一体うわんは何をするつもりなのか。そもそも染は大丈夫だろうか。

「染さん、ちゃんと準備できたでしょうか」

珠が膝《ひざ》の上で両手を握っていると、隣の銀市が安心させるように表情を緩めた。

「大丈夫だ、あの娘はずいぶん気が強い」

これ以上は繰り言になる、と珠がぎゅっと堪《こら》えていると、舞台の袖《そで》から拍子木と共に肩《かた》衣《ぎぬ》に袴《はかま》を身につけた染……染助と、三味線の女が現れた。

別れたときはすっぴんだったが、今は淡く化粧をし結い上げた髪に花かんざしを挿していた。その姿は、はっとするほど目を引く美しさがある。

「いよっまぁってました！」

すかさずどうする連に口笛ではやし立てられた染助だったが、彼女は平然と顔を上げて、見台の前に座る。

染助がうっすらと浮かべている微笑は艶《つや》っぽく、珠は思わず見とれた。けれど、観客を見渡した彼女が珠を見つけた瞬間、見てろ、とばかりにいたずらっぽく笑った。

そして、始まりの拍子木が鳴る。

「——とぅーざぁいー。このところお聴きにたっしまするは、伊勢音頭恋寝刃《いせおんどこいのねたば》。相つとめまするは豊澤染助、三味線——」

前回同様、高座の脇にいる者から前口上が述べられる。

珠は、夜の内に染助から「伊勢音頭恋寝刃」のあらすじを聞いていた。

良く演じられるのは、油屋《あぶらや》の段と呼ばれる見せ場の話だ。

主人公である武家の養子、貢《みつぎ》は、主君がだまし取られた刀の鑑定書を取り返さなければならなくなった。盗んだ相手が、妓楼《ぎろう》油屋に滞在している岩次《いわじ》であることまでは突き止めたが、貢には手が出せない。そこで頼ったのが、妓楼油屋の遊女であり恋仲であるお紺《こん》。

しかしそのような秘密を探るためには、その身を岩次に任せるしか方法がない。恋人の望みを叶《かな》えたいがと苦悩するお紺に加え、妓楼の遣《や》り手婆《ばばぁ》や、貢のかつての家臣などの思惑も絡まり、物語は転がっていく。

『これね、出てくる奴らみんな自分勝手で、欲望に忠実なのがあたしは面白いと思ってる。よく見てて、珠。あたしはいけ好かない婆から、二枚目の男、ごうつくばりのおっさんまで。十人語り分けるよ』

そう悪巧みをするように笑っていた染が、高座の上で静かに息を吸う。

「――お紺さぁん！　おぉ、お紺さんはどこにぞ！」

その一声に、珠はぽかんとした。

染の声は良く通る、澄んだ少女のものだったはず。しかし今珠の耳に飛び込んできたのは、年かさの、狡猾《こうかつ》な女の声だ。

「――イヤこれお紺さんへ、今更言うじゃないが、この間からも勧めているあの岩次さん、モゥ大抵良いお客じゃないぞえ……」

染助は意地悪な遣り手となって、遊女お紺に、恋仲の貢より金になる岩次に乗り換えるように責め立てる。

「――そんなお前様の言わしゃんす通り、岩次さんに乗り換えようわいな」

そう、遣り手に答えたのは、美貌《びぼう》の遊女お紺のか細い声だった。

珠はぱちぱちと瞬きをしてみるが、見台の前には染助しかいない。

けれど目の前では、意に添わないながらも、貢の願いを叶えるため、お紺が断腸の思いで岩次に乗り換える振りをしていた。絶妙に入る三味線の音色が、染助の語りを彩る。

悪役である岩次は豪快な男の声にしか聞こえず、恋人に裏切られたと思い込み、満座の前で侮辱された貢の声は怒りと屈辱に震えていた。

目をぎらぎらと輝かせ、首筋に汗を滴らせながら、染助は情景を語り、人を語り、朗々と声を響かせて空間を支配する。

珠はいつの間にか、高座の染助に釘付《くぎづ》けになっていた。周囲の観客も染助の語る様に、夢中で見入っている。

しかし前方にいるどうする連の青年達は関係無しに、物語の盛り上がりに差し掛かるにつれて大きく騒いでいく。

朗々と通る染助の声もかき消されかける。また駄目なのかと珠が思ったそのとき。

観客席の天井に、ぬっと真っ黒な歯が並ぶ大きな口を持ったうわんの顔が現れる。

珠はとっさに耳をふさぎかけたが、その前にうわんが叫んだ。

うわんっ！

珠は肌が震えるのを感じたが、一昨日のような一声は聞こえなかった。

だが前方にいたどうする連の青年達だけ、驚いたように耳を押さえてうずくまる。

「いい声だ」

銀市が微《かす》かに笑みをこぼすような声が隣からしたとたん、染助は水を得た魚のように生き生きと続きを語った。

「――さ、貢さん、どこから切りなんすえ。腕からかえ、またおいどからかえ。さぁ、さあさ切りなんせ！」

悔しさに刀の柄《つか》へ手をかける貢を、遣り手が煽《あお》る。

髪に挿した花かんざしが落ちても、誰も拾おうとするものもなく。

染助は最後まで語り抜き、拍子木が打ち鳴らされたとたん、割れんばかりの拍手が鳴り響いたのだった。

第五章　消沈乙女の切望

　五月も終わりになり、晴れていても空がうっすらと白むような雲が増えてきていた。空気に湿り気が含まれるようになっている。それでも踏み固めただけの土道は埃《ほこり》が立つため、打ち水が欠かせない。

　朝、珠《たま》が桶《おけ》から柄杓《ひしゃく》で水を撒《ま》いていると、郵便局員が配達に来る。礼を言って手紙を受け取った珠は宛名を見て、突っかけていた下駄《げた》を鳴らして玄関から居間へ向かった。

　今日は店が休みだが、銀市《ぎんいち》はいつものシャツを着込んだ着流し姿で新聞を読んでいる。片手に煙が立ち上る煙管《キセル》を持っていたが、珠が現れるなり、灰を傍らの火鉢に落として問いかけるように顔を上げた。

「染《そめ》さんから手紙が来たんです。こちらで読んでもかまいませんか」

「ああ、では小刀を貸そうか」

　銀市が茶箪笥《ちゃだんす》から取り出した小刀を借りた珠は、ちゃぶ台の前に座るとその場で封を開ける。

　中には新聞の切り抜きと共に、白地に水色で幾何学模様の便せんが入っていた。便せんには少し癖のある文字で近況が綴《つづ》られている。

読み進めた珠は、ほっと息を吐く。

「行き過ぎた声援を送ると、爆音に襲われる噂《うわさ》が立ったおかげで、むやみに騒ぐ人が居なくなったそうです。語りやすくて助かると、他の娘義太夫《ぎだゆう》さんも喜んでいるそうですよ」

「うわんがうまくやっているようだな」

少し表情を緩めた銀市は、新聞の切り抜きに目を落とす。

「この切り抜きはあの日の公演についての評論だな。あそこに聞屋が居たらしい。かなり高評価だぞ。『なよやかな美貌とは裏腹に、剛胆な語りの気鋭の実力派太夫』だそうだ」

「染さんの手紙にも、『寄場の主《あるじ》もお師匠達もみんな掌《てのひら》を返して、派手な立ち回りがある演目ばかりやれって言う』と書いてあります」

手紙の言葉こそ呆《あき》れを含んでいたが、文字からは生き生きとした意欲が伝わってくる。良かった、と安堵する珠だったが、最後の一文が胸に引っかかった。

その気持ちは押し殺して、珠が渡した染の手紙に目を通す銀市を見る。彼は安堵を浮かべると手紙を返し、煙管を煙管入れにしまうと立ち上がった。

「珠、今日は一日出かけてくる。昼飯はいらない。瑠璃子《るりこ》や他の来客があれば、そう伝えておいてくれ」

「……お仕事でしょうか」

「少しな」

あっさりと答えた銀市に、珠は表情を曇らせる。

ここ最近、銀市の外出が増えていた。彼の協力者らしい妖怪《ようかい》達が訪ねてくる数も、普段より多い。さらに、銀市の部屋には連日夜遅くまで明かりが灯《とも》っていた。

銀市が眠るまで起きていようとすると、先に寝ていろと言われるため、具体的に何をしているかは知らない。

珠は銀市の横顔をそっと窺《うかが》った。いつも通りに見えるが、どことなく顔色が冴《さ》えないように思えた。冴えないというより、沈んでいるような。

それを初めて感じたのは、染の偽者が解決したと答えた日の朝だ。考えてみればその翌日から、銀市が店を空け始めている。

珠が見つめているのに気付いた銀市が、苦笑いをした。

「まあ、休みなら仕事せずに休めと言った俺が、こうしているのは説得力がないか」

「いえ銀市さんの行動を私がとがめるなんて……ただ、顔色が悪く思えます。なにかあったのでしたら、私がお役に立てることはないでしょうか」

おずおずと問いかけると、銀市は軽く驚きを示した。

「何をしているかは聞かないのか？」

「あの、えっと、必要でしたら、銀市さんはお話ししてくださるでしょうから、聞きません。この質問が差し出がましければ、申し訳ありません」

もちろん、珠は妖怪相手には無力だ。特にないと言われることもわかっている。

けれど問いかけずにいられなかったのだ。

すると銀市はふ、と目を和ませる。柔らかく破顔したとも称して良い表情だ。

「では、もうしばらくは見逃してはくれないか。必要になれば言おう」

「はい」

「あとは、そうだな。夕飯は必ず帰るから、おかずに卵焼きを作ってくれないか」

その言葉に、珠は目を見開く。銀市に頼まれたのだ、と理解して心が昂揚《こうよう》する。

「はいっ。甘いのが良いでしょうか、しょっぱいのが良いでしょうか。それともだし巻き卵ですか？」

「今日はだし巻きが良い。……君も、あまり塞《ふさ》ぎすぎないようにな」

銀市に労《いたわ》られた珠は、気づかれていた羞恥心《しゅうちしん》と共に冴子《さえこ》のことを思い返したのだった。

「なぁに、そんな辛気くさい顔してるのよ」

「ひゃっ」

珠が縁側で再び手紙を開いていると、突然声が響いてびくっと体を震わせる。

振り返ると、いつもの洋装姿の瑠璃子がいた。ひだがたっぷりと取られたブラウスにすとんとした輪郭のスカートを穿《は》いている。

彼女は珠と目が合うなり、呆れたように鼻を鳴らした。

「瑠璃子さんごめんなさいっ。お出迎えもせずに」

「別に良いわよ、勝手に入ったし。この様子だと銀市さんは居ないんでしょ」

「はい。夕食頃には戻ってくるとおっしゃっていました。私は留守番です」

せめて銀市の言いつけ通り告げると、瑠璃子はそうと頷《うなず》くなり珠の隣に腰を下ろす。

「なら良いわ、で。それ手紙でしょ。最近やりとりしてた怪異かぶれの娘《こ》かしら」

「いえ、この間お仕事で知り合いになった娘義太夫の方です」

瑠璃子には手紙にどんなことを書くか相談した関係で、文通相手がいることは知られていた。そのため補足すると、瑠璃子は片眉《かたまゆ》を上げた。

「また妙な相手と知り合ったのね？　なにか嫌な事でも書いてあったの」

「そんなことも、ないんですけど……」

珠はどう答えれば良いか悩み、言いよどむ。

染の手紙自体は喜ばしく、安堵《あんど》を覚えるものだった。

『今度こそ、良い酒屋の段を見せてあげる。そのときは木戸銭あたしもちにするから、冴子さんと一緒に見に来てね。』

ただ、この一文で、冴子のあの笑顔が脳裏に浮かんでくるのだ。

冴子はとても美しくて、けれど酷《ひど》く悲しそうだった。あれから何日も経っているのに、珠の胸のあたりには、鈍い重さがしこりのように残っている。

冴子との手紙のやりとりは、あれ以降途切れていた。最後に届いた手紙には、婚約に向けての準備で忙しくなるため、返事ができなくなると書いてあった。それ自体はおかしくない。ただ、なんとも言えないもやもやが渦巻くのだ。

「瑠璃子さんの幸せって、なんですか」

「なに藪《やぶ》から棒に」

わけがわからないとばかりに顔をしかめる瑠璃子の傍らに、緋襦袢《ひじゅばん》姿の狂骨《きょうこつ》が現れる。

『瑠璃子ぉ。朝からずっとそんな感じなのよ。答えてあげて』

「……ふうん？」

縁側は庭に面しているのだから、狂骨に見られているのは当然だったと、珠は顔を赤らめる。だが今は瑠璃子の半眼の方が怖い。

瑠璃子は珠の傍らにある少女雑誌を見つけて、何かを悟ったような顔をする。

「その雑誌になにが書いてあったの」

「それは……その」

珠は、雑誌の笑う少女達の美しい絵で飾られた表紙をみる。中には一人でもできる束髪の結い方や、家でも作れる洋菓子のレシピ。半襟やハンカチに刺繍《ししゅう》するための可愛らしい図案などが載っていた。

雑誌にある少女は明るく華やかだ。ただ、行儀作法の特集の一文にはこう書かれていた。

『娘の幸福は良き夫たる殿方に嫁ぎ、子を産み育てることにございます。日頃から淑《しと》やかに、慎《つつ》ましく、従順に。何があろうとも辛抱し、未来の良妻賢母たれる振る舞いを心がければ、良き嫁ぎ先に恵まれ、幸福を得られることでしょう』

冴子は、この雑誌の通り未来の良妻賢母になれる振る舞いをしていたように思う。ならば幸せになれるはずだ。はずなのに、どうしても笑顔でいる冴子が想像できなかった。

無意識に胸を押さえる珠の様子をじっと見ていた瑠璃子は、乱暴に肩をすくめて見せる。

「あんたの質問だけど。あたくしの幸せは、あたくしがあたくしであることよ。誰にも邪魔されず、時代の最先端を自由に歩くの」

「結婚や、子供を産んだりは」

「なにいってんの。あたしは猫又よ？　そんなのとは無縁だわ。結婚なんて縛られること選ぶなんて、ばっかじゃないの」

そうだった、と口を噤《つぐ》んだ珠だったが、瑠璃子はストッキングに包まれた長い足を組んで狂骨の方を見る。

「そもそもあたくしはオンリィワンなんだから、参考にできるわけないじゃない。せめて元人間の狂骨にも聞きなさいよ」

『っ瑠璃子⁉』

狂骨が焦った顔をするが、珠は初耳の話に目をぱちくりとさせる。

人間から人に非《あら》ざる者になることがあるのは知っていた。狂骨がそうだとは知らなかったが。狂骨は珠の視線から逃げるように目をそらし、ほつれた後れ毛をいじる。

『ま、まあ。普通の女の幸せなんてのはわかんないけど。好いた男と一緒になるのは、幸せなんじゃないかと思う、よ。……ただ、必ずしもうまく行くわけじゃないだろうけど』

「好きな方と……」

狂骨の答えに、息を呑《の》んだ珠は何かを言おうとしたが、その前に瑠璃子が鼻を鳴らす。

「そもそも、たかが雑誌一つで幸福を決められるなんてまっぴらご免だわ。というか！あんた朝からずっとここにいるってことは、昼ご飯食べてないわねっ」

咎《とが》められてしまった珠は、おろおろと視線をさまよわせる。

「わ、私一人でしたし、一食くらい食べなくても大丈夫ですから。夕ご飯は銀市さんにお願いされたので、卵焼きを焼きますし」

「あんたそう言いつつ、銀市さんいなかったら丸一日食べなそうだから怖いのよ。人間は三食食べないと体調崩すし、美容にも悪いわ」

「そう、ですか？」

困惑のまま問い返すと、額に手を当てた瑠璃子が低い声で言った。

「……ならあたくしのぶんと一緒に作りなさい」

「は、はいっ。……わっ」

珠が慌てて立ち上がると、背後に家鳴《やな》り達が器用に積み重なっていた。珠が動いたとたん崩れた家鳴り達は、ころころきしきしと台所の方へと転がっていく。彼らのどこか明るい気配に、昼食を食べなかったから心配されたのだと理解した珠は、申し訳なく思う。

家鳴り達を見送った瑠璃子は、珠に続ける。

「あんたの悩みは、あたくし達に聞くだけじゃ駄目でしょ。一番大事なのは、あんたがどう思うかなんだからね」

「私が、ですか」

珠がきょとんとしていると、瑠璃子にぐしゃぐしゃと撫《な》でられた。

「あったり前でしょうが。幸せってもんは、自分で感じなきゃ意味ないのよ」

「ふえ」

瑠璃子に撫でられて目を白黒とさせる珠を、脇から狂骨がのぞき込んだ。

『あたしたちじゃ常識が違うからねぇ。いろんな「人」に聞いてみるといいわよぅ』

「そうだ珠。あんたがご飯を作る間、紙と筆借りるわよ」

「は、はい！　あ、瑠璃子さん。朝炊いたご飯はあるんですが、今からおかずを作るので時間をいただけますか？」

「そのまめさを自分にも……まあいいわ。食べる！」

瑠璃子の了承を聞いた珠は、家鳴り達と共に台所へ向かう。

他の人にも聞いてみる。という提案に思い浮かんだのは、癖のある髪を纏《まと》めた端整な顔だった。

＊

夕暮れ時、銀市は言った通り夕食前には帰ってきた。

だし巻き卵は焼きたてよりも冷ました方がおいしいと、台所で早めに焼いていた珠は、銀市の帰宅の声に慌てる。

「ヒザマさん、お鍋《なべ》ははずしておきますが、火を小さくして待っていてくださいね」

かまどで座っている炎の鶏冠《とさか》を持った鶏《にわとり》のような妖怪、ヒザマに願いその場を離れる。

髪を押さえるためにかぶっていた手ぬぐいを取りながら廊下を歩くと、途中で鮫《さめ》小紋柄の着物をまとった銀市と行き合った。

「お帰りなさい、銀市さん。日中に瑠璃子さんがいらして、お手紙で言付けを置いて行かれました。夕食はもう少しお待ちください」

「早めに帰ったのは俺のほうだからな、ゆっくり待つからかまわない。ありがとう」

「はい」

伝言の役目は果たせた。ほっとしつつ珠は再び夕飯の支度に戻った。

できあがったのは、色よく焼き上がっただし巻き卵を主菜に、きんぴらゴボウ、青菜のごま和《あ》えに、豆腐の味噌汁《みそしる》、そしてぬか漬けだ。

だし巻き卵の綺麗《きれい》な焼き色に満足した珠は、炊き直したご飯を納めたおひつも含めて、家鳴り達と共におかずを運んでいく。

居間では、難しい顔で瑠璃子からの手紙を読む銀市がいた。

仕事の報告ならば珠が内容を聞くべきではないと、彼女には内容を訊《たず》ねなかったが、あまり良くないものだったのだろうか。

「夕飯ができましたが……」

珠がちゃぶ台におかずを並べつつ声をかけると、銀市がじっと見つめてくる。

「あ、あの？」

突然のことに珠が硬直していると、銀市はふ、と苦く笑った。

「いや、瑠璃子からの報告書だったんだが。君のことについて怒られてな」

「あっその。お昼ご飯を抜こうとしたのを、書かれていましたか……」

こんなに気にされることだと思わなかった珠が身を縮こまらせていると、銀市は「それもそうだが」と前置きしつつ言った。

「答えを待つのは俺の悪い癖だと。己で考え抜けるのは、ある程度経験があってできることで、珠は経験自体が少ないのだから堂々巡りするだけ。ついでに息を吸うように遠慮するのだから、積極的に話を聞いてやらなければ駄目だとな」

「それは……」

「瑠璃子のほうが、よほど君を理解しているな」

あの短時間でそれだけのことを書いていたのか、と珠は銀市の手にある便せんの束を呆《ぼう》然《ぜん》と見つめる。

複雑そうに、だがしみじみと言った銀市は、珠に穏やかに問いかけた。

「そういうわけだ。夕飯を食べながらでも、何に悩んでいるのか教えてくれないだろうか」

「あの、本当に大したことでは、ないのですよ。私自身が困っているわけでもなくて」

そう、珠が勝手に胸に引っかかっているだけなのだ。

だが銀市は珠の言葉を聞いても、引き下がることはない。

「かまわないさ。自分のことでもないのに気になっているのなら、吐き出して楽になることもあるだろう？……いや、あるんだ。せっかく側にいるんだ。俺にも君を労《いたわ》らせてはくれないか」

珠は居心地の悪さに似たものを覚えた。些《さ》細《さい》なことだと考えていたから、銀市を煩わせるつもりはなかったのだ。

けれど、気づいて貰《もら》えて、気にかけて貰えて、心がふわふわとしている。その感覚は決して嫌なものではなくて。

「あの……じゃあ、いいですか」

おずおずと申し出ると、銀市が頷《うなず》く。珠は茶碗《ちゃわん》に飯をよそりながら、どうやって語ろうかと、考えを巡らせた。

銀市は一つ、卵焼きを口に含んで咀嚼《そしゃく》すると満足そうな色を浮かべる。

その反応に珠はほっとしつつも、ゆっくりと順序立てて説明をしていった。

もちろん、冴子の重太《しげた》に対する想いは口にしない。ただ、婚約についての下りは話した。

「冴子さんは、華族の世界で普通の幸せを手に入れるんだそうです。それが普通で当たり前だとおっしゃっていました。けれど、幸せにはどうしても見えなくて、なのに笑って大丈夫だと。それがなんだか、ずっと引っかかっているんです」

「なるほどなぁ」

「だから幸せについて、貴姫《きひめ》さんや、夕飯の材料を買いに行った時に、いろんな方に聞いてみました」

「……君は意外なところで行動的になるな」

銀市が驚きと感心が入り交じる複雑な苦笑を浮かべているのに、珠は少し気恥ずかしさを覚える。しかし。

「でも、答えは本当に色々だったんです」

まず貴姫は不思議そうな顔をした後、珠の安全と幸福を守り、珠を飾ることだと語った。

それには少しこそばゆさを覚えたものだ。

今日卵を買いに行った卵屋のおばあさんは、今は鶏が卵を産んでくれれば良いとのんびりと教えてくれて、卵を一つおまけしてくれた。

さらに立ち寄った豆腐屋の男は次の賭場《とば》で勝てたら幸福だと話し、その奥方は夫である男が賭博をやめてくれれば嬉《うれ》しいと苦言を呈していた。しかし、親に言われての結婚だったものの、不幸というほど悪いわけじゃないとも言ったのだ。確かに豆腐屋の夫婦は喧嘩《けんか》のように言葉の応酬をするが、仲が良さそうに思える。

「銀市さんは普通を学んでみると良い、とおっしゃいました。私も普通であれば幸せでいられるのかな、と考えたこともあります。でも幸せの形ですら全然違うとわかって、普通の幸せってなんなのだろうと、改めて思いました。銀市さんは、なんだと思いますか？」

「普通の幸せか……」

珠が食後のお茶を出すと、銀市はすぐには手をつけず、考えるように顎《あご》に指を当てた。

「俺も人より長く生きているが、よくわからん。まあ、生まれが平凡とは言いがたいからなあ」

「そう、ですか、銀市さんでもわかりませんか」

しみじみと言う銀市に、珠は悄然《しょうぜん》とする。

「ただ、君はそのあたりについて答えを聞いているんじゃないか。『なにを幸福と感じるかは、人それぞれだ』というな」

「えっ、あ」

指摘されて初めて気がついて、珠はぽかんとする。

茶を啜《すす》った銀市は、何かを思い出すように目を細めた。

「御堂《みどう》に、軍属でいるように引き留められた話はしたか。人の世で金と地位が欲しければ、確かに留《とど》まっていたほうが良かっただろう。だが俺は今の口入れ屋の気楽な立場が気に入っている」

「妖怪《ようかい》や人の相談に乗られて、御堂さんのお仕事まで手伝われていて、気楽ですか？」

「……気楽ということにしといてくれ。本来なら口入れ屋も道楽のつもりで、隠居生活をする予定だったんだ」

その若々しい外見で隠居生活と言われても、珠にはぴんと来なかった。なにより本当に銀市が隠居生活をしようとしたら、瑠璃子と御堂が黙っていないような気がする。

「まあこうは答えたが。君がどんなことを幸せに感じるか、楽しみに思うよ」

少し決まり悪そうにしながら銀市が締めくくるのに、珠はもう一度考える。

幸福のあり方は人それぞれ。ならば自分は、そして冴子は……。

珠が沈黙していると、銀市が温かく見守る色を納めて珠に続けた。

「ただ君の悩みの本質は、そこではないんじゃないか」

「そう、なんでしょうか？」

「まだ気が晴れた顔をしていないように見える」

珠は自分の胸に手を当ててよくよく考えてみる。今の話には充分納得できる所があると感じられた。けれど、やはり胸の奥のもやもやは、なくなっていない気がする。

どうしたら良いのだろうか。途方に暮れた珠だったが、銀市の眼差《まなざ》しは酷《ひど》く優しかった。

「君は、中原《なかはら》さんを案じたときに『大丈夫』と答えられたのだろう。明らかに彼女が悲しそうだったにもかかわらず」

少しだけ、珠の中のもやもやがうごめいた気がした。

冴子が悲しんでいるのがわかったのは、重太を想っていることをあらかじめ知っていたからだったが、意味は変わらない。

「はい」

珠がおずおずとうなずくと、銀市は感慨深そうに目を細めた。

「仲が良いと思っていた友人に、踏み込んでくるなと線引きされるのは苦しいものだ。たとえ相手がこちらを想ってのことだったとしても、どうしようもなかったとしても。己の無力さを突きつけられるのは応《こた》えるさ」

ずっと胸の中で鈍く凝《こご》っていたものが、すとんと形になった。

壁を一つ隔てられているようだったそれが鮮やかにあふれ出し、珠を飲み込んでいく。膝《ひざ》に、ぽとりと涙が落ちた。しかしそれでも胸に溢《あふ》れた苦しさは強くなるようで、珠は襟元を握って堪《こら》えた。

ああ、でも、珠はこれを知っている。

「……――悲しかったんです」

「ああ」

銀市が穏やかに相づちを打ってくれることに甘えた。珠はぽろぽろと零《こぼ》れる涙のまま、ようやく自覚した苦く重い感情を吐き出した。

「冴子さんは私のおかげで、良い思い出ができたと言いました。一度やってみたいことが沢山できたって。でも、私、あの方がそんな風に考えながら過ごしていたなんて、全然知らなかったんです。冴子さんには、幸せでいて欲しいのに。私こそ、沢山思い出を頂きましたのに！　なにもできな、くて。なのにわら、笑ってて……っ」

またみっともない所を見せてしまっていると、頭の隅で考えた。けれど涙も苦しさも一向に収まらない。

悲しい。つらい。わかっているのだ。どうしようもないことも。自分勝手な悲しさなことも。でも、冴子の悲しげな笑顔は、たまらなく嫌だったのだ。

「こんなことを想っても、どうにもなりませんのに……っ！」

しゃくり上げる珠の頭を、銀市の大きな手が滑っていった。それで良いと肯定するかのように、温かく優しい感触が、珠の涙を止まらなくさせるのだ。

「どうしようもできないことは、この世には沢山あるなぁ」

ひっく、ひっくとしゃくり上げる珠の耳に、銀市の独り言のような声が滑り落ちてくる。

「それでも想うのは自由だ。人と違う考えだったとしても、明るい感情も暗い感情でも、感じたことは否定しない方がいい。押し殺し続けていては、以前の君のように心が死ぬ」

そこで、ふっと銀市が笑う気配がした。

「だからな、悪いんだが。俺は、君がこうして泣けるようになったのを喜ばしいと思う」

顔を上げた珠は、銀市を見た。彼の表情は涙でぼやけて見えにくかったが、慈しみを帯びながらもどこか複雑な色がある気がした。

自分がこんな風に泣いているせいだろうか。けれど、撫《な》でる手の優しさが否定する。

「君は他人を思いやってしまうのだろうが。言葉は伝えられる時に、伝えたほうが良い」

苦しさが和らいだ胸に、銀市の言葉がゆっくりと染みていく。

少しずつ落ち着いてきた珠が声を上げようとしたとき。

　バンッと、戸を激しく叩《たた》く音が響いた。

　はっと我に返った珠がのけぞると、銀市は険しい顔で音のした方を向いていた。

「……玄関の方だな。君はここで待っていなさい」

「い、いえ私が」

「その顔で出すわけにはいかん」

　立ち上がりかけた珠だったが、銀市に指摘されて一気に顔に熱が昇る。

　しかし、珠の耳にも聞こえるほどの声が響いてきた。

「古瀬《ふるせ》さんっ。古瀬さん！　どうか助けてください、お嬢さんの……お嬢さんの婚約者が狼《おおかみ》だったんだ！」

　震えた声が言い放った単語に、珠は呆然と銀市を見る。

「……珠、すまない。ここに連れてくるから支度を頼む」

　銀市は表情に鋭いものを宿して、部屋を出て行く。

　とたん思い出したように、珠の心臓が早鐘のように鼓動を打ち始めた。

　手を当てた頬は熱い。

「顔を、見られるようにしなくてはいけません。冷たいお水をいただかなくては……」

　まだ騒ぐ胸を押さえながらなんとか立ち上がって、珠は台所へと駆けていったのだった。

瓶長《かめおき》の冷たい水で洗ったおかげで、火照った顔は冷めた。

そして、諸々《もろもろ》の支度をして居間へ向かうと、すでにそこに銀市と背広姿の重太の姿があった。脇にはいつもの洋鞄《かばん》を置いている重太は、見るからに悄然として疲れ切っている。

珠は少し迷った末に、台所へ戻ると温かいお茶と羊羹《ようかん》を一切れ添えて持っていく。

「箕山《みのやま》さん、よろしければどうぞ」

珠がちゃぶ台にお茶と羊羹を置いて声をかけると、それでようやく重太は気づいて顔を上げた。

「甘いものは、心を和らげますから」

「……珠さん、すまない、ありがとう。だけど、食べる気にもならなくて」

重太は見るからに憔悴《しょうすい》した顔で言った。

珠はそれで下がるべきだと思ったが、しかし、先ほどの重太の言葉が気になって動きが鈍くなってしまう。

煙管《キセル》に火を入れていた銀市は、そんな珠の様子を見て言った。

「君には下がっていて欲しいが……。彼は君に用があるらしい」

「そうなのですか」

珠が瞬《まばた》くと、重太はよろよろと洋鞄を開けた。

「ああ、はいそうなんです。お嬢さんから、園遊会の招待状を預かって来ました。一般人も入れるものですが、これがあると中でやるお茶会と、婚約披露宴に入れるんです」

「……ああ、中原邸の薔薇園《ばらえん》は有名らしいな」

銀市がつぶやいたことで、珠もまた思い出す。

あの屋敷にある広々とした庭には、様々な品種の薔薇がいくつも育てられていた。特に西洋の庭園をまねた生け垣の迷路が見事だ。珠は屋敷で働いていた時期がかぶらなかったために、園遊会は知らない。だが、奉公人達が園遊会の大変さと楽しさを語るのを聞いたことがある。

ただ、ちゃぶ台に置かれた、薄香《うすこう》色の便せんに躍る冴子の美しい文字に、珠の体の奥がまたきしむ。

しかし、重太はぶるぶると震えながらも、銀市に向けて固い声音で訴えた。

「それで今日、お嬢さんと婚約者の初顔合わせだったんです。おれも一応中原子爵の秘書ですから、同席したんですが、その婚約者が……」

「狼だったと。そう言いたいんだな」

銀市が言葉を引き取ると、重太は堪えていたものを吐き出すように身を乗り出してきた。

「そうなんですよ！　普通の妖怪じゃあわからないでしょうが、おれにはわかります！　あの卑屈な表情に傲慢《ごうまん》な態度。何より漂う妖気が狼だったんですよっ。おかしいじゃないですか。だって酒井義道《さかいよしみち》は明治になってすぐに華族の位を頂いた、人間の腹から生まれた人間の華族のはずなんです！」

「酒井義道だと」

銀市が驚きをこぼしたが、重太は気づかず続けた。

「お嬢さんのお相手は生粋の華族の男だったはずだ！　新興華族とはわけが違う、そうじゃなきゃ中原子爵だってお選びになるわけがない！　だってお嬢さんは、お嬢さんは幸せになる、なるはずだって……っ」

重太はにじんだ涙をぬぐいながら、まぶたを伏せる銀市へ必死に訴えかける。

「なあ、古瀬さん、華族に妖怪《ようかい》は居ませんよね。おれだって商人の妖怪は知っていますが、華族は見たことない！　お嬢さんと婚約する前に成敗はできませんかっ」

銀市は、ゆっくりと瞼《まぶた》を開くと感情の見えない声で淡々と言った。

「確かに、華族に人に非《あら》ざる者はいない。それは以前、俺が確認した」

「でしたら……っ！」

にわかに表情を明るくする重太を、銀市は鋭い眼差しで射貫《いぬ》いた。

「だが、たとえここで冴子さんの婚約を破談にしても、お前と結ばれる事はないぞ」

その言葉が響いたとたん、重太が顔色を無くす。

珠もまた、呆然《ぼうぜん》と銀市と重太を見つめた。その言葉からすると、彼はまるで……。

「冴子さんの事がお好きなのですか」

そう訊《たず》ねたとたん、重太の顔が真っ赤になる。

あ、う、と声にならない声を漏らしたあと、うつむいた。

「……そう、なったのは冴子さんのおそばにきてからのこと、です。きっかけは、元の姿で助けられた時に、お嬢さんが言った言葉でした。『狸《たぬき》さんと結婚したら、毎日たのしいかしら』って。おれは、妖怪ですから。約束とも言えないものでも、叶《かな》えようと思って中原子爵の所に潜り込んだんです」

珠は初めて見た重太の妖《あやかし》の一面に驚き、はにかむような表情をぽかんと見る。

「ああでも、わかってたんだ。あの時のお嬢さんは幼くて、約束なんて覚えていない。おれも人間の間で暮らしていて、人間と結婚するには、いろんなしがらみがあることも知りました。薄々そうじゃないかなあと思ってたんですわ。まあ、人間と妖は違うものだからしょうがないですよ！」

わざとらしいまでに明るい声で重太は言った。だがどこか乾いた雰囲気を持っている。けれど、重太が銀市をまっすぐ見つめる顔は酷く真摯《しんし》だった。

「でも今は、違う。お嬢さんには、おれとじゃなくったって幸せになって欲しいんです」

そこで、重太は座布団から下りると、正座をし直す。

「おれは、ただ人に化けられるだけの狸だ。狼なんかにはとてもかなわない。けど、おれにできることでしたらなんでもします。どうか、どうか、冴子さんを助けてくださいっ」

震えて涙を堪えながらも、重太はしかし、頭を下げず銀市をまっすぐ見て懇願した。

傍らで見ている珠でも、わかるほどの覚悟だと思った。

なぜなら重太は今まで、銀市を真正面からまともに見ていなかったのだから。彼が、どんな想いで銀市を頼りに来たのかわかるようだ。

まっすぐ見つめられた銀市は、厳しい表情のまま答える。

「酒井義道に不審な点はある。しかしあの狼……千疋狼《せんびきおおかみ》が、酒井義道となった理由はあくまで権能に従った結果だ。そして今の千疋狼達は権能に依存して存在している。俺が介入できるのは、必要以上の権能を行使して人を殺《あや》めた場合だ」

「つまり今回。古瀬さんは、手を出すことができないんですか」

震える声で訊ねた重太に対し、銀市は無言でうなずく。

重太はよろりと畳に手をついた。受け入れられないというように呆然としている。

珠もまた少しずつ、銀市の言葉に対して理解が及んだ。

つまり冴子は、家のためにもならない結婚をすることになる。

「……珠？」

銀市に戸惑うように呼びかけられて気づく。珠はいつの間にか、銀市の袖《そで》を握っていた。

いつもならあり得ない行動だったが、珠は震える声で言い募った。

「これでは、冴子さんがあんまりです」

だって冴子は家のために全てを耐えて、嫁ごうとしているのだ。好きなものも、大きく口を開けて笑うこともあきらめて。なにより重太への想いを押し殺して。

どうしようもないことがあるのは、珠もよく知っている。けれど、せめて報われる形になって欲しいと、願ってしまうのだ。

「銀市さん、どうか、どうかお願いです。もうあんな風に悲しく笑う冴子さんは、見たくありません……」

珠を見下ろした銀市は驚きをあらわにしたが、なんとも言えない喜びと安堵《あんど》が入り交じった苦笑を浮かべた。

「すまない、少しもったいぶり過ぎたな」

「え」

珠が面食らっていると、銀市は澱《おり》を押し流すように息を吐いたあと、重太に向き直る。

「保証はできない。だが酒井義道を筆頭とする千疋狼については、不審な点が多くある」

「じゃあ……」

重太の沈んでいた声が明るさを帯びた。

珠もほのかな希望を感じたが、袖を握ってしまった手をどうしようかとうろたえる。だがすぐ、銀市に振りかえられてびくりと手を離した。

「とりあえず、君も茶を持ってきなさい。少し長い話になるから」

「は、はい」

珠は慌てて立ち上がると、ぐうぅぅ、と大きな音が鳴り響く。

そちらを見ると、重太が情けない顔で腹を押さえていた。

「すんません。お嬢さんのことで頭がいっぱいで。飯も食べてなかったの忘れてました」

「お前なぁ……」

「おにぎりくらいならご用意できますが」

「ほんとですか！　羊羹食べながら待ってます！」

呆《あき》れる銀市の前でぱあっと、重太が顔を輝かせる。うなずいて退出した珠は、なんだか心が少しだけ軽くなる予感がした。


珠が戻ってくる頃には羊羹の皿を空にしていた重太は、持ってきた残りご飯のにぎりめしもぺろりと平らげた。

もう一度煙管に葉を詰めて火をつけた銀市は、ひと吸いすると語り始める。

「まず、酒井義道をはじめとする千疋狼は、最近華族達の間で頻発している『急に真人間になった華族の子弟』の正体だ」

「……どういうことですか？」

「要は、千疋狼どもが子弟を食い殺して、成り代わっているのだよ。すでに別人なのだから、以前と違うのも当然だな」

「は、アレが全部そうなんですか。妙なお守りを授ける神さんに傾倒してる、馬鹿な連中って話でしたけど。どれだけの数が居ると思ってるんですか!?」

その言葉で、重太もまた噂《うわさ》を把握していると珠は知った。

銀市は顔色一つ変えず重太に応じた。

「少なくとも、両手で足りなくなるほどは居るだろうな。そして奴らが持っていたお守りというのが、大口真神《おおぐちのまかみ》の札に似たものだ。千疋狼たちは、己を大口真神に見立て手順を踏襲する事で、人間達に権能の恩恵を授けている」

「おおぐちのまかみ、ですか」

恐らく御堂と共に探っていたのはそれだったのだろうと思いつつ、珠がおずおずと問いかけると銀市は答える。

「狼を神格化した信仰だな。大口真神自体の信仰はそれなりに古い。御利益としては、害獣から作物を守護。厄除《やくよ》けや盗難、火除けのほか、善人を守護し、悪人を罰するとされている。大口真神の使いは、人語を理解するとも言われているな」

「はあ……」

珠の村でも神とまつられていた大蛇がいた。それは「奉らないと村が潰《つぶ》れる」という御利益とも言えない曖昧《あいまい》なものだった。古い神の話に対して、珠が少し感慨深さを覚えている間にも、銀市は続ける。

『『人が変わった子弟』の身内にも証言を取った。盗難被害や不幸が続いて困っていた際に、酒井義道やその友人から大口真神の札を渡されたそうだ。それを奉ると問題は解決したが、家族が変貌《へんぼう》したということだな。彼らは放蕩《ほうとう》など、素行に問題がある者達ばかりだった。この場合、千疋狼が食い殺したんだろう」

「それは、しょうがないですね。狼は容赦がないものですし、なによりそういうふうに願われてたんですから」

重太が気が進まなそうでありながらも、千疋狼の行動を肯定する。

珠もまた極端には感じるが、妖怪らしい願いの叶え方には覚えがあった。

銀市はどこに引っかかったというのだろう。珠が首をかしげていると、煙管《キセル》を煙草盆《たばこぼん》に置いた彼は、袖に手を入れて腕を組んだ。

「だがな、これにはあえて人に成り代わる理由が全くないのだよ。人の世に紛れるためのようだが、あまりに用意周到過ぎるんだ。ここに千疋狼たちの裏があると考えている」

銀市は自分の考えを纏《まと》めるように語り出す。

「他に成り代わる前の子弟達が、友人達に『最近犬に跡をつけられているようだ』とこぼしていたこともわかっている。これは千疋狼が跡をつけていたのだろう。相手の情報を集め、円滑に成り代わる下準備を行っていたと考えられるな」

「つまり契約の対価として仕方なくじゃなくて、元から成り代わりが目的って事ですか」

重太が震える声で訊ねるのに、銀市はうなずく。

「被害者の一人だった高町《たかまち》染もまた、偽染助《そめすけ》だった千疋狼から入れ替わるために必要だと札を授けられていた。しかし、札であればしかるべき場所に戻すべきだが、そう言った忠告はされていない。穿狼《せんろう》……酒井義道はしかたなしに、と言っていたが」

「守らせる気がないから言っていないなんて、普通の妖怪だったら消えちまいますよ！　妖怪が約束を交わす時は、権能を使って力を増すためだろう⁉　自分で結んだものを破ったら能力が削《けず》れますぜっ」

よほど信じられなかったのだろう。重太はいつもの丁寧な口調が崩れている。

「そもそも狼は化けがうまくない奴らだ。生き物に、しかもそっくりの人間になるなんて高度な事を、できるわけない。それでも成り代わり続けられているんなら、その他にも食い続けているに決まっています！」

「……やはりか」

ぶるぶると怒りに震える重太の言葉に、銀市が納得したようだった。

「千疋狼に成り代わられているとおぼしき人間は、あまりに多い。最近は素行に問題がない者が変わった、という例も現れ始めている。これは異常だ」

「それは無差別って事じゃないですか⁉　そこまでわかっていても、古瀬さんは動けないんですか！」

重太が詰め寄らんばかりの形相に、銀市は顔色を変えずに答えた。

「介入したいのは山々だが、表面上はまだ権能の維持のためとされている。俺が人に非《あら》ざる者の守り手として、手を出せるのは最後だ」

「あの！」

珠は恐ろしい可能性に気づいて、思わず声を上げて割り込む。

銀市と重太の注目を浴びたが、珠は震えかけるのをこらえて続けた。

「あの、冴子さんも送り狼につけられているみたいねって、こぼしていたことがあります。それは、つまり冴子さんが狙われているかもしれない、ってことですか」

聞いたとたん、真っ青になった重太が腰を浮かせた。

「お嬢さんっ」

「待て重太、今行っても意味がない」

「お嬢さんが、跡をつける影に悩まされるようになってから、三ヶ月は経っているんですよ！　それも全部酒井との婚約が決まってからだ！　これが偶然なわけがないっ。あなたは動けないんでしょう！　それならおれが盾になって……？」

制止された重太は声を荒らげるがしかし、銀市の顔を見て固まる。

珠が見た銀市は、怒気と悔恨を押し殺しながらも強く意思を宿していた。

「重太、千疋狼たちは表面上でも札を通し、益をもたらす者としての体裁を取っている。冴子さんが狙われているのであれば、千疋狼が札を押し付けたのは本人か中原子爵となる。お前は中原子爵のそばに居るのだろう。彼は札のような物を所持していたか。見慣れぬ神棚を作ったり、盗難や火除けを求めるような出来事に遭遇したりしていないか」

立て続けに聞かれた重太は、怖いほどの真顔になって思案する。そして低く唸《うな》るように声を絞り出した。

「……おれは使いぱしりのようなことをしてますけど、その分だけ中原子爵に近い所にいると思います。ですがそんなご様子はありませんでした！　もちろん冴子さんも札を持っていた事はありません！」

断言した重太に、銀市はふ、と表情を緩める。

「ならば、少なくとも冴子さんを付け狙っている狼には手が出せる。その狼から証言を取れれば、酒井義道を暴けるだろう」

「ほんとうですか、本当に冴子さんを助けられますか」

珠が恐る恐る訊《たず》ねると、銀市が珠を振り向いた。

「君が願ってくれたおかげでもある」

「私が……？」

銀市の言葉の意味はわからないが、それが彼のためになったのであれば、珠にとっては喜ぶべき事だ。

「重太、固まっている暇はないぞ。恐らく千疋狼達は、俺達が確信を得る前に大きな事を起こすつもりだ。中原邸の園遊会は最適だろう。その日に決着を付けたい」

「はっ、はい！　で、でもどうやって……」

とたん萎縮《いしゅく》する重太に、銀市は片眉《かたまゆ》を上げて見せる。

「お前は中原さんを助けるためなら、なんでもするのだろう？　偽りないな」

「そ、それはもちろんです！」

「私もなにかできないでしょうか？」

珠もまた声を上げると、銀市は葛藤《かっとう》するような表情を浮かべる。しばし黙考したが声を絞り出した。

「……ああ、今回は君にも手伝ってもらわねばならんからな」

銀市はあきらめた様子で、だが明確に受け入れた。珠も、冴子を助けられる。

珠が密《ひそ》かに決意をしていると、銀市が意外に明るい声で重太に訊ねていた。

「ところでその方法だが。……お前は人を食わずともそっくりの人間に化けられるか？」

「え、そ、そりゃあ、おれは人間に化けられるのが唯一の特技ですから。それでも親しい人間に限ります、よ……？」

急に気弱になる重太に、銀市はにいっと口角を上げる。

珠にはその笑みが、女学校で珠を驚かせた時の、いたずらめいたものに思えたのだった。

＊

普段閉じられている中原邸の門扉が、今日は大きく開放されていた。

その開いた門を思い思いに着飾った人々が潜《くぐ》っていく。

今日は中原邸の庭園が開放される、園遊会の日だった。

人力車に乗ったまま、珠は少しの間その光景を見つめる。

珠がここに居た頃は、通用口を使っていたため、正面の門を潜るのは初めてだと思う。

「朧車《おぼろぐるま》さん、お願いします」

小さな手提げの持ち手を握りしめた珠が、人力車に扮《ふん》した朧車に願うと、車は門へと向かっていった。

門の側では複数の使用人が交通整理をしていた。乗り付けられる人力車や馬車に乗る招待客を、手際よくさばいている。

珠はその中に重太を見つけた。重太もまた珠に気付くと、こちらにやってきた。

使用人に指示を出している。彼は普段より洗練された制服を身に纏い、的確に周囲の珠が招待状を差し出すと、丁寧に改めた重太は、そっとささやいてくる。

「万事段取りは出来とります……どうぞ」

「ありがとうございます」

一瞬、珠は躊躇《ちゅうちょ》したが、重太に差し出された手を取った。

今日は「冴子の友達」なのだと、銀市に言い含められている。令嬢のように誰かに何かをしてもらうのを、ためらわないのが今日の珠の使命だ。

珠が居心地の悪さを押し殺して人力車から降りると、重太に上から下までじっと見つめられた。その顔には緊張と、覚悟が宿っている。

「冴子さんは、本会場にいるはずです。どうか、お願いします」

「はい」

重太の願いに、珠もまた緊張を宿して頷《うなず》いた。

彼と分かれて一般客とは違う道に通されると、あれだけ騒がしかった喧噪《けんそう》が遠のいてゆく。

生け垣に囲まれた小道を歩いて行くと、珠の鼻腔《びこう》をふくよかで甘い香りがくすぐった。

まもなくたどり着いた広場には、咲き乱れる薔薇《ばら》があった。

石畳で舗装されている中に花壇がいくつも造られており、赤、白、桃色、紫、黒……様々な色彩の花々が配されている。しかし、花びらが折り重なる薔薇の見事さには霞《かす》んだ。

他の花々を従え咲き誇る薔薇を、品の良い紳士淑女が歓談しながら愛《め》でていた。

招待状には砕けた集まりだと書いてあったが、婚約の発表というのは広まっているのだろう。華族をはじめ、資産家、知識人らしき者など、珠が話すことなどあり得ない上流階級の人々だとは察せられた。

それでも、気楽な場というのも本当のようで、男性は洋装に山高帽をかぶっている者もいれば、着物に羽織を羽織った者もいる。女性は主に和装だったが、紋付きなどの格の高い長着を着ている者はおらず、装いはおしゃれに重きを置いていた。

今日の珠の装いは、瑠璃子に見立ててもらっていたとはいえ、この場でも浮かなそうだと少しほっとする。

けれど女性は男性参加者の付き添いでやってきたらしい婦人が多く、今日の主役であるはずの、冴子と同じ年代の娘はごく少ない。

珠が眉をよせていると、ぱっと明るい薔薇が翻った。

「珠さんっ、来てくれたのね」

冴子の声に振り返った珠は、目を見張る。

近づいて来た彼女は、柔らかな薄香色に意匠化された薔薇の咲く振り袖《そで》姿だった。落ち着いた檜皮《ひわだ》色の帯を締め、艶《あで》やかな紫の帯揚げと帯締めを合わせている。柔らかい髪は半分だけ結い上げて、大きなリボンで飾っていた。

うっすらと白粉《おしろい》をはたき、唇に紅をさしている彼女はぐっと大人びて見える。今日の彼女は、この庭園に咲く薔薇のように美しかった。

しかし、珠にほっと笑いかけてくる表情はいつもの冴子で、珠もうっすらとだが表情を緩めて会釈をする。

「お招きいただき、ありがとうございます」

「お手紙をご無沙汰《ぶさた》してごめんなさいね。来てくださって本当に嬉《うれ》しいわ。でも、お返事の通り、古瀬様はいらっしゃれなかったのね」

残念そうにする冴子に、珠は眉尻《まゆじり》を下げながらも言った。

「銀市さんはお仕事なので……」

「少し残念だけれど仕方ないわね。古瀬様の分も、珠さんは楽しんで行ってちょうだい」

信じてくれたらしい冴子に珠が安堵《あんど》していると、彼女はまじまじと珠の姿を眺める。

「今日の珠さんのお着物とっても素敵だわ。初夏で燕《つばめ》柄なのね、帯の市松模様の色合いがとってもモダンだわ」

「ありがとうございます」

珠はそっと顔を赤らめた。今日は薄青色の地に写実的な燕が飛ぶ長着を選んでいた。振り袖ではないものの、袖の丈は長めでよりおしゃれ着としての色が強いものである。髪もいつもの三つ編みではなく、瑠璃子と貴姫によって丁寧に結い上げられていた。

恥じらう珠を、にこにこと見つめていた冴子はさらに語った。

「お食事も立食形式だから、自由に取ってくださってかまわないの。特に薔薇のケェキがおすすめよ。そうね、まずはケェキをいただきましょうか。薔薇はその後ね」

「案内をしてくださるのですか」

冴子が自ら案内しようとするのに、珠は戸惑う。だが彼女は当然とばかりに答えた。

「もちろんよ。ずっと珠さんにうちの薔薇園を案内したかったの。それにみんなお父様の知り合いばかりだから、愛想笑いにも疲れちゃって。むしろつきあってくださいな」

冴子に手を引かれて園遊会の中を歩きはじめる珠だったが、背後から声をかけられた。

「冴子さん。離れていたと思ったら、友人を迎えていたのですか？」

一瞬だけ、冴子が表情を曇らせるのに珠は気づいた。けれど冴子はすぐにその色を潜めて、穏やかな表情で振り返る。

「酒井様、ええそうなんですの。珠さん、こちらがわたくしの婚約者の酒井義道様よ」

冴子に紹介された珠は、緊張しながらも振り返って会釈した。

酒井義道は聞いていたとおり、銀市と同じくらいの年齢の青年だった。昼の集まりに相応《ふさわ》しく、黒い丈長のジャケットに山高帽子をかぶっており、育ちの良さを感じさせる。手入れをされたひげを生やした顔は穏やかそうだ。

しかし珠は彼に見つめられた瞬間、ぞわりと背筋に悪寒が走った。

人の本性を見破る事など珠はできないが、この感覚は知っていた。表情は柔らかいにもかかわらず珠を見る目は無機質で、品定めをしながらもにじむ欲の熱が覗《のぞ》く。

それは、人に非《あら》ざる者が向けてくる渇望だ。

その色は一瞬で消し去られたが、珠の心には焼き付いた。

酒井は親しみを込めて珠に微笑みかけると、穏やかに話しかけてきた。

「これはずいぶん魅力的なご友人だね？　冴子さんの同級生かな」

柔らかく答えた酒井は、完全に珠を冴子の学友だと思っているようだ。むろん、服装も化粧も丁寧に作って貰《もら》っていた。それでも、きちんと令嬢らしく振る舞えているか不安だった珠は、密かに安堵する。

しかし、どう答えたものかと珠が口ごもっていると、冴子が助け船をだしてくれた。

「酒井様。珠さんが魅力的なのはわかるけれど、奥ゆかしい方だから、そんなに迫らないでさし上げて」

「……ああいえ、失礼しました。もちろん一番魅力的なのは冴子さんです。目移りではありませんからね」

「まあ、言葉がお上手ね。ええ、勘違いなどいたしませんわ」

「それはほっとしました。私はもう心を入れ替えたのですからね。これからは腰を落ち着けて、みなに貢献してゆくつもりですよ。何よりあなたを得るのですから」

そう答えた酒井は、眉尻を下げて続けた。

「私達は婚約をしたのですから、義道と呼んでいただいてかまわないのですよ」

「ごめんなさいね、殿方をお名前で呼ぶのはまだ恥ずかしくて。少しずつ慣れさせてくださいな」

「流石中原家の令嬢ですね。きちんとしつけが行き届いている」

そう言って微笑んだ酒井だったが、珠は冴子を見る彼の目に色がないように思える。まるで、丁寧に育てられた小鳥を品定めするようだ。傍らで見ていた珠は、ぞうと背筋が凍るような気がした。

けれど、冴子はそんな酒井に対して愛想良く応じる。

「ありがとう。酒井様はお優しいのね」

「いえいえ、……ところで、今日は私の友人が大勢来ていますから、そちらのお嬢さんを紹介させていただけませんか」

酒井に願われた冴子だったが、淑《しと》やかな微笑ながらやんわりと断る。

「ごめんなさいね。あとでよろしいかしら。珠さんは、わたくしが薔薇園をどうしても案内したくて、無理を言っていらしてもらったの」

「……薔薇園か。強い匂いは困るんだが」

一瞬酒井は顔をしかめて何かをつぶやいたが、珠が聞き取る前に表情を戻す。

「では薔薇園を案内してさし上げたあとも、残っていてくださいね。園遊会が盛り上がるのはこの後ですから」

そこで、酒井は他の客に呼ばれたため、彼は断りを入れて去って行った。微笑みながら彼を見送った冴子は、だが不思議そうに首をかしげる。

「わたくしたちの婚約を発表するのは確かだけれど、そんなに盛り上がることかしら？」

「なにか、催し物が用意されているのですか？」

「そういったことはなかったはずだけれど。まあいいわ。さあ、珠さんこっちよ」

薔薇のケェキを共に楽しんだあと、冴子に促されるまま、珠は広場の脇にある小道に入ってゆく。

とたん、珠の視界は全て薔薇で埋め尽くされた。よくよく見れば、生け垣として仕立てられた樹木の隙間を埋めるように、薔薇の株が植えられている。その生け垣の樹木すら覆い尽くすように咲いているのだ。小道は奥に続いているようだが、咲き乱れる花々で見通せないほどである。

嗅《か》ぎ慣れないが心地よい香りに包まれた珠が圧倒されていると、冴子が誇らしげにした。

「珠さんは見る前にここを去ってしまったでしょう。このお庭の一番美しい瞬間を、見せたかったの」

「はい、とても、美しいですね……」

「ええ、心残りがなくなったわ」

珠がほれぼれと見とれていると、冴子は嬉しそうにする。けれどつぶやかれた言葉に、珠は胸のあたりをきゅっと握った。

冴子は楽しげに珠の片方の手を引く。着ている薔薇の振り袖とも相まって、彼女も庭の花の一部のようだ。

「この薔薇は生け垣に合わせて高く仕立てているから、先が見えなくて迷路みたいになっているのよ。わたくしがこの屋敷に来た頃は、まだ小さかったから良く迷っていたの。そのたびに重太さんに迎えにきてもらったわ。不思議ね、どこに行っていても重太さんは必ず見つけてくれるのよ」

「箕山さん、そんなに昔からこちらに勤めていらっしゃるのですね」

冴子と肩を並べて小道を歩き、そこかしこに植えられている薔薇と花々を愛でながら話をする。嘘《うそ》のように穏やかな時間だった。

珠が聞き返すと、冴子はうなずいた。

「ええ。はじめは書生さんで、わたくしの遊び相手をしてくれていたの。とっても楽しくて、母の実家にいた頃と同じように楽しかった。……そう、このお庭の中心に大きな紅葉《もみじ》の木が生えているのは覚えていて？　そこに登ってみたら、下りられなくなってしまったことがあるの。あっ本当に小さな頃よ？」

「それでも、すごい勇気でしたね」

社に入る前の記憶は曖昧《あいまい》だ。ただ珠も帝都では妖怪《ようかい》から逃げるためにやむをえず、木に登ってやり過ごすことはあった。だから木登りの大変さは、少しはわかるつもりだ。

冴子は照れたようにはにかむと、目を細めた。

「この薔薇園《ばらえん》は屋敷から遠いし、ましてわたくしが木の上に居るとは思わなかったんでしょう。独りぼっちで泣いていたら、あの人だけがわたくしを見つけてくださってね。『自分が受け止めるから飛び降りてください！』なんて言ったのよ。あれにはびっくりしたけれど、不思議と飛び降りられたのよ」

そう語る横顔は懐かしそうだったが、同時に隠しきれない悲しみと諦観《ていかん》があった。

珠はこくりと唾《つば》を飲み込んだ。彼女はきっとこのまま行ったら、笑顔を喪《うしな》ってしまうのだろう。そんな確信があった。だから珠がここに来たのだ。

役目は忘れていない。冴子に握られていない手を、きゅうと握りしめる。

珠は自分から、冴子に話しかけた。

「冴子さん、その木ってどこにあるのですか。見てみたいです」

「あら、珠さんから言い出してくれるなんて嬉しいけど、少し恥ずかしいわね」

照れたように顔を赤らめる冴子に、珠は眉尻を下げた。

「だめ、でしょうか。でしたら、冴子さんが気に入られている場所でも……」

「いいえ！　珠さんが言ってくれたのだもの、もちろん案内するわ。木のある場所はわたくしのお気に入りだし、休むにもちょうど良いの。あと奥に薔薇を絡ませたアーチがあってね。それが庭師の自慢なのよ」

「ありがとうございます」

嬉しそうにする冴子に、珠は息をついて、ほんの少しだけ後ろを振り返った。

＊

その使用人は、薔薇の迷路の出入り口で中原冴子を待っていた。

命じられた事を成すためだ。薔薇の迷路はそれなりに広い。もうしばらくかかるだろうかと考えていると、存外早く出入り口に見慣れた姿をみつけた。

「お嬢さま、お待ちしておりました」

「あら、どうかなさって」

彼女は鈴を転がすような声音で、この世の泥など知らぬげに小首をかしげている。

薄香色に薔薇の柄が刺繍《ししゅう》と染めで表現された振り袖《そで》姿の娘は、細部まで整えられたお人形のようだ。所作の一つにまでおっとりとした品が漂う様は、美しくもねたましい。

だがしかし、それもあと少しだ。もうすぐ全て自分のものになる。

用件を語ろうとした使用人は、ふと彼女が一人なことが引っかかった。彼女は友人だという燕《つばめ》柄の着物の少女と共に、薔薇の迷路へ入ったはず。そちらもあとで回収するよう、命じられていたのだが。

「ご友人は、どうなされたのでしょうか」

「あの子は一人で薔薇を楽しみたいって言ったから、わたくしだけ先に帰ってきたの。もうしばらく、そっとしておいてあげてちょうだいね」

それならば都合が良い。頭を下げたなかで、使用人は口角を上げる。

「かしこまりました。ところでお嬢さま、そろそろお召し物を替えるお時間です。一度、屋敷にお戻りください」

「そう？　わかったわ」

ずっと観察してわかったが、華族の娘というのは疑うことがなく、素直だ。

父に、家族に、そして未来の夫に対して従順であれと育てられており、不満に思う事すらない。愛玩《あいがん》動物のようだとすら感じるが、その分とても都合が良い。

後で仲間に迷路へ向かうように言いつけなければ、と考えつつ、使用人は歩き出す。

中原邸の使用人達は、ほぼ全て園遊会と一般開放の整理にかり出されているため、屋敷内には人が居ない。もし居たとしても悲鳴など届かないだろう。

二階にある冴子の部屋に向かい、冴子は続き部屋となっている化粧室へ入った。

使用人は入る前に、ちらと暗がりに視線をやる。

「獲物の一人はまだ薔薇園だ。長様《おさ》にご報告を」

背後に付いてきていた同胞が駆けていくのを見届けてから、使用人は冴子の部屋に足を踏み入れた。

部屋は少女らしい柔らかい色彩でまとめられている。化粧台などの瀟洒《しょうしゃ》な調度品の他、用意された洋装が衣紋《えもん》掛けにかけられていた。室内の窓には、床まで届く厚いカーテンがかかっており、窓の端でドレープをつくっている。

先に入室した冴子は、部屋を見渡して不思議そうに使用人を振り返った。

「あら、他に手伝ってくれる方は、後からくるのかしら？」

使用人は、扉の内側から鍵《かぎ》をかけた。かちり、という音が存外大きく響く。

ようやく異常に気づいたように、冴子は表情を固めた。

「どう、したの？　着替えは？」

「もちろんするさ。私が、お前に着替えるんだ」

にい、と本性をあらわにして、使用人の姿をした狼《おおかみ》は冴子へゆっくりと近づいてゆく。

たかだか人間の少女だ、一対一で追い詰めることなどたやすい。だから最後くらい、鬱《うっ》憤《ぷん》を晴らしても良いだろう。

「こんな適当に選んだつまらない人の皮なんて、もうおさらばだ。私は長様に認められたからこそ、上等な皮に成り代われる。長様の最もおそばに居られるのだから！」

「おさ、さま？　あなたはうちの使用人ではないの？　わたくしになにをするつもりなの」

豹変《ひょうへん》、とも言うべき使用人の変わりように、冴子は青ざめ震える声で詰問する。

この美しくお高くとまったすまし顔が崩れ、無様な姿を晒《さら》すのが見たかったのだ。

にんまりとした狼は、舌なめずりをしながら答えてやった。

「かわいそうになぁ。こんなに近くで仕えていた使用人なのに、入れ替わっていた事すら気づかれないなんて。お嬢さまと言う奴はどこまでも傲慢《ごうまん》で薄情だなあ」

「まさか……」

「まあ、こいつはちょっと物置で寝ているだけだがな。だってずっとお前の事を覚えていたんだ。その上で使用人の仕事なんて、こっちからご免だよ」

ふ、と安心したような顔をする冴子は本当におめでたい。今から食い殺されるというのに。狼が一歩一歩距離を詰めれば、冴子は壁に追い詰められた。

「それで、何をするかって？　私がお前に、なるんだよ。そのためにお前の癖も思考も、交友関係も言動も全部覚えたんだ。全ては私達の故郷を作り上げて、お前達に復讐《ふくしゅう》するためだ。長様ならやってくれる！」

久々の人間だ、味わって食べたいが時間がない。長は大幅に計画を前倒しされている。予想以上に早く宿敵に察知されてしまったせいだが、長は充分に力を蓄えた。今が好機なのだから、自分も速やかに成り代わらなければ。

この女を食い尽くし、身支度を調え、一人でも身につけられるドレスワンピースを着て出て行けば、他の同胞達が後始末をしてくれる。

長の隣に並び立てるのだ。愉悦を覚えていると、感情の高ぶりで元に戻り、狼の口に鋭い牙《きば》が生える。

ひっと息をのむ冴子に、狼は飛びかかった。

しかし冴子は涙をにじませながらも、怒りのこもった眼差《まなざ》しできっとにらんだ。

一瞬だけ、虚を衝《つ》かれた。その表情を、狼は知らない。

「冴子さんは、あんたなんかが成り代われるようなお嬢さんじゃねえ！」

彼女の喉《のど》から零《こぼ》れたのは、少女と言うには低すぎる男の声だ。

そう、気づいた時には背後に人の気配を感じた。

「今、話したことは全て本当だな」

思わず足を止める。

あり得なかった。狼である自分が、匂いを悟れなかったということが。

この空間には、人間の匂いしかなかったはずだ。

にもかかわらず、薔薇の振り袖の可憐《かれん》な少女が溶け崩れ、ぽんっと間抜けな音と共に現れたのは狸《たぬき》だった。

間抜けで、化けるしか能がない、自分たち狼の獲物でしかない狸に化かされた。

狼が自失するうちに、狸は今にも泣きそうに、だが必死に狼の背後に向けて叫んだ。

「古瀬さんっ。これで手を出せますか！」

ふるせ、という言葉に、ぞっと背筋が凍った。それは己達が故郷を追われた原因である。せっかく村の人間を群れ総出で食い殺して巣を作ったにもかかわらず、それを全て台無しにした妖怪の名だった。

狼が呆然《ぼうぜん》としながら背後に視線を向けると、予想通り癖のある銀髪を項《うなじ》で括《くく》った、眉目《びもく》秀麗な男がいる。園遊会の参加客に居てもおかしくないほど、品のある和服姿の彼の帯には、一振りの刀が差されていた。

嵌《は》められたのは自分なのだと、ようやく気付いた。

狸とは打って変わって冷静な表情をしている銀市は、冷めた声で言う。

「俺は言ったな。人に非《あら》ざる者が存在するため行使した権能での被害、および犯した罪はとがめない。だが、報復以上の暴威を振るうのであれば、俺は容赦はしない」

冷えた黄金の瞳《ひとみ》ににらまれた瞬間、狼は理解した。これは駄目だ、逃れられない。

一歩あとずさりかけた狼だったが、はっと気付き引きつった声で言ってみせる。

「私に、構っていて良いのか。薔薇園にいるのは、お前達の仲間だろう？　令嬢もそちらにいるんじゃないか。すでに我が同胞が捕らえに行ったぞ。穿狼様に捧《ささ》げるために！」

「な、なんだって⁉」

間抜けな狸が動揺するのに溜飲《りゅういん》を下げ、狼はせいぜい声を高く嘲笑《ちょうしょう》してやった。

「かわいそうになあ、もう食われている頃だろう。穿狼様さえ存続していれば、我らは続く！　今の長様なら、お前など一ひねりだ！」

使用人は一瞬で狼に姿を変えるなり、銀市に襲い掛かる。

予想していた銀市は、あらかじめ帯から抜いていた刀を鞘《さや》ごと振り抜く。

哀れっぽい鳴き声を上げてふらついた狼は、今度は窓の方へ逃げようとした。だがその前に、手にしていた縛符を貼り付ける。呪言《じゅごん》を唱えると、狼の体が石のように硬直した。

壁際まで下がっていた狸の重太が、恐る恐る訊《たず》ねてきた。

「そ、そいつは……」

「これも含めて後は御堂に処理させる。部屋を汚すわけにはいかんからな」

淡々と返した銀市は、窓を大きく開くと、鳥の折り紙を二つ取り出し息を吹きかける。

たちまち鳥の姿に変わり、外で待っている御堂と珠へ一直線に飛んでいった。

これで待機している部隊が、会場内の参加者を拘束、もとい保護してゆくだろう。

「少し混乱は起きるが、ある程度の狼は取り押さえられる」

銀市の足に狸の重太が、おろおろとすがりついてきた。

「どうしましょう、お嬢さん達が、お嬢さん達が……！」

「この状況も想定して、珠には護衛を付けている。少しなら持つだろう」

「でも屋敷から、どこにいるかわからないお嬢さん達を捜すなんて、時間が掛かります！　あの数じゃ、狼が見つけるほうがずっと早い！」

銀市はあらかじめ重太の手引きで屋敷内に入り込んだ。そのため、珠の居場所をしらない。たとえ御堂でも、会場を制圧するのはすぐには不可能だ。大混乱の会場を突っ切れば、時間が掛かるだろう。

ゆえに、銀市は言いつのってくる重太には目を向けず、身軽に窓の桟に飛び乗った。

「ああ、だから早く行くぞ」

「な、なんで窓、に……っ！」

ようやく銀市の顔を見た重太が、ぽかんと目を見開く。

自分が今どんな表情をしているか、銀市は考えない。ただ今は、時間も、手間も何もかもが惜しい。

「ここからの方が早い。行くのか、行かないのか」

「い、いきます！」

その答えを聞いた銀市は、飛びついてきた狸の重太を無造作に抱えた。

ぐ、と奥歯を噛《か》み締め、銀市は思考の冷静さを保つ。

珠に冴子を保護させる。それが、冴子を守るための最善だった。軍人は男ばかりで冴子まで警戒させてしまう。一番怪しまれず冴子へ近づけるのが、狼に顔を知られていない珠だけだったのだから。

何より、あの感情の希薄で表情のとぼしかった彼女が自ら望んだ。つたないながらも、確かに主張をしたその想いを拒否することはできなかった。

彼女を銀古《ぎんこ》の従業員として扱うのであれば、必要であれば関わらせるべきだと平静に考えている。

だがしかし、胸の内にじりじりと炙《あぶ》られるような焦燥を覚えるのだ。

銀市の抑えきれぬ感情に反応して周囲に強風が吹きすさび、銀に戻った髪が風をはらむ。

今考えるのは、彼女が約束を思い出してくれるかどうかだ。

その感情に名を付けぬまま、銀市は虚空に身を投げ出した。

＊

つる薔薇《ばら》が絡められたアーチを観賞した珠と冴子は、薔薇に囲まれた小道を歩いていた。

「珠さん」

珠を向くと、冴子は申し訳なさそうにしている。

「わたくしのわがままにつきあわせて、ごめんなさいね。本当は一般入場のほうが珠さんは気楽なのだと思うけれど……こちらの方がずっと綺麗《きれい》に見えるの。これ以降になると薔薇の盛りを過ぎてしまうから」

「いいんです。私もその、冴子さんに会いたかった、んです」

「あらうれしい……わ？」

前を行く冴子の手を、珠はとっさに取って引き留めた。冴子は珠の突然の行動に戸惑ったように瞬《まばた》く。

「どうかなさったの？」

冴子は不思議そうに、胸の内に押し込めた物をつゆほども見せず穏やかな表情でいる。

「私は、まだ、あんまり人の気持ちがわかりません。それでも、冴子さんは私をお友達だと言ってくださいました。たぶん、その言葉が嬉《うれ》しかったんです」

「珠さん……」

「でも」

ほのかに嬉色《きしょく》をうかべる冴子に、珠はさらにぎゅっと握った手に力を込めた。

銀市の元で泣いた時の、あの苦しい想いを思い出しながらも冴子を見つめる。

「冴子さんは、お友達は、助け合うものって言いました。なのに、冴子さんに助けを求められなかったのが悲しかったんです」

え、と冴子は虚を衝《つ》かれた様子で、大きく目を見開く。

けれど何かを言う前に、ざざと、薔薇ではない茂みから音が響いた。

珠の肩にすうと、険しい表情をした貴姫が現れる。

『珠よ、来おった』

その短い言葉で珠は緊張を帯びた。可能性は、あの酒井と顔を合わせた時からほのかに考えていた。あれは人を喰《く》うものの目だったから。

珠の唇が微《かす》かに強《こわ》ばる。これを見せれば、怖がられるかもしれない。忌避をされるかもしれない。けれど珠は、小さく確かに言葉を紡いだ。

「私は、冴子さんの友達だから。私が助けます」

冴子が何かを言う前に、珠は脇にある茂みのくぼみへ、彼女を引き込んだ。

そして、左腕の袖《そで》をまくる。

「百々目鬼《どどめき》さん、百々目鬼さん。私達を怖いものから隠してください」

「珠さん、いったい……」

不思議そうにする冴子が、はっと息を呑《の》む。

冴子の視線の先で、珠の左腕におびただしい数の目玉が生じていたからだ。その目玉、百々目鬼は肯定するように瞬きをした。

彼女が怯《おび》えるのを気にする余裕もなく、珠は茂みの先を見る。

珠達が先ほどまで居た小道から、何かが駆ける音が響く。そして獣の荒い息の合間に声が聞こえた。

『どこだ。うまい匂いのする娘。穿狼様が望んでる』

『あと少しだ。祝いの捧《ささ》げ物だ。庭の人間はその後だ』

『ええい花の匂いが邪魔でみつからん！』

茂みの間から見えたのは、野犬よりも一回りは大きいもの。長い口にどう猛な牙《きば》が生え、とがった大きな耳をした獣が通り過ぎていく様だった。

獣には、シャツやジャケットが引っかかっている。

完全に音が聞こえなくなったところで、珠は冴子の口から手をはずす。

珠を振り返った冴子の顔は青ざめ、動揺と混乱があった。

「い、今通り過ぎていったのはいぬ、ではなくって……それに、捧げ物って」

「あれは、冴子さんと私を狙っています」

静かに告げると、冴子はひゅっと息を呑んだ。

「わたくし、を……。まさか獣の毛や尾《つ》けられている気がしたのも全部……！」

「冴子さんは、千疋《せんびき》狼というのをご存じですか」

珠が問いかけると、青ざめた冴子の口から密《ひそ》やかな言葉がこぼれる。

「千疋、狼は、弥彦婆《やひこばば》とか弥三郎婆《やさぶろうばば》として伝わる存在よ。群れで行動して、長《おさ》は人に成り代わって人に紛れて生きてるの。お話の中で男の人は木の上に登って助かったけど。でも、狼はひとを、たべて……っ！」

自分の言葉に怯えて震える冴子の手を、珠はぎゅっと握りしめた。

「だいじょうぶです。今、銀市さんと箕山さんが助けに来てくれます」

「重太さん、が」

「あの方が、冴子さんが危ないって知らせてくれたんです」

戸惑う冴子を珠は立ち上がらせる。珠が銀市に言い含められていたのは、冴子を薔薇園に隠すこと。そして頃合いが来たら外に居る御堂と合流することだ。

けして無理をせず、逃げることを第一に考えろ、と。

「冴子さん、迷路から屋敷の外に出られる門がある、と箕山さんから伺いましたが」

「え、ええ。あるけれど、今狼が走って行った方向で……」

本来ならそこから逃げる手はずだったが、それでは駄目だ。

百々目鬼は、あくまで視線を避けるだけのものである。貴姫の守る力はあるが、複数の狼を相手取らせるのは恐ろしい。櫛《くし》の歯が折れてしまえば、貴姫の力がまた弱ってしまうのだから。園遊会の会場に行けば、ひとまず安全かもしれない。が、先ほど漏れ聞いた会話からすると、珠が戻った瞬間庭の客も襲われる可能性がある。ここでやりすごす、というのもあるが。

珠は考えた末、動揺する冴子に言った。

「冴子さんが話してくれた大きな木は、狼が行った方と違いますか」

「違う、けれど」

「じゃあ、案内をお願いします……できますか」

「や、やるわ」

『珠よ、側に狼はおらんぞ』

貴姫の言葉を聞きながら泣きそうな顔をする冴子の手を引いて、珠は茂みから一歩出た。甘い香りに彩られた薔薇の迷路を、繫《つな》いだ手の熱と、自分たちの鼓動を感じながら早足で歩く。

動揺していても冴子の案内は的確で、すぐに薔薇の垣根の間から開けた広場に出た。

大きく枝葉を伸ばしていたのは紅葉《もみじ》の木だ。五つに裂けた特徴的な葉は、初夏の涼やかな新緑色をしている。

休憩できるように、大きな木陰の下には洋風のテーブルと椅子が置かれていた。秋になれば、色鮮やかに染まった紅葉が見られることだろう。

古くからこの場所に生えているらしく、樹高は見上げても視界に収まらないほど高い。

そのとき、小道に連なる木立がざわざわとかき分けられる音が響く。

時間はない。珠がそう考えていると、美しい牡丹《ぼたん》の打ち掛けをまとい、不揃いの髪を翻す美女、元の貴姫が現れた。

冴子にも見えるのだろう、突然現れた貴姫にぽかんとする彼女の脇で、珠は草履を脱ぐ。

「木に登りましょう」

「えっ」

「着物が重いですし、汚れてしまいますが。狼なら、きっと木には登ってこられません。

――ごめんなさい、これ以外思いつかなくて」

「……っだいじょうぶよ」

息を呑んだ冴子だったがこくんとうなずくと、珠と同じように草履を脱ぐ。

さらに振り袖《そで》を帯に挟んだ冴子は、手近な枝に手を伸ばした。手つきはぎこちなく上手《うま》く力が入れられないようだったが、貴姫の後押しによって枝の上に乗る。

珠もまた、冴子の後に続いて枝に手をかけると、体を持ち上げた。裾《すそ》が乱れ、襦袢《じゅばん》の緋《ひ》色《いろ》が覗《のぞ》いた。

「珠、上へ行くのじゃ！」

重量を感じさせぬ動きで、貴姫が追従し応援してくれる。

珠が二つ目の枝に手をかけたとき、ざざっと小道の方から駆け込んでくる狼達が現れた。

「冴子さんっもっと上へ！」

珠が叫ぶと、冴子が顔を強ばらせながらもまた登っていく。枝が細くなりそれ以上登れなくなった頃、樹木の根元に狼が集まってきた。

『居たぞ。みつけた』

『木の上だ！』

『成り代わる獲物まで居るぞ！』

しかし、狼たちはぐるぐると樹木の周りを回り、幹に前足をかけるだけだ。それ以上は登ってはこられないらしい。一度本性に戻るとすぐに人間に変われないのか、狼のままだ。

さらに体を上の枝に持ち上げつつ少し安堵《あんど》した珠だったが、すすり泣く声が聞こえた。

すぐ側の枝に捕まっていた冴子が、涙をこぼしていた。どこかの木に引っかけてとれてしまったのだろう、リボンがなくなっており、黒々とした髪が流れ落ちている。

「ごめん、なさい。わたくしが、巻き込んでしまったのでしょう？　こんなに恐ろしいものとは、思っていなくて。珠さんを危険な目にっ……」

嗚咽《おえつ》を漏らしながら言う冴子に、珠はかけるべき言葉がわからない。

けれど、自分の身体を支えながら、片方の手を伸ばし彼女の手に触れた。

「私はここに来るために、銀市さんにお願いしてきたんです。冴子さんの悲しい笑顔が嫌だったから」

「……っ」

零《こぼ》れんばかりに目を見開く彼女に、珠は続ける。

「私は、冴子さんの婚約を止める力はありません。でも、こういうことでしたら、助けてさし上げられます。……――だから、言ってください」

珠はぎこちなく頬を緩め、笑みのようなものをうかべてみせた。銀市のように、安心させられないけれど、表情で伝えられることもあるはずだから。

冴子の顔がくしゃりとゆがんだ。瞳《ひとみ》から、真珠のような涙がぽろぽろと零れる。

「本当は、婚約なんて嫌だったの。妙なことが起き続けて、皆さんに遠巻きにされるのもとてもとても心細かったっ。……っずっと誰かに助けて、欲しくてっ」

ようやく聞けた冴子の本心に、珠の心にぽっかりと空いていた虚が満たされていく。

それだけでよかった、と素直に思えた。

「はい、助けます……あ。でも私ができるのは、ここまでなんですけど」

そう、珠にとれる手段はここまでだ。とはいえ、枝の間から屋敷が見えるほど高く登ったために、狼たちは登ってこられないでいる。

珠達に吠《ほ》えかかる狼は増え、一匹を踏み台にして手近な枝に飛び乗ろうとする。けれどそれは、すぐさま貴姫によって叩《たた》き落とされていた。

そのときふわり、と珠の前に白い紙の鳥が飛んできた。これは銀市が狼の正体を見破ったという合図だ。

あと少しだ。珠が思ったとき、下の狼たちが苛《いら》だたしげに言った。

『穿狼様を呼ぼうっ』

『そうだ、穿狼様なら捕まえられる！』

大きな遠吠えが響く。肌が震えるほどのそれに、珠と冴子が本能的に首をすくめる。

空にどす黒い雲が広がった。

辺りが暗くなった事で、空を見上げた冴子が顔を青ざめさせる。

「お話、では、千疋狼は、仲間を呼ぶの。彼らを従えるほど強い妖怪《ようかい》が……」

刹那《せつな》、黒雲の中からぬぅ、とそれが現れる。

とがった耳に長い鼻面。口には鋭い牙がぞろりと並んでいる狼の顔だ。

その淀《よど》んだ両眼で珠と冴子を捉《とら》えるなり、どう猛な牙をむき出しにして笑う。ぞう、と体の芯まで凍えるような怖気《おぞけ》が走る。

これは、だめだ。と珠は悟った。

珠はただの人なのだ。全て貴姫をはじめとした、多くの者に助けられてなんとか生きてきた。たった一人では、ただ喰われるのを待つだけの贄《にえ》でしかない。

「珠っ」

下の狼を払っていた貴姫が気づいたが、間に合わない。

枝の上で逃げ場のない珠は、ぐんと伸びてきた毛むくじゃらの腕に捕まえられた。

胴を握られて無造作に振り回され、乱れた裾から緋襦袢が舞う。息が詰まった。

内臓を揺さぶられる不快な浮遊感の中で、一瞬、泣きはらした冴子がこちらに手を伸ばすのが見えた。

理解が及ぶにつれ、腹の底からこみ上げてくる恐怖と、体が縮むような震えが襲い掛かってくる。

喉《のど》が無意味に息を漏らす。怖い。何もできない。嫌だ。

ぎゅっと目をつぶった珠の脳裏に、銀色が鮮やかに蘇《よみがえ》る。

声は届くと、言っていた。呼んでくれと、願われた。

奥からこみ上げてくる想いが、かすかに声になる。

「銀市、さん……っ」

生臭い息が目前に迫り。

珠は、猛烈な突風に包まれた。

とっさに顔をかばった瞬きの間に、握りしめられていた胴が解放される。

ここは空中だ。当然落下すべきにもかかわらず、なぜか珠の身体はふんわりと宙に浮く。

「呼んだな」

低く、どこか嬉《うれ》しそうなつぶやきが、耳に入ってきた。珠が驚いて瞼を上げた視界で、銀の髪が風に躍る。

珠を抱き留めたのは、金の瞳《ひとみ》をした銀市だった。

「待たせた」

その時、珠が感じたのは不思議な昂揚《こうよう》だ。それがさざ波のように胸の内に広がっていく。未知の満たされるような感覚だった。これは安堵だろうかと珠は戸惑いながら考えたが、縦長の瞳孔《どうこう》をした目を細めた銀市に願われる。

「少ししがみついていてくれ」

その言葉で、自分がまだ空中に居ることを思いだし、すぐさま彼の着物を握った。

片腕だけで珠を抱えた銀市は、衝撃を感じさせないほど穏やかに地面に降り立つ。

とたん、広場にいた狼《おおかみ》達が殺到してきた。銀市は珠を抱えたまま、右腕に携えた抜き身の刀を一閃《いっせん》する。

轟《ごう》、と強風が吹きすさび、狼達は生け垣まで飛ばされていった。にもかかわらず、珠の髪はそよと一筋舞うだけだ。

吹き飛ばされた狼達は体勢を立て直すと、再び銀市に襲い掛かろうとする。しかしある一定の距離で、まるで不可視の壁でもあるかのように風で阻まれていた。

珠はようやく、銀市の腕から地面へ降ろされる。次いで銀市の背からよろよろと獣が……狸《たぬき》が落ちてきて、珠は驚いた。

「重太、さん？」

『お、お嬢さんっ大丈夫ですか⁉』

重太は珠の声に答えることなく、紅葉《もみじ》の木に駆け寄った。

間もなく、貴姫が虚空を滑るように下りてくる。その腕の中には、青ざめた顔で目を閉じる冴子がいた。

重太が狸の姿でもわかるほど狼狽《うろた》えていたが、貴姫が先んじて言った。

「ただ衝撃で意識を失っただけじゃ。珠以外の者を守るなぞこれきりにしたいぞ」

ぷりぷりと怒りながら、貴姫は冴子を地面に降ろそうとする。重太はその場でくるんと宙返りする。ぽんっと音をさせて、背広を着た見慣れた青年になった。

そして、重太は貴姫から冴子を受け取ると、安堵したように息をつく。

珠もまたほっとして、その場にへたり込みそうになるのを貴姫に支えられた。

だが、激しい雷が落ちる。轟音《ごうおん》と目もくらむ光がやむと、広場に人が立っていた。

苛立《いらだ》ちと怒りに顔を歪《ゆが》めながらも、愉快そうに笑っているのは酒井義道だ。

右腕から血を滴らせていたが、それは不釣り合いに太く毛むくじゃらに変貌《へんぼう》している。

そんな酒井義道の姿をした何かに、銀市は刃《やいば》を携えたまま淡々と声をかけた。

「酒井義道……いや穿狼。お前の部下が答えたぞ。お前達がやっている『成り代わり』は、全て故意であると」

「ずいぶんたどり着くのが遅かったじゃないか。それが、いまさらどうしたよ」

珠が園遊会の場で見た時とは打って変わり、酒井は傲慢《ごうまん》と野卑さをあらわにしていた。

恐らくこちらが本性なのだろう。

酒井はぎらぎらとした目で、ただ銀市だけを射貫《いぬ》き嗤《わら》った。

「俺達が奪った村を焼かれ、情けをかけられた恨みと屈辱を忘れたことはない。この日を待っていたぞ。貴様をぶち殺す力を得るために、人間なぞの望みを叶《かな》える振りをして、雌伏し続けたこの日を。なぁ銀龍……っ！」

その瞬間、酒井の姿が膨張する。

品の良い背広は裂け、びっしりと毛が生えた体は前肢《まえあし》をつき、見上げるほどの巨狼《きょろう》となった。

本性を現した穿狼は咆哮《ほうこう》を上げる。耳をつんざき身体の芯にまで響くそれは、本能的な恐怖を呼び覚まし、珠はひ、と息を詰めた。

凶悪な狼面で、穿狼は銀市を睨《にら》み付け嘲笑《ちょうしょう》する。

『なあ、俺は知っているぞ。貴様は自由に本性に戻れん出来損ないの半妖なんだろう？今の、俺を、止められるか！』

穿狼の咆哮に呼応して、再び雷が落ちた。激しく揺さぶられ、珠は視覚と聴覚を奪われる。貴姫に抱えられて飛ぶのを感じながら、珠はそれでもなんとか目を開けた。

雷が落ちた部分の地面がえぐられ、煙が立ちこめている。その煙を切り裂くように、穿狼が銀市に襲いかかるのを珠は目の当たりにした。

銀市も刀をかざし穿狼をけん制する。しかし振り抜かれる強靱《きょうじん》な前肢と、がちがちと音を立てて噛《か》みつこうとする顎《あご》は、銀市が近づくことを許さない。

巨軀《きょく》の穿狼に対して、銀市はあまりにも小さい。穿狼の前肢は地をえぐり、銀市をなぎ倒し損ねた一撃は、近くにあったテーブルを粉々にした。

珠には、銀市が穿狼の猛攻に手が出せないように思えて青ざめる。

そうだ、と珠は思い出す。珠は銀市の本性である龍を目の当たりにしたことがある。あの姿に戻れば、穿狼にも勝てるかも知れない。

だがあれは、とてつもない暴威をふりまく存在であり、銀市自身にも制御できないようだった。このような小さな場所でぶつかり合ったら、近くに居る珠達も屋敷のほうにいる人々も無事ではすまない。

現に銀市は、刀を抜いていても人のままだ。彼が本性に戻る気がないのは明白だ。

珠が青ざめていると、珠を袖《そで》の内に抱えていた貴姫が眉《まゆ》を顰《ひそ》めた。

「ヌシ様、我らをかばっておるな」

えっと珠が息を呑《の》んだとき、穿狼が嘲《あざけ》った。

『俺に手も足も出ないのに、弱者をかばうとはな。……――ならばその手間、俺がはぶいてやろうかぁっ？』

穿狼は残虐に口角を上げ、広場の端にまで下がっていた珠達の方を見た。その周囲に、まばゆい雷が溜《た》まる。

金の目を見開いた銀市は、珠達へ身を翻した。

激しい落雷が珠達を襲った。姿がかき消えるほどの雷光と轟音で、視界が白に染まる。

貴姫に守られながら珠は耳を押さえ、ちかちかする視界の中でも銀市を捜す。

銀市は、珠達と穿狼を隔てるように立っていた。しかし雷撃から珠達をかばったのか帯電しており、わずかに膝《ひざ》をよろめかせる。

ひ、と珠は息を呑む。広場を取り囲む豪風が緩んだらしく、周りを囲っている狼達が、勢いづいて吠え立てるのが聞こえた。

『ははは っ良い様《ざま》だなぁ銀龍っ。貴様ひとりなら切り抜けることなど容易《たやす》かろうに！　無様な姿を晒《さら》す羽目になるのだから、愚かの極みだぞ！』

「……」

穿狼の嘲弄《ちょうろう》も罵倒《ばとう》も銀市は取り合わず、ただ無言で穿狼へ踏み込み刀を振り抜いた。

軽々と刃《やいば》を避《よ》けた穿狼は、銀市へ食らいつこうとする。銀市は返す手で受け流そうとした。が、勢いが足りず、左袖に牙《きば》が食い込み引きちぎられる。

自分が足手まといになっていること、何より追い詰められる銀市に珠は血の気が引いた。

重太もまた冴子を抱えながらもぶるぶる震え、落雷のたびに身を縮めている。

このままでは銀市が死んでしまうのでは。打ちひしがれる珠が貴姫の打ち掛けを握ると、力の入った手に貴姫のそれが重なった。

「大丈夫じゃ、ヌシ様の顔をよう見てみい」

力強い貴姫の言葉に、珠はとっさに銀市を向きぽかんとする。

再び穿狼から距離を取った銀市は、ちらりと広場の外に視線をやった。

「……もう、いいか」

『この期に及んでまだよそ見する余裕があるとはなぁ。だがもうこれで終わりにしてやろう。貴様さえいなければ俺の天下だ！　守ろうとしたものが無惨に嬲《なぶ》り尽くされるのを、地獄で見てるが良い！』

穿狼の周囲に、今までにないほどまばゆい雷が凝る。先ほど銀市がかばってくれた雷よりも、ずっと強いのは珠にも見てわかるほど。

だが刃を一振りし、構え直したその顔に、焦りはないのだ。

銀市は、淡々と告げる。

「俺はあの日、言ったはずだな。……──二度はない、と」

珠は銀市の精悍《せいかん》な横顔をぼうと見つめる。

冴《さ》え冴えとした金の瞳《ひとみ》には、今まで見たことがない怒気がある気がした。

穿狼の咆哮が響き、落雷の光と衝撃が珠達まで襲う。

同時に、穿狼が銀市へその巨軀で躍りかかった。

轟音と衝撃を想像し、反射的に目と耳を塞《ふさ》いだ珠だったが、衝撃はこない。

『グオァッ!?』

穿狼の驚愕《きょうがく》の悲鳴にまぶたを上げた珠は、だからこそ見ることができた。

珠達の周囲には何かに阻まれたように、焦げた地面の跡がくっきりと残っており、帯電する刃を構えた銀市がいる。

その先では、血まみれの鼻面を押さえた穿狼がのたうっていた。

「い、雷《いかずち》を切っちまった」

重太のにわかには信じられないという声が、穿狼の咆哮にかき消された。

『おのれ銀龍ぅぅ!』

激高した穿狼が、凶悪な顎を剝《む》き出しにして襲いかかる。

刃を下段に構えた銀市が、迎え撃つようにぐっと腰を落とした。

銀の髪が風をはらむ。

刹那《せつな》、がつんと、顎がかみ合わされる硬質な音が響いた。しかしそこに銀市はいない。

彼が居たのは穿狼の真上だった。

首を巡らせていた穿狼は気づき、その巨軀を跳躍させる。だが、銀市が刃を振り下ろす方が先だった。

凶悪な顎と、豪風を引き連れ加速した銀市が交錯する。

ざん。鋭く刃を振り抜いた銀市は地に降り立った。

空振りしたらしい穿狼は、憎い敵を今度こそ嚙み殺そうと牙を剝く。

しかし、一歩踏み出したとたんその首が胴からずれ、地に落ちる。そこで初めて己の死に気がついたように、胴体もまたゆっくりと広場に倒れ伏した。

焦げ臭さと血臭は、吹きすさぶ風がかき消してゆく。

穿狼が事切れた事に、理解が及んだらしい。

風に阻まれていた狼達は長《おさ》を喪《うしな》ったことに動揺し、散り散りに逃げていこうとする。

狼たちが飛び込んだ茂みから、複数の軽い破裂音が響いた。

聞き慣れない音に珠は戸惑うが、すぐに小道のほうから姿を現したのは、軍装の御堂だ。

彼は手に棒状のものをもっており、その先からはうっすらと煙がたなびいている。珠はそれが銃だと気がついた。

現れた御堂に、銀市は血振りをくれた刃を鞘《さや》に戻しながら命じる。

「報告を」

「ここに狼が集まったおかげで包囲できた。本性に戻った狼は部下が処理している」

御堂がそう語る間にも、遠くから発砲音が聞こえている。

銀市は軽く頷《うなず》いた。

「ご苦労。首魁《しゅかい》は倒した、後始末は頼む。証言は屋敷の中に拘束してあるやつから取れ」

「ああ、もう回収してある……けど。ごめん銀市、僕たちには人間に紛れている狼はわからないんだ」

「ならばそこの重太を連れて行け。彼は化け狸《だぬき》だ。誰よりも変化に詳しい彼なら、狼か否か確実に判別できる」

「えっおれですか!?」

急に話を振られて面食らう重太に、御堂が目を向ける。

「頼めるかな」

「お、おれが、役に立つんでしたら。でもお嬢さんには言わないでくださると……」

「もちろんだよ。僕達は話のできる妖怪《ようかい》を、どうこうする気はないからね」

御堂の言葉に、重太は安堵《あんど》に頬を紅潮させて悩んだ末にうなずく。

そうして御堂の部下達と入れ替わるように、珠達は広場を離れることになった。

安全だと判断した貴姫が消えるのを見送った珠は、自分の足で歩きつつ思案する。

冴子も珠もだいぶ着崩れてしまっている。せめて冴子の姿だけでもなんとか出来ないか。

珠がそう考えているうちに、重太に抱き上げられていた冴子が目を覚ました。

「ん……」

「冴子さん、大丈夫ですか？」

「わたくしは、あれから……っ!?」

珠が重太の腕の中に居る冴子に声をかけると、ぼんやりとしていた冴子の目の焦点が合っていく。だが重太に抱き上げられていることに気づいて、かあと頬を染めた。

気持ちがよくわかった珠は、そっと問いかけた。

「もうあの狼《おおかみ》は居ません。……草履はありますが、歩けそうですか。あと少しでベンチにたどり着きますから」

「ええ、大丈夫。歩くわ」

ほっと安堵をうかべた冴子は、珠が持っていた草履を履いてよろよろと立ち上がる。

「ほ、本当に大丈夫ですか？」

心底心配そうにしている重太を、冴子は青ざめた顔でじっと見つめた。戸惑う重太だったが、彼が何か言う前に冴子はゆるりと微笑《ほほえ》む。

「大丈夫、よ。なにかを頼まれていたのではなくて？」

「え、聞こえていたので、あっその。軍人様にですね。ご用があると」

「なら、わたくしは珠さんと待っているから、お手伝いしてきてちょうだいな」

「は、はぁ」

「じゃあ先に行ってるね。一応衛生班を呼んでこよう」

御堂がひらりと手を振る。重太は肩透かしを食らったような顔をしたものの、御堂につれられて歩いて行った。

珠達が戻った会場にはすでに人はいなかった。ほっとしつつ冴子と供に片隅にあるベンチで休んでいると、冴子は重太達が行った方を見つめている。

「あの時、重太さんの声が、獣から……」

「冴子さん？」

珠が声をかけると、ふっと冴子が表情を緩めた。

「なんでもないわ、ええ」

そして、今度は珠を見つめて言った。

「あれが、珠さんが見ている世界なのね。わたくし、沢山いろんな事を読んで知ったつもりになっていたわ。けれど、実際に体感してなんにも知らないことがわかったわ」

「……記憶を思い出さないよう、封じる事はできるぞ。何も知らぬまま、日常に戻れる」

側に居た銀市が提案した。その表情は淡々としたもので、押し付けるでもなく本当に選べる選択肢を示唆しただけのようだった。

それは良いかも知れないと珠は思う。こんなことは出会わない方が良いのだ。冴子は元々、妖《あやかし》とは交わらない人間なのだから。

冴子は汚れてしまった振り袖《そで》のまま、ゆっくりと目を閉じる。葛藤《かっとう》するように膝《ひざ》でぎゅうと拳《こぶし》を握っていたが、瞼《まぶた》を開くと銀市を見上げた。

「それは絶対思い出さないようにしなければいけない、というわけではないのですよね」

「むやみに語らない、という誓約は立ててもらうが。そのとおりだ」

「なら、このままが良いですわ」

「冴子さん？」

珠が目を丸くして驚いていると、冴子は色濃く疲れを見せながらも、気の抜けた様子で微笑んだ。

「あんな恐ろしいこと忘れてしまいたいけれど。だって、珠さんに助けてもらったことは、忘れたくないんですもの」

珠の胸に熱いものが広がった。衝撃のような安堵のような、未知の感覚だ。

「良かったな、珠」

そうか、良かったのか。冴子を助けられて、良かった。

銀市の言葉で理解した珠は、こみ上げるものを抑えながら。

こくんと一つ、うなずいたのだった。

終章　乙女の余暇の過ごし方

手元が薄暗くなったことで、珠《たま》は日差しに雲がかかった事を知る。

縁側で針を使っていた珠は空を見上げた。灰色がかった重い雲は、恐らく雨を含んでいるのだろう。そろそろ梅雨に入る頃合いだ。合羽や傘などの雨具の準備をしておこうか。

今日は、久々になる銀古《ぎんこ》の休みだった。

この後だと雨の時期にやってくる妖怪達が訪れるらしい。また忙しくなるため、その前に休むのが例年の習いなのだと教えられていた。

珠が再び針仕事に戻ろうとすると、奥から銀市《ぎんいち》が歩いてくる。

いつもの着流しだったが、今日は中にシャツを着ていない。そして手には手紙を二通と小刀を握っていた。

「中原《なかはら》さんから手紙が来たぞ。読むか」

「読みますっ」

姿勢を正した珠は、銀市からいそいそと手紙と小刀を受け取る。そして傍らに銀市が座るのも気にかけず開封し、杜若《かきつばた》が印刷された便せんを広げた。

ふわり、と甘い文香の香りと共に、冴子《さえこ》の流麗な文字が飛び込んでくる。

『珠さんへ
お手紙をご無沙汰《ぶさた》してしまったこと、お許しください。本当は逢《あ》いに行きたかったのだけれど、あの事があってから、外出を禁止されていたの。』

そこから、彼女の近況が綴《つづ》られていたが、珠はその文面に息を呑《の》む。

たまらず手紙の途中で顔を上げると、待っていた銀市が察したようにうなずいた。

「酒井《さかい》をはじめとする狼に成り代わられた子弟達は、情報操作がかかって突然の失踪《しっそう》で片がついたからな。そもそも、本人はもう居ないのだから立ち消えるのは当然だ」

「で、でも箕山《みのやま》さんと、婚約するって書いてらっしゃいますっ」

なぜ、そのような事になるのか。青天《せいてん》の霹靂《へきれき》のような展開に、珠は喜びよりも戸惑いが勝っていると、銀市が複雑な表情で答えた。

「……こういった機微は御堂《みどう》の方が詳しいんだがな。今回はつじつまを合わせるために、園遊会での顔合わせの直後に酒井が失踪したことになった。中原さんは『婚約した相手に逃げられた令嬢』と傷が付いてしまったんだ。こうなってしまえば、少なくとも酒井家以上の家との婚姻は難しい。だから子爵は絶対に断れず、信頼に足る重太《しげた》の所に嫁がせることにしたのだろうな」

「そんな……」

それ以上言葉にできなかった珠に、銀市は労《いたわ》るような眼差《まなざ》しを向けた。

「ああ、生まれや立場というのは残酷で奇っ怪で理不尽だろう。だが、続きを読んでみなさい。俺に届いたものとあまり変わらないのなら、中原さんの気持ちも書いてある」

珠は言われるがまま、続きに目を落とす。

冴子の文字はよどみなく、たった今銀市が語った思惑で父が決めたのだろうと推察した上で。こう綴られていた。

『重太さんは、わたくしを押し付けられて災難でしょうね。けれど、わたくしが幸せにしてさし上げられるように精進いたします。

だって、わたくしは、はじめからあきらめていた幸せを頂けるのですもの。

こんな夢のような奇跡を頂けて良いのかとすら思います。どんな経緯だったとしても、好いた方と添い遂げられるんですから。ありがとう珠さん。あなたのおかげよ。』

そこには、溢《あふ》れるような感謝と希望があった。

最後まで読み切った珠は、それでも困惑のまま銀市を見る。彼は穏やかな表情で言った。

「重太からも動揺した手紙が届いたが、まあ後は二人の問題だ。あれだけ人の姿を取れるのなら、子もできなくはないだろう。……中原さんも、重太の正体には薄々気づいているようだしな」

「えっ」

思わぬ事を告げられ驚いていると、腕を組んだ銀市はさらりと続けた。

『でなければ俺に『人に非《あら》ざる者と婚姻して、子ができる話がありますが、それは事実ですか』などと質問しないだろう。まさか中原さんが、やつを慕っているとは思わなかったが……。そこに驚かない所を見ると、君は知っていたな？」

「あの、その、えっと……申し訳ありません」

からかうように聞かれて、珠は身を縮こませたが、銀市はすぐに首を横に振った。

「いいや、秘密を容易に漏らさない事は得がたい資質だ。君に何を語っても安心できるということだからな」

「そう、ですか」

おずおずと窺《うかが》うと、銀市は穏やかに頷《うなず》く。

それではほっとした珠は、改めて冴子に思いをはせる。

銀市の説明で、世間的に冴子は良くない立場に追い込まれてしまったと察した。それはとても不幸な事のはずだ。

けれど手紙からは悲愴《ひそう》感は感じられず、重太と添えることに対する喜びが綴られている。

つまり冴子は、少なくとも悲しんでいない。

「冴子さんが、幸せになれると良いです」

「そうだな」

冴子の微笑みを思い出して、ぼうっとしていた珠だったが、銀市がまだ傍らに座っている事に気づく。なにか用があったのだろうか。

珠が不思議に思って見上げていると、銀市は少し浮かない顔で切り出した。

「君をまた恐ろしい目に遭わせて、すまなかった」

「えっあの……迷路での事でしたら、どうかお気になさらず。協力がしたいと言ったのは私ですから。あそこでは私を使うのが最適でしたでしょう？」

あの計画で、確実に冴子を守るには、警戒されずに彼女に近づけた上で油断を誘える珠しかいなかった。

全て納得ずくだったのだが、珠の言葉に銀市は承服しかねるように険しく眉《まゆ》を寄せる。

「あまり、自分を使うなどと口にしないでくれ。君は、自分の意思で幸福を選べる人なのだから」

懇願にも似たそれに、珠は戸惑ったが返す言葉も見つからない。

すぐに銀市は表情を和らげて続けた。

「だが、君が協力してくれたおかげで、一番ました形に決着を付ける事ができた。……ああ、謝るよりこちらが先だな。ありがとう」

銀市のねぎらいと、感謝の言葉に。

すとん。と珠のもやもやとした気持ちが、形をとって腑《ふ》に落ちた気がした。

「本当は銀市さん、すぐにでも箕山さんの望み通り動きたかったんじゃないかな、と思っていたんです」

「珠……？」

「差し出がましければ申し訳ありません。……それでも、私が協力することでうまくいったのならよかったな、と」

滑り出した言葉に、自分でも狼狽《うろた》える。

銀市にも驚かれてしまったが、話を遮られないのを良いことに、珠は形になったこの気持ちを、たどたどしくも言葉にした。

「ちゃんとお仕事ができて嬉《うれ》しかったですし。その、助けに来てくださったとき、胸が熱くなって。銀市さんは、私を助けてくださるんだなあって思ったんです」

今でも鮮やかに思い出せる昂揚《こうよう》に珠は胸を押さえたが、この言い方では語弊があると慌てて続けた。

「あっもちろん、いつも良くしてくださいます。ただ、あの時はなんだかとても強く感じて。私は銀古に居るだけじゃなくて、銀市さんのお側が良いなと思ったんです。だから、ここで銀市さんにお仕事をお願いされるのが、幸せなんです」

とくとくとく、と鼓動が速くなるのを感じる。珠は改めて認識した。

この気持ちをずっと感じていたい。だからきっと、銀市の役に立つのが珠の幸せだ。

「どうか、幾久しくよろしくお願いいたします」

少し明るい声で、頭を下げた珠が顔を上げて、面食らう。

銀市は、嬉しさに似た表情を浮かべていた。言い切れないのは、安堵《あんど》のような、しかし動揺のような、深い納得のようにも思える複雑な色が混ざっていたからだ。

言葉を無くしたように沈黙する彼が何を感じたのか、珠には推し量れない。だが大きく衝撃を受けているのは確かだ。なにか特筆すべきことを語っただろうか。

不安になった珠が言葉を重ねようとする前に、銀市は自身の髪をくしゃりとかき混ぜて苦笑した。

「まるで、嫁入りの挨拶《あいさつ》のようだな」

「そうなのでしょうか。すみません、あまり聞いたことはなくて。ですが、銀市さんが奥様を迎えた際も、できれば奉公させて頂きたいです」

「……いや、妙なことを言った」

言葉を切った銀市は、髪をかき上げると柔らかい表情を浮かべる。

「君はもう、俺の身内のようなものだ。そんな風に笑えるのなら、君にとってここが良い場所なのだろう。居たいと言うなら、ここに居れば良い」

「……っはい」

今、自分は笑えていたのか。珠はまた少し弾んだ心地を覚える。気恥ずかしいが、銀市の前で自然に出来ているのなら良いことだ。

それでも照れが収まらない珠は、紛らわすために再び針を手に取ろうとする。

すると、手元を銀市がのぞき込んできた。

「ところで、針仕事をしていたのか？」

「はい。少々作りたいものがあって……あっ繕い物とかじゃないんです」

銀市の胡乱《うろん》な眼差しに、勘違いをしている事に気づき慌てて言い添える。

彼は軽く面食らった後、決まり悪そうにした。

「俺達も厳しく言い過ぎたな。本末転倒だ。だが、繕い物ではないとすれば何を？」

不思議そうな銀市に、珠は刺繍《ししゅう》枠に固定した布を見せた。

そこには、色糸で花の刺繍がされている。

「雑誌に綺麗《きれい》な花の図案があったんです。それで瑠璃子《るりこ》さんと街に出たときに買った色糸を思い出しまして。うまく刺せるようになったら、リボンに刺繍して冴子さんにさし上げたいなあと。それからハンカチでしたら瑠璃子さんも使ってくれるかな、とも考えたら色々刺してみたくなって……」

急に恥ずかしくなった珠は、そっと刺繡枠を銀市の視線から遠ざける。

だがしかし、銀市はしげしげと刺繡枠を眺めると、感慨深げに顔をほころばせた。

「君がずっと熱中しているとは思っていたが、うまいものじゃないか」

「み、見られていたんですか」

「まあ、家鳴《やな》り達や天井下《てんじょうさが》りが見学していたからな」

珠が顔を上げると、さっと天井下りが屋根裏に消えていくのを目撃する。さらにざわざわきしきしと、家鳴り達が去って行く音も聞こえた。

顔を赤らめた珠だったが、銀市は愉快そうだ。

「なにより、君に楽しむ趣味ができたのだな」

「趣味、なのでしょうか」

「趣味だと思うぞ。少なくとも時を忘れて熱中できるのは楽しんでいた証《あか》しだ」

「時を、忘れて？」

「そろそろ昼だからな」

きょとんとした珠は、銀市の答えにさあと青ざめる。

「ごめんなさい、お昼ご飯の準備をしてまいりますっ」

「いつも君が準備をし始める時間だ。そんなに慌てなくて良い」

勢いよく立ち上がりかけた珠だったが、銀市が引き留める。その表情はまぶしげに細められていた。なんだか落ち着かない気持ちをもてあましながらも、珠は危なくないよう裁縫道具を片付けていく。

灰の雲から雨が落ち始め、涼やかな音を立てはじめた。降り注ぐ水滴はあっという間に中庭の色を濃くしていき、水の匂いが立ちこめる。

「もう梅雨だな」

そうつぶやいた銀市の横顔は、どこか嬉しげだった。

「雨の日は調子が良い、と以前おっしゃっていましたが、梅雨もお好きですか」

「俺は水と相性が良いからな。ずっと眺めていられる。君はどうだ」

話を振られた珠は、別にと答えかけたがふと思い出す。

「梅仕事の時季だなあと思います」

「梅仕事？」

「はい、梅酒や梅干しを漬けるのをそう言うんです。どのお家《うち》でもしたのですけど。梅の実《な》が生るこの時季に一年分を仕込みます。だから沢山手が必要で、いつも手伝っていました。梅が出回ったら、気合いをいれないといけません」

梅のへたを取る作業は家鳴り達でもできるだろうが、梅の量が量だ。ほぼ一日仕事になるかもしれない。

珠が今から決意をしていると、表情を緩めた銀市に見つめられていた。

その眼差《まなざ》しが酷《ひど》く柔らかで、知らず知らずのうちに鼓動が速くなる。

「俺にもできるのなら、手伝おう」

「銀市さんが、ですか？」

思わぬ事を言われて珠が面食らっていると、銀市が心外そうにする。

「料理はできんが、単純作業ならなんとかなるぞ。俺も食べるものなのだから、やったってかまわんだろう」

「それは、そうかもしれません……？」

進んでやりたがるようなことではないが、なぜか銀市は乗り気のようだ。

とても地味な作業なのだがいいのだろうか、と思いつつも珠はそわりとした。

銀市と共に作業をするのは、わくわくする、ような気がする。

「では、梅が出回ったらお知らせしますね」

「ああ、どんな風に仕込むものなのか楽しみだ」

その答えに珠はふわっとした感覚を覚える。なんとなく落ち着かず、珠はいそいそと立ち上がった。

「ご、ご飯の用意をしてきます」

なんだかふわふわが止まらない。

珠は台所に向かいながら、浮き上がるような気持ちを感じていたのだった。

＊

心なしか弾んだ足取りで去って行く珠を見送り、一人、その場に残った銀市は、すっかり濡《ぬ》れた庭を眺めた。

珠は少しずつ、本当に少しずつ感情を表に出せるようになっている。

無意識にだが、己の心を癒《い》やそうと、似た境遇の染《そめ》に手を差し伸べていた。

喜ばしい変化だ。まだ傷は深く残っているが、いずれは普通の人と変わらず過ごせるようになるだろう。どこへでも歩めて、望むままに生きてゆける人の子。

彼女の花がほころぶような、あどけなくも艶《つや》やかな微笑と語られた言葉に、銀市はにじんだそれを抑え。

それでも、ぽつりとつぶやく。

「……願うのは、俺のほうだというのにな」

独り言は、さらさらと降り注ぐ雨音に紛れた。

この作品はフィクションです。
実在の人物や団体などとは関係ありません。

参考図書

『下女読本』村井弦斎（寛）／一九〇三年六月／博文館
『学習院女学部一覧　明治45年4月末調』学習院／一九一二年七月／学習院女学部
『女子学習院五十年史』女子学習院・編／一九三五年一一月／女子学習院
『華族―明治百年の側面史』金沢誠／一九七八年四月／北洋社
『知られざる芸能史　娘義太夫――スキャンダルと文化のあいだ』水野悠子／一九九八年四月／中央公論社
『〈女中〉イメージの家庭文化史』清水美知子／二〇〇四年六月／世界思想社
『女中がいた昭和』小泉和子・編／二〇一二年二月／河出書房新社
『近代都市の下層社会：東京の職業紹介所をめぐる人々』町田祐一／二〇一六年一〇月／法政大学出版局

あとがき

はじめましての方ははじめまして。二度目ましての方もあとがきではははじめましてです。道草家守《みちくさやもり》と申します。「龍に恋う　二」をお手にとってくださりありがとうございました。

いつかは出したい明治レトロ、と願って富士見《ふじみ》ノベル大賞に応募したのが昨日のことのようですが。二巻です。とても感慨深い気持ちに浸っております。

このお話を書くにあたって、多くの方のご助力を賜りました。

素人のつたない質問に快く応じてくださった、日本大学《にほんだいがく》准教授（日本近代史）刑部芳則《おさかべよしのり》様にこの場を借りてお礼を申し上げます。とても得がたい経験をさせていただきました。

そして担当編集者さん。実は一巻と二巻で担当してくださる方が変わったのですが。

一巻の編集さんはキレッキレの改稿案で私の視野を広げ、珠《たま》の物語を定義づけてくださいました。あれがなければ、この物語がこの形になることはなかったでしょう。

現在の担当編集さん、いつも丁寧で的確な修正点をくださる上、これ以上ないほど嬉《うれ》しい反応をくださり感謝してもしきれません。刀と軍服と戦闘は良《い》いものですね。私は出してくださったゴーサインに、嬉々《きき》として心のアクセルをべた踏みしました。

イラストを担当してくださったゆきさめ先生。珠《たま》の時は儚《はかな》さと美しさと愛らしさが同居した可愛《かわい》いらしさにほれぼれと恋をしました。今回の銀市《ぎんいち》はいただいた当初に「うわっいい男だ!?」とびっくらこいて見蕩《みと》れた気持ちが今も続いています。

校正様、デザイナー様、印刷所の方々、営業様、この本を取り扱ってくださった書店様をはじめ、この本の出版販売に関わってくださったすべての皆様にお礼を。頭を抱える私をよしよししてくれた友人達、唸《うな》っている私をほどよく面倒見てくれた家族。

なにより、二巻を待ち望んでくださった読者さんに感謝を捧《ささ》げます。

そのお礼、と言ってはささやかなのですが、公式HPにある本作の特集ページにて、ショートストーリーが公開されております。一巻から二巻に至るまでの珠と銀市達の物語です。珠はこんな風に「銀市」と呼べるようになった、という部分を書いておりますので、そそりと楽しんでただけましたら幸いです。

ではまた、お会いできる日を願いまして。

春告げ鳥の鳴く頃に　　道草家守

お便りはこちらまで

〒一〇二―八一七七
富士見L文庫編集部　気付
道草家守（様）宛
ゆきさめ（様）宛

富士見L文庫

龍《りゅう》に恋《こ》う 二《に》
贄《にえ》の乙女《おとめ》の幸福《こうふく》な身《み》の上《うえ》

道草家守《みちくさやもり》

2021年4月15日　初版発行
2023年2月25日　11版発行

発行者　山下直久
発　行　株式会社 KADOKAWA
〒102-8177　東京都千代田区富士見2-13-3
電話　0570-002-301（ナビダイヤル）

印刷所　株式会社 KADOKAWA
製本所　株式会社 KADOKAWA
装丁者　西村弘美

定価はカバーに表示してあります。　◆◇◇

ISBN 978-4-04-074058-4 C0193